# 時空行者

# TIME RIDERS

Alex Scarrow

艾利克斯・史卡羅 —— 著 陳岳辰 —— 譯

獻給為我試讀的Jacob。

並紀念靶子……一隻好老鼠。

# 1

## 一九一二年，大西洋

「還有人在E層嗎？」廉姆．歐康納大叫。走廊狹窄，聲音迴盪在甲板金屬艙壁間。「有人在嗎？」

這裡一片死寂，只有倉皇的呼喊與腳步聲隔著天花板傳來。船體結構嘎嘎作響令人心驚膽跳，船首逐漸傾斜、沒入海面以下。

角度越來越陡，廉姆走得小心翼翼，伸手扣緊兩側艙門門框。餐勤長指示明確，他得先確保甲板這側所有房間疏散完畢，然後趕緊上去會合。

但廉姆不知道是否該堅持到底，婦孺的哭嚎從上層沿著樓梯井刺進耳裡那麼尖銳、那麼恐怖。下來二等艙E層唯一好處是這兒瀰漫異樣寧靜，然而也並非全然靜默，還是能聽見遠方持續低鳴，他明白那是船體損壞之後冰冷海水從破洞灌入的巨響，這艘船一點一點被拖向海底。

「最後確認！」他再次高呼。

幾分鐘以後他找到一對穿好救生衣卻躲在房裡的年輕母女。媽媽嚇壞了手腳無力，抱著女兒縮在床上顫抖不已。廉姆趕緊帶兩人前往連結D層的階梯，小女孩上去之前迅速親他臉頰、祝他好運。看來孩子和不知所措的母親不同，心裡清楚大家都一樣。死定了。

廉姆雖然站不穩，透過腳掌仍能察覺地板越來越斜。走道最前端是餐勤長的房間，裡面陶器從架子掉落，砸得鏗鏗鏘鏘。

離沉船不遠了。

廉姆輕聲禱告以後探頭到最後一個房間查看。空的。

嗡鳴從地板傳上來，振動頻率彷彿巨鯨的歌唱——與其說是聽見，不如說是透過觸覺感受到。他的視線被小舷窗吸引過去，外頭一片漆黑，但是竄過幾個水銀珠子似的泡泡。

E層已經在水面下。

「糟糕，」廉姆自言自語：「該走了。」

出了房間朝走廊末端望去，水已經有一兩吋高，沿著地毯緩緩湧來。

「噢，不妙。」

但是出口在比較低的那一頭。

待太久了，廉姆你這大笨蛋。來不及了。

此刻他才意識到那對母女是上天的使者，提醒自己何時抽身。剛才就該隨兩人離開。

冰冷海水追上他雙腳，滲進鞋子之後輕而易舉淹到前面。廉姆向前幾步就不得不涉水而行，寒意攫緊他腳踝、小腿，然後膝蓋。樓梯就在前面轉角，五分鐘前他就該上去。繼續前進，廉姆不由得呻吟起來，冰水升高到腰際，浸透身上那件白色餐勤制服。呼吸時口裡噴出了白色霧氣，他牙齒不停打顫，一步比一步吃力。

「J……Jayzus❶、聖母在上……拜託別讓我溺死！」他嘶嘶叫道，聽起來不像是剛變聲的十六歲年輕人，而是孩童嚇壞之後的抽噎。

前面水太深了，轉角樓梯口那邊淹到壁燈高度，燈管冒出火花、忽明忽滅。

海水大概灌進樓梯井了。

廉姆仔細一瞧，轉角那兒水已經碰到走廊頂端，換句話說第一段階梯都泡在水面下。他的唯一生路是閉氣前進、在水底摸索，至少堅持一層高度爬上平臺才能換氣。

「J……Jayzus！」想像自己走在伸手不見五指的水底，一不小心就會迷路，絕望之中海水終於塞滿肺部——廉姆凍得發青的嘴唇顫抖得更厲害。

就在這時他才聽見——背後有人走近。

❶許多愛爾蘭人和一部分非裔美籍人將Jesus（耶穌）發音為Jayzus或Jaysus。

# 2

## 一九一二年，大西洋

廉姆回頭一看，多了個男人站在走廊上水深及腳踝的地方。他搭著牆壁扶手，否則會往廉姆這頭滑下來。

「廉姆．歐康納！」

「我們受困了！」男孩回應：「沒……沒路出去！」他覺得自己的聲音好尖。

「廉姆．歐康納──」男人語調沉著。

「啊？」

「我知道你叫什麼呀，小夥子。」

「嗯？……我們得先──」

男人微笑。「廉姆，聽好，」他看看手錶：「你只剩不到兩分鐘能活。」男人又望向E層甲板淺黃色金屬艙壁，「船脊大約九十秒之後會折斷，然後這條船有三分之二會沉進海底。靠近船頭比較長的一截，也就是我和你目前所在區域，會像塊大石頭先往下墜。就算是船尾那裡也只能多撐一分鐘，之後還是要跟著我們下去一哩半直達海底。」

「啊，怎麼會……不會吧不會吧不會吧……」廉姆支支吾吾，意識到自己落淚了。

「船沉下去之後水壓會快速上升，外殼承受不住於是變形，你的鼓膜會被氣壓擠得裂開。還有這些，」男人伸手拂過牆壁上一排鉚釘：「會像子彈那樣射出來。接著一瞬間走道被水填滿，你來不及溺死就先被海水碾死。相比之下其實舒服些。」

「噢，不……Jaysus 啊，救救我們。」

「這樣下去你會死喔，廉姆。」男子又露出微笑：「但就是這樣才完美。」

「完……完美？」

男人上前朝廉姆走近，水浸至腰間。

「你想不想活？」

「啊？……有別條路出去？」

所有燈光同時熄滅，幾秒以後又同步點亮。

「距離船身折斷還有六十秒，廉姆。你沒有多少時間。」

「有……有路可以出去……？」

「如果你願意和我來。」男人伸出手：「是有別條路，但往後你就是隱形人，不屬於這世界的孤魂野鬼，沒辦法交新朋友、談戀愛。」他臉上浮現同情的笑意，「而且你會知道的那些事情……嗯，要是想太多，發瘋了也不奇怪。有些人會寧願死。」

「我——我想活下去！」

「先警告你，廉姆……我給你的並非人生。能提供的只是離開這處境的辦法。」

廉姆抓住光線搖曳的壁燈座臺朝傾斜走道上坡邁步，腳也終於接觸到地板。巨響從四面八方傳來，震得他覺得自己快聾了。

「船快沉了，廉姆。再過幾秒鐘鐵達尼號就會斷掉。假如你信上帝，或許你想現在就去見祂。我可以保證，留在這裡的話一切很快就就結束。」

溺死對廉姆而言是最可怕的噩夢——從小到大都是。他恐水，所以一直沒學會游泳。

他抬頭盯著那男人，初次真正看清楚：一雙深沉哀傷的眼睛，周圍滿佈歲月留下的痕跡。廉姆忽然冒出個念頭。

「你……你是不是天使？」

對方笑了笑：「不，我就是個老頭。」男人向廉姆伸出的手沒有縮回，「要是你決定留在這裡等死，我也能夠理解。不是每個人都願意走。」

廉姆打了哆嗦。腳下地板猛然晃動，四周響起金屬撕扯的尖嘯、船身縫隙劈裂的砰訇。上面的甲板一層接一層崩塌。

「時候到了，廉姆，你得做個決定。」

他拚了命向上、向前逃離淹水要抓住老人的手。如果還有餘裕、如果腦袋不是一片空白，廉姆或許會思考這男人究竟是誰、如何能帶自己逃出生天。但此時此刻他心裡只有一個念頭。

我不想死。我不想死。

燈光驟然消失，兩人身處絕對的黑暗。

廉姆慌張揮舞手臂：「你在哪兒？拜託！我不想淹死！」

手指與那老人擦過，然後被對方扣住。

「和過去說再見吧，廉姆。」老人的聲音從客輪一分為二的震天價響中傳來。

廉姆最後察覺腳下不再震動，因為連地板都沒了。他開始下墜……墜過那片漆黑。

# 3

## 二〇〇一年，紐約

下墜、下墜……繼續下墜。

廉姆身體抽搐，雙腿猛然一踢、清醒過來。眼睛還緊閉著，他伸手探了探，摸到身上蓋著乾暖布料，也察覺環境很安靜，幾乎沒有聲音，只能聽到身旁有個輕微氣息，以及上面某處隔著天花板傳來悶響。自己不知怎地到了另一處——這點無須贅言。

他躺在床上，睜開眼睛看見老舊磚塊組合成拱形屋頂，多年前的白色漆料如頭皮屑散落。天花板上垂下電線和忽明忽滅的燈泡。

廉姆用手肘撐起身體，觀察以後知道自己在磚砌凹室內，猜想或許是地底。燈泡投下的一泓光外只有潮濕水泥地板延伸進黑暗。

這是哪兒？

坐起來以後頭昏腦脹，但他又注意到三呎外還有一張雙層床。下鋪是個少女，年紀應該比自己大些，雖然還沒醒但睡得不安穩。廉姆估計她十八歲或十九歲，已經算是成年人。

少女眼珠子在眼瞼底下轉呀轉，口中吱吱嗚嗚聽起來似乎很慘，兩條腿扭著踢著，整張床都隨她動作搖晃。

這到底什麼鬼地方？廉姆靜靜自問。

# 4

## 二〇一〇年，美國某地上空

麥蒂．卡特狼狽轉身按下沖洗鈕，馬桶嘶嘶大叫，聽得她心想要是有倒霉鬼坐在上頭卻不小心誤觸按鈕的話怎麼辦，難道被吸進去穿過U形管從四萬英尺高空隨屎尿噴出嗎。

想像力豐富。

她在狹小廁所裡盡可能把自己打理乾淨。看著最後一點嘔吐物從洗手盆隨水入孔心情好多了，飛機餐留在肚子裡也只是磨她的胃。

以手背抹乾嘴角以後麥蒂照照鏡子檢查是否有髒東西沾上頭髮。倒影裡是個面色蒼白、高挑但沒線條的女生，眼鏡下面兩頰上長滿她厭惡至極的雀斑，所以模樣才會那麼像書呆子。微微泛紅的金色頭髮灑在枯瘦肩膀上沒什麼生氣，身上披著更萎靡的灰色T恤，前面有個微軟商標。

很好，加上衣服就成了百分百的極客❷怪咖。麥蒂妳沒救了。

女極客……和電路板廝混、自己拆裝PC、還破解iPhone取得免費網路的女生……怪上加怪。而且，還是個每次上飛機都嚇得想要尖叫的女極客。

解鎖、推門、走出去，麥蒂視線掃過機艙中央走道，幾百個頭枕上腦袋像海浪波動。

忽然一隻手搭上肩膀，她倏地轉身，看見一位老先生站在廁所前面。

「呃，有事嗎？」麥蒂取下一副小耳機。

「妳是麥德琳．卡特，從波士頓上飛機，座位在二十九排D。」

她瞪著老先生一臉茫然：「所以？你要看登機證還是——？」

「妳恐怕只剩下幾分鐘壽命了。」

麥蒂腸胃抽絞，感覺隨時會把消化了一半的餐點也吐光。「幾分鐘壽命」是如她這般恐懼飛航的人這時候最不想聽見的句子，分數和「恐怖分子」、「炸彈」差不多高，都是航程中的禁語。不過她注意到老先生有種行色匆匆的氣質，就像要趕火車的人。

「再過幾分鐘，這架飛機上的人都會死。」

思考之後麥蒂的結論是只有兩種人會講這種話：該吃藥的神經病，再不然……

「噢，我的天，」她壓低聲音：「你……你是恐怖分子嗎？」

「不，我來救妳的，麥德琳。」老先生的音量也很低，目光在走道兩旁的頭顱上游移：「而且也只能救妳一個。」

麥蒂搖搖頭：「什麼？……誰？我……呃……」她動著嘴唇卻不知如何回應。

「時間不多。」老先生看看腕錶：「九十秒以後飛機右側會有炸藥被引爆，機身開一個大洞之後艙內迅速減壓，機體立刻往下栽。再過二十秒，右舷整個裂開，燃料灌進機艙裡起火燃

❷ 極客為geek的音譯，原指社群中較為反常但智力傑出者，目前主要形容不擅或犧牲社交卻在科技方面有高度才能和成就的人。

燒。」他嘆息，「於是又經過三十七秒，飛機撞在一片森林，還沒被燒死的人也會粉身碎骨。」

麥蒂知道自己那張臉沒血色了。

「抱歉，」老先生繼續說：「很可惜沒人能逃過一劫。」

「唔……這……是個很難笑的笑話，對吧？」

「不是和妳開玩笑。」對方回答：「妳得做個抉擇，看妳想不想死。」

這人是認真的。甚至麥蒂清楚知道他沒嗑藥，所以呼吸困難，下意識伸手拿了氣喘藥出來。

「九——九十秒？會爆炸？」

「不到九十秒了。」

真的不是瘋子……

「啊，天吶，所以是你的炸彈吧。你想做什麼？」

「與我無關。我不是恐怖分子，只是正好知道這架飛機會被炸毀。明天早上確實會有個恐怖組織出面攬下來。」

「還——還有時間嗎？有沒有可能找到炸彈丟出去？」焦躁恐慌之中她提高了聲調，把炸彈的炸說得太重了些，座位上一些人聽見了立刻轉頭。

老先生搖頭：「就算還有時間，我也不能改變既定的事件和歷史。這架飛機註定要失事。」

「噢，天吶，」她快哭了。

「我能做的只有在出事之前帶走妳。」

麥蒂抬頭發現更多人回頭，也聽到「炸彈」這兩個字在乘客耳語間如漣漪蕩漾，越傳越遠。

「只要抓住我的手，」老先生伸出手來：「妳就能獲救。不過代價是妳得協助我。妳也可以選擇留在這兒，看妳自己，麥德琳。」

麥蒂知道自己嚇哭了，眼淚滑落面頰。面前這人看似神智清楚、沉著冷靜，講話態度認真到家，可是……可是哪有人能逃出航行到一半的飛機呢？

「我知道妳不信上帝。」對方又開口了：「事前讀過檔案，看到妳是無神論者，所以就不用謊稱自己是天使之類的。我還知道妳懼高、就算坐飛機也不舒服，喜歡的飲料是胡椒博士汽水，時常做的噩夢內容是從黃色樹屋摔下來……我知道很多很多關於妳的事。」

她眉心緊蹙：「你……怎麼知道的？」

老先生再看看手錶：「剩下三十秒。」

一位女空服員沿著走道接近，瞪大眼睛注意兩人言行。

「我記得妳很愛看科幻小說。把我想像成未來人比較好理解。」

她嘴巴打開又合上：「但……怎麼可能！」

「時間旅行會在大約四十年以後實現。」老先生朝她伸手，她低頭望去，神情迷惘。

「麥德琳，只剩二十秒。抓住我的手。」

她盯著生滿皺紋的臉：「為什麼？為什麼——」

「為什麼是妳？」

麥蒂點點頭。

「妳符合我們的技術需求。」

她緊張地吞下口水，呼吸越來越沉重紊亂，滿腦子慌亂想不出接下來該怎麼問。

「我們需要妳。」老先生說完瞥了錶：「十五秒，快點決定。」

「你——你是誰？」

「我……或者說我們，是負責處理問題的人。快點，麥德琳，抓住我的手，快！」

麥蒂本能伸出手。

女空服員走到幾呎外停下腳步開口打斷：「抱歉，其他乘客聽見兩位似乎提到一個敏感詞……炸彈？」她也很小聲不願事態擴大。「得提醒你們，在客機上不能隨便說出這種詞彙哦！」

老先生看著空姐，臉上流露悲傷的淺笑：「是我該說抱歉。真的很對不起你們，真的。」

麥蒂瞪著他：「所以是真的？」

他點點頭：「該走了。」

「OK，」她回答之後用力握緊老先生的手。

空服員稍微歪著頭皺眉嘟嘴，對於兩人反應大惑不解。麥蒂則想問清楚：到底要用什麼方式離開這架飛機呢？

刺目白光襲來，她不由得緊閉雙眼。

# 5

## 二〇〇一年，紐約

她大聲尖叫，至少自己覺得聲音是這麼來的。但或許是她、也或許是機翼斷裂的巨響。說不定是空服員。麥蒂無法肯定。

很可怕的下墜感，墜進一片黑暗裡。

「不——！」麥蒂覺得自己的慘叫聽起來像是即將被屠宰的豬隻。

整個身子忽然用力扭動。

「噢，Jayzus！我的天！」旁邊傳來男性的驚呼。

麥蒂霍然睜開眼睛，先看見磚造天花板垂下光線搖曳的電燈泡，接著是自己上面有張破床，看得到生鏽的彈簧。最後她注意到右邊有張金屬架、也不體面的小床，床上坐著一個少年，臉頰挺光滑的，身上那襲衣服像是服務生。

「我的老天，妳剛才嚇得我都跳起來了。」男生開口：「起初睡得好好的，怎麼一轉眼就像巫婆一樣鬼叫。」

麥蒂一口氣順不過來，就像落進網子的飛蛾那樣亂竄。她喘息時低頭看見自己手裡還握著噴劑，方才在飛機上就拿出來了，於是趕緊大大吸一口，肺部舒緩之後總算能夠慢慢坐直。

「我死了吧。我一定是死了。」

少年擠出尷尬為難的笑：「我也一樣吧……我猜。」

兩人面面相覷。「我在想，」少年繼續說：「妳是不是也懷疑──」

「這裡是天堂？」她接了對方的句子：「根本沒有天堂那種東西。就算有好了……這個天堂看起來也太破爛了一點。」麥蒂察覺自己那張床隨著上鋪搖晃，抬頭盯著露出的彈簧和墊子。

「上頭還有人？」

廉姆點頭：「嗯，一個黑皮膚的女孩子，也睡著了。」

「她叫做莎莉娜，」黑暗中傳來聲音。

兩人愕然轉身望向燈泡光線外的那片黝黯。

堅硬的水泥地板傳來腳步聲。一開始很模糊，不過有個男人端著盤子的形象逐漸浮現。

「要不要喝咖啡？」老先生走進來。

「天吶！」麥蒂認出來了。

廉姆下巴收不攏：「你！在E甲板的那位先生！」

「沒錯。」老人淡淡道：「叫我佛斯特吧。」

他將盤子放在兩張床中間的地板上，有幾個邊緣破損了的馬克杯及一盒甜甜圈，之後逕自坐到廉姆隔壁。

「這位是麥德琳．卡特，這位是廉姆．歐康納，」他朝著上鋪撇了下巴：「上頭是莎莎．維克蘭。她比較小，才十三歲，來這兒的時候嚇壞了。來，」老人將咖啡遞給兩人：「提提神吧。」

「所以是佛斯特先生？」廉姆先問。

他微笑回應：「佛斯特、還是佛斯特先生都無所謂。」

「那麼，佛斯特先生，我們在哪裡？」

麥蒂點點頭：「我應該死了才對，不可能有辦法帶我離開那架飛機，絕對不可能。」

佛斯特看著少女：「記得我說過時間旅行的事情嗎？」

她瞇起雙眼：「也是不可能的事情。」

「很可惜，」老人搖搖頭：「並非不可能。」

「時間旅行？什麼意思？」廉姆問。

麥蒂微微仰起頭望著大男孩：「你裝什麼傻呀？」

「別這麼嚴苛，」佛斯特解釋：「他是一九一二來的，那年代還沒有很多科幻電影和漫畫書。」

少女轉頭重新打量廉姆，這回留意到他衣服更多細節：不是普通服務生，而是客船上的餐勤人員，而且胸前口袋居然繡著白星航運的字樣。

「一九一二？認真的？」

「沒騙妳。」佛斯特回答：「廉姆本來在鐵達尼號上面。」

她合不攏嘴。

「怎麼了？」廉姆摸不著頭腦：「妳幹嘛那樣看我？」

「廉姆，」佛斯特代為回答：「對她而言，你是一百年前的愛爾蘭人。」老人笑道，「人家是二〇一〇年的紐約人啊。」

廉姆兩條粗眉毛同時往上彈。

「至於上鋪的莎莉娜・維克蘭，她來自印度孟買，時間是……二〇二六。」佛斯特笑起來整張臉就像用過的吸油面紙那麼皺：「而我呢，唔——」他揚著嘴角道，「姑且說我是從根本不存在的地方來的吧。」

麥蒂探身向前：「噢拜託，到底什麼時代？二十二世紀？還是更後面？」

老人笑而不答。

「那時候有沒有太空船了？人類殖民太陽系了嗎？曲速引擎到底發明了沒——？」

他舉起手示意到此為止：「下次再聊，現在有更重要的事情得處理。」

兩個年輕人來不及回應就聽見上鋪傳出動靜。

「那孩子也清醒了。」佛斯特說：「她會比你們更困惑、更恐懼。」

麥蒂大大拿起馬克杯吞下一口咖啡：「很難想像。」

小女孩原本喃喃自語，然後是驚惶低泣，而且忽然大爆發。佛斯特趕緊起身過去查看。

「噓……沒事了，莎莉娜，」他安撫道：「乖，妳安全了。」

哭聲轉為銳利嚎叫，接著莎莉娜驀地開了眼，上半身彈得直立。

佛斯特緊緊摟住她嬌小肩膀。「莎莉娜，」他立刻輕聲說：「這裡很安全，沒有人會傷害妳。沒事了。」

女孩呼吸加速、斷斷續續喘息，頭髮斜散在瘦臉前面，底下眼睛周圍一圈很濃的眼線。眼珠子轉得很快，一樣一樣事物不放過，剛開始似乎什麼都不能理解。

「沒事了，莎莉娜，」佛斯特又開口：「妳安全了。」

最後小女孩視線落在老人身上，伸手從慘白臉上撥開髮絲。本來皮膚應該是咖啡色，但毫無紅潤變得如屍體般灰。

廉姆起身朝上鋪偷看時忍不住翹起眉毛，對他而言莎莉娜外貌十分奇特：女孩穿著有兜帽的深色上衣，表面有螢光橘染料寫上潦草字體，貼身窄管牛仔褲破破爛爛、縫著補丁，而且是補丁上面還有補丁。那雙靴子看起來大了兩號，鞋帶纏到腳踝……最後是上唇竟然有個嵌釘。

「呃……」他愣了一下才想到要伸手：「妳好，我叫廉姆．歐康納——」

「給她點時間，廉姆。」佛斯特說：「待會兒再打招呼吧……她經歷了非常傷痛的狀況才來到這裡。」

「是你？」莎莉娜的聲音很小，語氣很遲疑：「火……裡面的人。」

「對，」佛斯特露出溫和笑容：「就是我，莎莉娜。」

「叫我莎莎就好。」女孩回答：「莎莎就可以了……只有我爸媽叫我莎莉娜。」

「那就叫妳莎莎。」老人扶她起來，女孩雙腿從床沿滑下，靜靜觀察房裡另外二人：一個穿著像是飯店門房的少年，以及一個直髮、戴眼鏡、年級大一些的姐姐。

「嘿，」麥蒂開口：「歡迎來到怪胎鎮❸。」

❸二〇〇七年電影（Weirdsville）。

「讓她先休息，喘口氣。」

「妳口音好特別，真的特別。」廉姆還是充滿好奇。

「有趣，」麥蒂悶哼一聲：「你居然還說人家口音奇怪。」

「廉姆，她是從印度的孟買來的，你們那時候叫做邦貝❹。」

「但是她說的是英語啊，是英語吧。」

「哎呀，」麥蒂翻了白眼：「那邊的人都會說英語，印度是雙語國家。」

❹ 孟買古名Bombay今名Mumbai，一般通用的中文譯名則沒有變更過。

# 6

## 二〇〇一年，紐約

喝完了咖啡，紙盒裡面剩下一個甜甜圈沒人想吃。

「所以我們……你剛才說，是被徵召？」麥蒂重複一次聽見的句子。

「嗯，沒錯。從現在開始，你們就是局裡的成員。」

廉姆身子前傾：「呃……佛斯特先生，菊里是什麼啊？」

「讓我從頭說起吧，之後你們有任何問題慢慢來。用我的方式做會快一點。」

三人點頭。

佛斯特指著凹室外面那片幽暗：「我故意把其他電燈都關了，你們才不會一下子看清楚這個地方、旁邊的設備──那樣壓力太大了。現在就先專注在這個小磚房、電燈泡，就我們四個人和幾張床……從這兒開始說。」

老人深呼吸。

「孩子們，時間旅行確實存在。」

佛斯特刻意停頓一陣之後才繼續。

「二〇二九年一篇物理理論論文問世證實可能性，然後到了二〇四四年出現第一臺原型機。」他嘆息：「這下子我們捅了馬蜂窩沒辦法收拾。」

深邃嚴肅的目光掃過三個年輕人的臉。佛斯特皺著眉頭，枯槁兩頰上細紋交錯。

「人類根本不應該亂動時間的。不應該！重點是現在我們知道怎麼做了，然後就得確定不會有人真的動手。假如有白癡跑回過去，就得派人盡快復原造成的損害。」

老人的沙啞嗓音帶著微微顫抖。

「時間旅行是恐怖的武器，威力遠遠超越以前各種發明。」他語氣哀戚：「人類還沒準備好接受這種知識，像是嬰兒拿著原子彈丟來丟去覺得好玩一樣。」

廉姆仰頭一臉不解：「原子彈——？」

「我之後解釋給你聽。」佛斯特回答：「總之，我是為了這個理由才帶你們三個過來，」他說完朝外面那片黑揮了揮手。「時間行者的人數太少。我們駐紮在不同的時間、地點，耐著性子觀察和等待。」

「觀察什麼？」麥蒂問。

「波動。」

「波動？」

老人點頭：「一開始非常非常微弱，眼睛幾乎察覺不到。要在還是小漣漪的時候就處理掉，不然轉眼變成海嘯，無法阻擋、無法控制，大家都會完蛋。」

先前莎莎視線一直落在黑暗裡。此刻依舊朦朧，但她轉頭看著佛斯特：「波動究竟是什麼？」

「時間被擾亂而產生的現象。」佛斯特噘著嘴想了一下改口：「唔，這麼想像好了……一開始時間就像沒有波浪的游泳池或浴缸水。你們可以踏進去但一點漣漪也沒有嗎？應該不可能吧？」

三個年輕人點頭。頭頂上燈泡時亮時暗，持續發出微弱滋滋聲。

「以此類推，穿越時間回到過去也一定會引發漣漪。問題就出在自從某人回到過去的那一點起，漣漪往外擴散並且不斷增強，結果成為大規模的浪濤消滅掉行進路線上的一切，最後由新世界取而代之……一個原本只是可能性的世界。」

廉姆搖頭：「我應該是沒聽懂。」

「我懂。」莎莎說：「就算只改變一點點過去，也會對現在造成巨大的影響。」

佛斯特點點頭：「莎莎妳說得沒錯。」

燈泡忽然熄滅片刻，接著忽明忽滅閃爍。佛斯特抬頭瞪著神情惱怒：「又接觸不良。」他站起來以後用套頭毛衣的袖子充作手套將燈泡扭緊，光線再度穩定。

「這地方得好好整頓……但老是沒空。」

麥蒂東張西望：「這兒究竟是什麼地方？看起來很像舊鐵道。」

佛斯特微笑：「差不多了。實際上是——」

燈光微弱、之後暗了一下，老人倏地瞪大眼睛。

「噢，不妙。」

三人望著他，注意到他臉色忽然白了。

「怎麼回事？」麥蒂問。

「來了……」老人低聲說。

「波動？」廉姆問。

「不——」佛斯特搖頭：「更糟的情況。」

# 7

## 二〇〇一年，紐約

佛斯特視線停在發出滋滋聲不停閃爍的燈泡。「能量被吸走了。一直以為是爛燈泡的毛病，我可也真傻，」他壓低聲音。

老人語調緊繃，三個年輕人十分不安。

「吸收能量的是什麼？」麥蒂問。

「我還以為已經走了。」

「到底是什麼？」廉姆追問。

佛斯特轉身，舉起一根指頭示意他們先安靜。

「是尋者，明明該凋死了才對的……不知它怎麼偷到能量苟延殘喘。」

老人朝磚牆伸手，扳下開關，燈泡立刻熄滅，一點光線也沒有。

莎莎的纖細聲音輕輕切開寂靜：「呃……好暗。」

「噓，放心。」佛斯特低聲回應：「我們先稍安勿躁一會兒，只要別亂動就不會有事。」

沉默蔓延，只能聽見彼此急促的氣息。後來廉姆看見黑暗之中有個形體移動，帶著很淺的光輝，其實只能說是個輪廓……而且他不知道究竟是什麼。

「那就是尋者，」佛斯特淡淡道：「它現在很虛弱，撐不久了。」

麥蒂身子動了一下：「很像鬼魂。」

「目前還不知道尋者的本質。」佛斯特回答：「只知道有時候開啟時空通道……就會吸引它們，然後運氣不好就會有一隻跟過來。」

搖晃的影子脈動一陣，明滅如同群集的螢火蟲、篝火上舞動的餘燼。

「就是因為它。這裡的上個團隊……」佛斯特聲音越來越小，最後聽不見。

「上個團隊怎麼了？」麥蒂問。

「應該是我引到一個尋者……上次我回到過去的任務。」老人答道：「任務結束，我出去吃點東西，幾小時以後再進來……」他停頓半晌思考怎麼描述，「隊員殘缺不全的模樣不怎麼好看。」

廉姆聽見麥蒂抽了口涼氣。

「尋者是純能量體，不過能量充足的時候就可以化作實體。那是很糟糕的狀況。」

淺藍色霧氣自眾人面前劃過黑暗，乍看就像墓園裡一縷幽魂，抑或是沉鬱樹林深處那抹黎明薄霧。

「不過這一隻很虛弱，所以我之前以為它散掉了不復存在。」佛斯特搖搖頭大感不可思議：「原來我收拾現場、然後開電腦讀了你們的檔案資料，預備回到過去找你們過來的這段期間，它一直在附近晃蕩……悄悄監視我。」

那個形體停止移動，飄浮在幾碼距離外，微弱光輝規律脈動，有時候似乎構成有意義的外形，廉姆聯想到神話生物——人馬、獨角獸、龍——但很快又回復雲氣般的形狀。

「我猜它已經沒力氣保持實體，快要死了吧。儘管如此我們還是別輕舉妄動。」

「它知不知道我們在這裡？」麥蒂問。

「應該知道。」

廉姆緊張地舔了舔嘴巴：「它從什麼地方來的？」

「另一個次元。」佛斯特回答：「或許和我們的世界重疊，像飛蛾撲火一樣受到時間通道的能量吸引。它們的存在也是另一個人類根本不應該更動時間的理由。」

尋者又動了，這回似乎朝著四人靠近。

「呃……它好像正在接近。」莎莎低聲提醒。

「嗯，我想的確是。」

「那，我們在這邊安全嗎，佛斯特先生？」廉姆問：「你剛才意思是，它虛弱得沒辦法對我們做什麼才對？」

佛斯特卻沉默不語。在黑暗中絲毫無法令人安心。

「該走了。」他最後這麼說：「反正可以拖三十個小時等到時空泡泡要重置了才回來，我不相信這玩意兒能活那麼久。」

「時空泡泡？」

「到外頭我再解釋。大家手牽手，這兒雜物不少容易絆倒，你們要跟緊我。」

廉姆、麥蒂、莎莎三個人伸手在黑暗中摸索，半晌才抓到拍來拍去的手掌互相扣緊。

「我牽到誰？」佛斯特邊問邊掐了下。

「唔……是我吧。」廉姆說。

「你有抓著別人嗎？」

「他應該抓著我，」麥蒂低聲回答：「我另一手拉著莎莎。」

「很好……那走吧，慢慢來，保持安靜。」

佛斯特起身，廉姆感受到溫和的拉扯便跟上，但眼睛注視幾碼外那團淺色霧氣。尋者似乎躊躇著，仍舊快速發展為模糊形體卻又瞬間消散。

同時廉姆還注意到地板上有什麼東西蜿蜒，於是走得特別小心，以免絆倒了製造不必要的聲響。他聽到麥蒂和莎莎也在後面頗謹慎地跟隨。

穿越漆黑，佛斯特帶著三個年輕人悄悄移動，最後廉姆知道面前是一堵牆。

「門在附近，」老人沉聲道。

佛斯特用手掌輕輕拍打磚牆，從聲音判斷得出找到了金屬。

「在這裡。」

廉姆回頭偷看，尋者在黑暗中只剩下小光點。

佛斯特低聲罵道：「可是沒電了，得手動轉開鐵捲門。」

「需要很久嗎？」莎莎小聲問。

「不用。」

「那就好，因為那東西又往我們過來了。」她望著夥伴們：「噢，天吶，你們有沒有聽見？

它在說悄悄話！」

廉姆抬頭觀察那團模糊光影，除了佛斯特轉動絞盤的聲音他什麼也沒聽見。「沒有……但它真的在接近。」

絞盤吱吱嘎嘎，聽起來該上油了。鐵捲門也很吵，不過緩緩向上打開。

一股涼風拂過雙腿，廉姆看見門縫流入淡淡天光。

「真的，越來越靠近了，佛斯特。」麥蒂語氣急促：「能快點嗎？」

鐵捲門又嗚嗚響了一會兒，但是外頭那抹光沒有增加太多。

「好……夠大家鑽出去了。」佛斯特累得喘著氣。

「女士優先，」廉姆說。他又回頭張望，立刻對自己的紳士風範有些後悔，因為尋者加快速度逼近……幾乎已經來到面前，雙方不過十來呎距離。雲氣沒有形體，裡面瀰漫噴出電光的粒子，滑過地板時如蛇般仰起頭，霎時間彷彿生出一張虛幻面孔，像個童稚的天使，是小女孩……但轉瞬又化作噩夢才會看見的怪物，眼窩空洞，拖著長長的下顎。

他不禁懷疑尋者是不是真如佛斯特所言已經能量枯竭，也許它還有餘力傷人。

「廉姆，你先出去，」佛斯特輕推他肩膀：「快。」

男孩蹲下鑽出去和兩女會合，佛斯特片刻後趕上，外頭的把手似乎好用得多，一下子就將捲門關閉，可是最後一刻還看得到微亮的藍色觸手想要竄出。

「它沒力氣出來，」老人露出微笑。

佛斯特深呼吸笑容中多了歉疚：「抱歉出了這麼一場意外，那麼……」他轉身朝外界敞開雙臂，「歡迎來到新家。」

廉姆先盯著鐵捲門上那一片斑斕——後來他得知這種噴漆圖畫叫做街頭塗鴉——他回頭隨即看見巨大的金屬吊橋橫跨大河，對岸血一樣的暮色烘托出巨大都會霓虹閃耀，成千上萬個光點色彩更迭並倒映在水面的景象對男孩來說太過懾人。

「喔，Jayzus、聖母瑪利亞……這個……」未來的風景令他啞口無言。

「噢，jahulla❺！我認得——」莎莎喃喃自語：「這是紐約……至少以前是長這樣子沒錯。」

「嗯。」佛斯特說：「先找點東西吃吧，過了橋就有一間還可以的漢堡店。」

❺不明用詞，可能為未來人的俚語。

# 8

## 二〇〇一年，紐約

半小時之後四人坐在靠窗包廂內的高板凳上，圍著桌子拿起雙層起司堡和炸薯條大快朵頤。

看到那盤食物，廉姆一開始十分困惑。說是薯條，但他怎麼看也不覺得是馬鈴薯，還有漢堡用的麵包褐色油亮的外皮不知為何在男孩心裡像是上了蠟的木頭。還好香味進了鼻腔以後很快就令他放棄抵抗，看見別人都吞進肚子了廉姆當然就照做。

笨拙地拿起大漢堡朝嘴巴塞，廉姆的視線卻停在店外的十字路口：招牌上色彩躍動、行人熙來攘往，汽車的流線與光滑如同露珠，光暈籠罩了路燈、天空、高樓，依稀可見夜幕上有飛機的紅綠光點穿梭。

「這年代看起來差距真的好大，」莎莎開口：「和孟買差不多。我爸出差帶我來了一次，氣氛好蕭條，路上人車少，很多大樓黑漆漆的什麼也沒有。」

佛斯特點點頭：「莎莎，妳是二〇二六來的，那時候的紐約只剩下一口氣，人口外移非常嚴重，周邊郊區荒廢大半，整個都市都要瓦解了。」

麥蒂吞嚥一大口漢堡：「我不覺得差別這麼大啊。」

「現在是二〇〇一年，和妳原本所在的二〇一〇還算接近。」佛斯特回答：「全球經濟崩盤那時候才剛剛開始。」

廉姆回頭瞪大眼睛看著佛斯特：「我還是不敢相信，這就是將近一百年以後的未來？」

「對你來說是很遙遠的未來，但對麥蒂而言是幾年之前，至於莎莎……比她出生還早了十一年。」老人端起玻璃杯灌了一大口帶著泡沫的冰啤酒：「你們三個組成新團隊以後先駐紮在這裡，以剛才橋底下拱道為據點，或者叫做基地也可以。」

麥蒂望著他：「有其他基地嗎？」

老人抹了下嘴巴點頭道：「但你們不會遇見其他人，也無法聯繫。」

「為什麼？」

他拿了薯條：「運作模式就是這樣。」

麥蒂喝了一口胡椒博士汽水：「我還沒聽懂為什麼帶我們過來、要我們做什麼。」

「你們的身分是警察……類似。」佛斯特回答：「負責保護時間，阻止有心人改變歷史。這個組織本身是最高機密，本就不該存在，所以我們也沒有頭銜，只是平常體制外大家自稱是時間行者。」

「時間行者？」

佛斯特拱起背往前一探，若有所思搔著下巴。

「你們……想像時間是一條河，河水總是朝低處流動，但是有人能夠在水面上移動，往上往下都不成問題，就好像行走在時間上。或者也可以比喻為搭船划槳、逆水行舟，你們要負責找到其他動機不明卻也在水面上逆行的人，鎖定以後除掉對方，並且清理他們造成的混亂。」

「怎麼做？」麥蒂問。

「當然我會先做教育訓練，」佛斯特笑得疲憊：「而且要盡快。這個基地必須趕緊回復正常功能。」

莎莎吃到一半抬起頭：「我們之前的隊員……是什麼樣的人。」

佛斯特的笑容褪去：「我想，一度就像現在的你們。」老人看著窗外，臉上掩不住自責，咬著嘴唇好一會兒才說下去。「年紀輕，經驗不多，一開始很慌……當然最重要的是，運氣不好。」

「真的被那玩意兒殺死了？」

他點頭：「尋者並不常出現，而且有人要脫離任務都會進行嚴格的掃描。偏偏上一次因故跳過程序就……」接著是令人很不自在的沉默。

「那，」廉姆試圖打破沉默：「什麼時候開始訓練？」

老人望著他們。

「現在。」

他又灌了一口啤酒，然後深呼吸：「先來上歷史課——時間旅行的歷史。」

# 9

## 二〇六六年，紐約

保羅·奎瑪博士望向昏暗街道。很多建築物門窗釘了木板，巷弄之中有廢置的車輛。車窗外偶爾才能看到路人，或者街角小商家隔著玻璃透出朦朧燈火。

紐約和全盛時期相比就像是廢墟，很多街區如今一個人影也沒有，淪為流浪狗和鴿子的巢穴。

巴士朝著中央公園西側移動，逐漸遠離百老匯。奎瑪看過六十年前的電影，這都市的街道曾經五顏六色，充滿生機和希望，此刻黯淡無光，因為紐約正一點一滴死去。

車子經過警局前方放慢速度。窗戶裝有鐵柵。

「卡爾，沒必要減速，」奎瑪提醒：「這樣只會讓警察起疑心。」

於是卡爾·哈斯踩了下油門。

奎瑪在座位轉身往後看。巴士上二十多個部下在座位上沉思，所有人一身勁裝隨時可以出任務。中間走道散落他們的裝備，帆布包和大箱子裡面都是武器。

他露出傲慢的笑。

都是人才，對吧，保羅？

「快到了，」他告訴卡爾。

卡爾點點頭，朝後頭大叫：「預備！」

部隊成員立刻開始行動。保羅．奎瑪聽見軍火組裝鏗鏗鏘鏘，知道所有人手法老練，畢竟其中一大部分還是軍方出身……但現在都投入自己的計劃。他們全部未婚，沒有子女。

因為接下來的單程旅途要脫離這個搖搖欲墜的世界——地球上塞了九十億人，絕大多數陷入饑荒。奎瑪給了背後這些年輕人希望，矯正所有錯誤的機會。

他戰鬥長褲大腿口袋內的東西使計劃得以實現：只是一冊黑色筆記本。

七十九號街口，卡爾在此轉彎。十字路口人比平常多了些，路人們縮在路旁模樣可悲，踏著孤單腳步正要回家。前面壯觀的建築物是美國歷史博物館。就連這裡也一樣，門窗封死、外牆沾滿鴿子糞便，沒透出什麼光線，眼巴巴地期盼著昔日榮景能重返。

看著博物館大門深鎖，外觀骯髒、塗鴉遍佈，奎瑪心一沉，暗忖曾經睥睨世界的偉大國家怎會落入這種境地，這都市又怎會如此不堪。歷史博物館是個沉痛的瘡疤，提醒他曼哈頓應該要是世界的中心。

他想哭。真的很想哭。

# 10

## 二〇〇一年，紐約

「從一個理論開頭：二〇二九年，中國天才數學博士生艾德華．陳發表一篇論文。」佛斯特解釋：「他的構想，至少就論文看來，是時空間彎曲到一定程度就能製造出洞。事實上則又花了十五年才有另一個人做出原型機，他叫做羅奧德．瓦德斯坦，是個非常聰明的業餘物理學者。

「很多企業和軍方研究單位焚膏繼晷想要製造第一臺時光機，但結果瓦德斯坦在一個和車庫差不多大的地方克服所有困難，將理論化為能實際運用的工具。他擊敗各大企業和政府組織，完成這個艱鉅任務。」

麥蒂笑道：「每次億萬富翁都是車庫裡蹦出來的，對吧？」

佛斯特搖搖頭急著打斷：「然而接下來，他測試了自己的時光機，前往過去某一點。再回來的時候，整個人都變了。」

「怎麼回事？」

「他說，旅程中出事了，受到很大驚嚇。」

「什麼事？」

「瓦德斯坦不願意告訴大家自己看到什麼，但後來他堅信開發時光機太過危險，致力於阻止人類進行時間旅行。過了很多年，羅奧德．瓦德斯坦靠其他發明還是成了大富翁，發揮影響力公開抵制，確保時間科技完全消失。」

麥蒂喝了胡椒博士以後說：「顯而易見，他並沒有封鎖成功。」

「沒錯。」

「所以怎麼了？」廉姆問。

# 11

## 二〇六六年，紐約

卡爾在博物館後面貨物進出口那兒停下巴士。隊員扛著武器、提起箱子和工具袋安靜迅速移動。

奎瑪也與一名部下合力搬運大帆布袋，裡頭滿滿的彈匣所以非常重，好不容易放到卸貨口閘門斜坡以後手臂湧出一陣痠痛。

他左顧右盼。藉著夜色掩護，周圍只有一盞探照燈，換言之目前不可能有人察覺異狀。目前。

用不了多久，會有全副配備的警察團團包圍。

靠過來的卡爾年紀三十多，身材精壯、肌肉結實，以前是陸戰隊，技術軍士卡爾．哈斯——但是後來人員超額，所以被軍隊掃地出門，成了奎瑪的左右手。保羅．奎瑪博士負責動腦袋、給大家願景，但真的開戰還是要靠卡爾指揮。

「奎瑪博士？」

「卡爾，怎麼了嗎？」

「您確定東西在這裡？」

不能怪他多心，衝進博物館以後就只能死守，沒得反悔。

奎瑪拍拍他肩膀：「就在這兒。朋友，相信我。」

他們拿大鐵錘敲壞閘門，門閂歪了、厚重鋁板凹陷，看似大黑洞的建築物內部立刻迴盪警報聲。

「沒事的，」奎瑪說：「裡頭只有幾個保全。」但他回頭遠望，曼哈頓奄奄一息的夜空下，遠方依舊浮現警用懸浮噴射機的燈光。「不過警察很快就會趕到，我們得盡快將這些東西搬進去。」

卡爾點點頭：「好的，博士。」他俐落掉頭、開始行動。

博士幫忙大家拽那些箱子和袋子到博物館裡，之後隊員重新關上閘門，拿出氣銲炬將入口封死。光線在倉庫裡跳動，照亮堆在周圍的木箱。

「要封牢，」奎瑪吩咐之後回頭對哈斯說：「卡爾，你帶一隊去制伏保全人員，帶回來給我。」

對方點點頭，走近館內長廊，很快挑出人選。

奎瑪探手摸了口袋裡的小筆記本，心裡祈禱自己沒有鑄下大錯。

你知道東西就在這裡的，保羅。

但有太多情況會出錯，例如目標不在這博物館的地下，已經運送到別的建築物……或者當初備份的密碼不正確……說不定，當初那人真的把東西處理掉了……

對自己的直覺有信心一點，保羅！

要是錯了，他和這些有志之士將淪為一群訴諸暴力的理想主義者，半夜潛入老舊、廢棄的博物館，館藏雖然無價卻癡癡等待這重見天日的一天。

他猜想警察面對這裡無可取代的國家寶物應該也不敢隨隨便便動用高規格火力或具燃燒性質的彈藥，不過總是會衝進來，一番槍林彈雨恐怕免不了。

顧忌歸顧忌，打了再說，財物損失日後再議。

# 12

## 二〇〇一年，紐約

「瓦德斯坦毀掉自己發明的機器，不僅砸爛機體，也燒掉所有資料和檔案。十五年的研究成果……就這麼沒了，因為他認為時間旅行會危害世界。」

「哇，」麥蒂低呼：「有點小題大做？為了一隻蟲[6]全部砍掉。」

莎莎吃到一半終於抬起頭，截至目前她似乎並沒有太大興趣：「他一開始為什麼會想要研究時光機？」

「他妻小二〇二八年過世了。這個動機他一直沒有隱瞞。」

「想要救回家人？」

「倒不是。瓦德斯坦想見他們最後一面，好好道別。他認為自己救不了妻子兒子，因為不可以改變歷史，但以為能夠在兩人生命結束前好好傾訴心中的愛。」

廉姆緩緩搖頭：「這很難受，是吧。明明有機會救回心愛的人，卻因為那樣不對所以就放棄。」

[6] bug，指程式錯誤的部分。

佛斯特點點頭：「沒錯。瓦德斯坦非常有原則。」

「那他回到原本時間之前，究竟有沒有見到家人？」莎莎問。

「沒有人知道。瓦德斯坦一直不提。我剛剛說過，他回去以後性情大變，立刻動手毀掉所有相關東西，並且發起政治活動，要求暫停研發所有時間科技。二〇五一年初開始，他的訴求獲得不少回應，於是很快又訂了國際法規禁止相關研究。達成目的以後，瓦德斯坦隱居了，很少公開露面。」

佛斯特嘆息：「可惜實際上時間旅行技術並沒有消失。」

他喝光啤酒：「回顧起來，大企業、國家政府、獨裁者、隨便一個有錢有資源有人力的富豪，都可以偷偷進行時光機研究。瓦德斯坦證實技術可能性，這樣已經足夠了。

「結果就是明明違反國際法，卻成立了我們這個單位，然後也一樣暗地製造出自己的時光機。」

「我猜猜，」麥蒂打斷：「是要回去暗殺瓦德斯坦嗎？」

佛斯特搖頭：「不。瓦德斯坦不能拯救家人，時空局也不能回去阻止他發明機器。我們不能違背歷史，歷史不可以改變——還記得我說過的海嘯嗎？」

三人點頭。

「簡單來說，時間可以自己應對小規模的變動。歷史有自癒能力，很小的變化無所謂，畢竟事件背後都有推動的力量，也可以說歷史似乎就是想要按照特定的路線前進。問題在於，」佛斯特眼神突然充滿警告：「要是變動的規模過大，就像妳剛才說的，有人說服瓦德斯坦不要製造時光機、甚至殺死他……這種程度的變化就能夠引發時間的海嘯。」

他望向窗外，熱鬧街道色彩繽紛，一個花花綠綠的招牌廣告著耐吉（Nike）運動用品。

「這個單位的成立宗旨是預備應對必然到來的狀況：會有很多人從未來回到過去，意圖篡改歷史以改變他們的現況——這包括恐怖分子、偏激宗教團體、狂人以及最凶惡的罪犯。總之——」他推開板凳起身，「歷史課暫時到此為止。現在帶你們出去看看外面，瞭解自己駐紮的時間空間是什麼模樣。特別是廉姆，」老人微笑：「要熟悉二〇〇一年的世界，你有比較多功課得做。」

麥蒂聳聳肩：「和二〇一〇年沒什麼不同，一樣擠、一樣吵也一樣臭。」

「唔，但這其實是非常不一樣的紐約。」佛斯特說。

麥蒂瞪著窗外：「是嗎……我看來看去覺得都一樣，還是漢堡王和麥當勞、耐吉和愛迪達。計程車一樣是黃色，路邊依舊有人兜售根本不能用的三號電池。」

「那，麥蒂妳和我去看個東西。比起莎莎和廉姆，妳應該會特別有興趣。」

# 13

## 二〇六六年，紐約

奎瑪打量博物館六名保全，他們被卡爾．哈斯帶人過去綁回來，過程一槍也沒開。保全也盯著他，神情恐慌、視線老是回到肩上的槍。其中幾個披頭散髮、睡眼惺忪，可能才剛驚醒。

博士搖搖頭覺得可悲。

真優秀的保全人員。

「我是保羅．奎瑪博士。各位，狀況並不複雜，我們的目的是要媒體在外頭聚集，接受他們的採訪，並且轉播到全國各地。然後會找一架懸浮噴射機降落在屋頂上，完事以後我們搭著它毫髮無傷地離去。要是我們得不到想要的，就會毀掉這座博物館，以及裡面這些價值連城無可取代的寶物。」

奎瑪冷笑：「我說了，並不複雜。」

保全望著他瞠目結舌。

「現在，」他繼續說：「我們會放一個人走，負責告知警方我們的要求，想必警察也正在過來的路上。其餘人呢，很抱歉，得留在這裡當人質。」

其中一人清清喉嚨：「政府不會和恐怖分子談判——你們應該很清楚。」

「等著瞧。博物館裡面太多國寶了，就算這種叫天天不應的年代，大家沒東西吃、只能住在破屋子裡，也還是在意歷史傳承和過去的榮耀。要是這裡燒成廢墟，政府高官就等著被拖上街頭。」奎瑪聳肩的動作彷彿為他們感到難過：「我相信他們一定願意講道理。」

保全臉一沉：「你真的打算毀掉博物館？」

「喔，當然。」奎瑪笑得哀戚：「恐怕不得不。」他朝那名保全走近，「你叫什麼名字？」

「馬龍。布萊德利．馬龍。」

奎瑪沒再多言，觀察對方一陣。遠處已經傳來警用懸浮機的引擎呼嘯，地面反應部隊的車輛警笛也嗡嗡大作。

「很好，布萊德利，我欣賞你至少還敢出聲，比起其他人要有膽識一些。所以何不就讓你去通知警察呢？轉達我們的要求，叫他們兩小時內完成，慢一分鐘都不行。要是遲了……就等著欣賞煙火秀。」

布萊德利．馬龍點點頭。

「假如他們自作聰明，例如——唔，我也不知道——發動奇襲？那，後悔就來不及了。想必你已經注意到我們是全副武裝才過來，雖然我自己以前都是坐辦公室比較多，但我旁邊的卡爾和他帶來的弟兄們可就受過精良實戰訓練。」

馬龍又點點頭：「我會告訴他們。」

「很好，很好。和你聊天挺愉快的，布萊德利。」奎瑪朝部下撇撇頭：「讓他從前門出去。」

目送保全離開以後，他轉頭看著哈斯。

「卡爾，其他保全押到地下室去關好，工具也搬下去。時間不多，得趕快行動。」

「是，博士。」

他們行動迅速有效率，人質送進一道對開大門，上頭門牌字體已經褪色：**儲藏室走道，僅供員工使用**。其餘成員抬起一箱箱一袋袋裝備跟上，在門板上敲得乒乒乓乓，下混凝土階梯時累得氣喘吁吁。

懸浮機、警車信號聲越來越大，透過正面門窗鐵柵已經能看到警燈紅藍光芒。兩人站在窗邊監視警方行動，手中武器隨時準備發射；奎瑪則獨自站在博物館的陰暗大廳內。

「應該夠他們忙一段時間才對。」他低語。

# 14

## 二〇〇一年，紐約

佛斯特指向紐約市的天際線：「妳有沒有看見什麼不應該存在的東西？」

麥蒂抽了口氣：「噢我的天吶……雙子星大樓！」

「沒錯。」佛斯特回答：「世界貿易中心還在。」

她盯著老人：「這代表歷史改變了嗎？雙子星不會被恐怖分子毀掉？」

老人落寞搖頭：「抱歉，沒這麼簡單。歷史還在原本軌道上……單純就這個案例來說或許是很可惜。」

「唉，」麥蒂眼睛濕了：「我都忘記了雙子星多壯觀，尤其天黑以後好美。」

「時空局選擇這個時間地點是有理由的。」佛斯特繼續解釋：「今天是九月十號，而明天當然就是十一號。」

莎莎望向老人，瞪大眼睛似乎想起什麼：「九一一！」女孩叫道，「以前上課有提到，就是明天？」

佛斯特點頭。

廉姆看著身旁三張臉無法理解：「九一一？怎麼了，會發生什麼事？」

「九一一這個詞，往後就代表明天早上的可怕事件。」

佛斯特伸手指著曼哈頓上空如衛哨的摩天大樓說：「明天早上八點四十五分，一架載滿人的飛機因為恐怖分子的緣故會撞進北塔，大約十八分鐘之後又有另一架飛機撞毀南塔。上午十點三十分，雙子星兩側都會崩塌，因此死亡的人數估計在三千上下。」

廉姆察覺麥蒂臉頰上多了兩條晶瑩淚痕。

佛斯特深呼吸一口氣：「明天會有很多紐約人失去親朋好友，全國陷入傷痛。到了明天，你會覺得整個城市的氣氛都不同了，廉姆。」他輕輕搭著麥蒂手臂安慰，「電腦檔案提到妳也有個親戚在現場。」

她點頭：「我表哥，叫朱利安，人很好。」麥蒂沒說的是自己小時候還暗戀過他，每次表哥到家裡她都被逗得大笑、笑到擠出眼淚。朱利安在銀行負責網路工程，是死去的三千多人之一，連可以埋葬的遺體都沒留下。

「我明白那種心痛，」佛斯特說：「但選擇這裡作為基地有實務考量。」

「是什麼？」她擦擦臉頰：「為什麼要挑這個地點……這個時間？」

佛斯特沉默一陣，思考如何解釋。

「你們醒來的那個地方處於一個四十八小時、為期兩天的時空泡泡內，也就是二〇〇一年九月十號星期一，到二〇〇一年九月十一號星期二。每到星期二與星期三交界時，基地會自動重置回星期一。你們這個團隊就駐紮在泡泡中，反覆度過這兩天，但世界上的其他人……生命會繼續前進。」

「重點是為什麼一定要這兩天？」麥蒂追問：「我還記得很清楚，這時候的我九歲，爸爸媽媽哭了整個星期二。為什麼要是明天？」

「因為所有人的注意力會集中在九一一事件上，沒有人會察覺橋下拱道裡有異狀，也沒有人會記得——」佛斯特往廉姆瞥了一眼：「曾經有個年輕人穿著客船制服晚上跑到這兒來吃東西。你們穿越時間的影響降到最低，完全不會污染時間……因為沒有人記得。世人對今天、明天的印象只有大樓遭到飛機撞擊，倒塌之後塵土飛揚，煙霧之中走出少數倖免於難的人。就這幾幕。」

他聳聳肩：「很抱歉，麥德琳，但這是我們掩人耳目的手法，時空局只能是個祕密，否則我們自身的存在就會干預歷史。」

少女靜靜點了頭，眼眶仍有淚水打轉。

老人再次搭著少女手臂說：「打起精神來。妳記不記得九一一前一天的事？」

她搖搖頭。

佛斯特笑道：「前一天，就是這個星期一，其實很美。白天陽光和煦，中央公園滿滿的遊客，紐約人無憂無慮、自由自在。不要絕望，麥德琳。每個悲慘的星期二結束以後，妳還能重新迎接美好的星期一。」

麥蒂暗忖這是否代表她能夠看見朱利安一身帥氣西裝在上班的路途中，而自己可以過去警告他別進辦公室？

不……我想不行吧。她將改變歷史的想法甩出腦海，即便明知這件事會繚繞心頭。

佛斯特看看手錶：「經過這幾小時，尋者也該消散了才對。」

廉姆緊張地吞了口口水：「你確定嗎，佛斯特先生？」

「嗯，出門前它就快死了，電器都關掉、連燈也不剩，完全沒有能量來源。所以我們也該回去了，你們還有很多東西要學，時間不多。」

麥蒂的目光從雙子星回到佛斯特，眼神很銳利：「為什麼這麼著急？」

「又為什麼是我們？」莎莎跟著問。

「為什麼是你們？這很簡單，你們正好符合技能需求。不過人來了，還是得針對工作內容做訓練。」

佛斯特又沉吟一陣考慮接下來怎麼表達。「我也不哄你們……這份工作很危險，」他表情嚴肅：「上個團隊就因為那麼蠢、那麼基本的錯誤全滅了。他們拉我回來之前應該要掃描，結果卻沒有。這次我的訓練必須更紮實，你們三個都要努力跟上，最重要的是瞭解時間如何運作、明白自己的決定代表什麼，否則……」他忽然收聲，將臉別開。

「否則什麼？」莎莎問。

「否則就會和上個團隊同樣下場。」

他們無言起身，看著街上人車往來，重低音傳進耳裡，還有遠處警笛聲在高樓的玻璃和金屬牆面間迴盪。

「佛斯特先生，」片刻之後廉姆開口：「要是我們不想參與呢？」

老人臉上浮現惋惜的笑意：「那麼只有一條路……回到我帶走你們之前的那一點。對廉姆你而言，就是E層甲板，那條船隨後就會沉進大西洋底。」

男孩想起之前的處境不由得渾身顫抖。

「對不起，聽起來好像不給你們別條路，是吧？」

「似乎是。」他回答。

佛斯特攤開手掌：「可惜這邊有這邊的規矩。」

麥蒂搖搖頭：「反正我是不打算回去要墜毀的飛機上。」

「願意留下來的話，」佛斯特警告道：「就沒辦法離開了。現在決定留下，就是留到最後。」

「為時空局工作到死？」

老人沉重點了頭，三人看著他一臉木然。

「好了，」他改口說：「我們也該回去了，還有一個成員要介紹給你們認識。」

廉姆抬起頭：「和我們一樣？」

「不……不太一樣。」

# 15

## 二〇六六年，紐約

就在地下這片黑暗裡，保羅。你沒感覺到命運扯著衣袖嗎？

其實真的沒感覺。他只知道卡爾和其他人在旁邊瞪著自己，看他一直翻閱黑色小筆記本已經有點不耐煩。

門開著，樓梯連接到一樓大廳，外頭擴音器聲音傳得進來。警方已經派出談判專家，在博物館前面試圖和歹徒談條件。要不是底下正在忙，上頭的馬戲團表演應該頗好笑。

「博士，」卡爾低聲催促：「距離你給的期限只剩下半小時。要是警方覺得談判沒有進度，遲早會攻進來。」

「我知道。」他回答時視線還是放在筆記本上密密麻麻的字跡：「再一會兒就好。」

卡爾掃視地下室。裡面許許多多不同長寬尺寸的木箱自地板堆到天花板，箱子外面有編號。總共幾百、不對，是幾千個安放在金屬或木頭架子上。

奎瑪抬頭，注意到卡爾臉上那抹顧慮。

「卡爾，這裡所有東西都經過整理。雖然看起來亂七八糟，其實他們關閉博物館之前小心分門別類才裝箱。」

博士拿著筆記本在卡爾．哈斯面前晃了晃：「他當初也希望需要的時候可以很快找出來，不必上千個箱子全部打開。」他左右張望，「一定能找到，」奎瑪補充：「答案就在筆記本裡面，相信我。」

又翻過幾頁，手指滑過褪色筆跡。

「有了，CRM，三〇九，一五六七，二〇五一。」

卡爾．哈斯從身旁箱子開始調查，卻被奎瑪拉住手。

「沒空一個一個看，直接鎖定範圍。」

「怎麼鎖定？」

「CRM是科學展品的代碼，三〇九是脊椎古生物學。」奎瑪轉身朝縮在角落的保全走過去。

「麻煩告訴我和恐龍有關的展覽品收在哪兒？」

幾個人慌張搖搖頭，只有一個白髮蒼蒼、看起來十年前就該退休的老頭兒往附近一堵牆點了頭。

「那邊……有表格。」

奎瑪微笑：「謝謝。」

博士過去撕下表格趕緊判讀：「嗯，在這倉庫沒錯。」他指著延伸至黑暗中的走道，從背包取出手電筒打開就邁步向前，左右架子上有大大小小的木箱和紙箱。

一分鐘以後他停下來閱讀箱子上的標籤。「二〇七，很接近了，」他自言自語之後又動起雙腿。

背後傳來腳步聲。

回頭一看是卡爾，手電筒光束打在前面。「博士，需不需要我幫忙？」

奎瑪停下腳步。「嗯，帶人把發電機運過來，找到東西之後就立刻啟動。」

「是。」

奎瑪繼續在黑暗中前進，又確認了一次標籤。

「三〇六，」一直快步移動，他開始有些喘。

地質學……非常接近。

多走幾步以後他照亮的箱子越來越大，已經能夠放一張扶手椅在裡頭。後頭還有能裝小型轎車……甚至是恐龍的空間。

博士冷笑。沒錯，古生物。

一定在這附近。

奎瑪看看手錶，距離自己給的期限剩下約莫二十分鐘。雖然無法保證警察真的會等到那時候才行動，他猜想應該是時間到了以後還會猶豫半晌，制定詳細計劃以後才闖進來，因為警方自然希望制伏恐怖分子同時對國寶的損傷也壓到最低。

光線打亮一個又一個箱子，他迅速比對編號。

差不多到了。

博士踩在箱子上朝架子高處照。

「快點，快點……」他聽見自己喃喃道：「藏在什麼鬼地方？」

眼光飄來飄去，「一定在這兒。」

要有信心。

彷彿回應他的祈求，手電筒照亮CRM-309字樣。奎瑪趕緊看看後面字串。

「一……五……六……七……」

低頭比對筆記本。

CRM，三〇九，一五六七，二〇五一。

抬頭一看，博士瘦削臉頰因為興奮而繃緊：瓦德斯坦那老狐狸果然對世人撒了謊，根本沒有毀掉自己發明的機器……而是趁著歷史博物館塵封時期運進來，利用大量館藏掩蓋真相。

所以我說要有信心啊？

奎瑪對自己點點頭。他直覺一向很準。

# 16

## 二〇〇一年，紐約

盯著鐵捲門上的塗鴉，廉姆神情不怎麼好看：「佛斯特先生，你確定現在進去安全嗎？」

老人很有信心地點頭：「出來的時候沒有留下什麼東西給它吸取能量，而且經過足足六小時，一定已經散掉了。」

說完之後老人就抓住鐵捲門底部：「廉姆，旁邊有個絞車，可以幫忙轉開嗎？」

兩人忙了一陣，吱吱嘎嘎聲中鐵門開啟，四人又望著拱道裡面那片可怕的漆黑。

上頭傳來低鳴，三個孩子嚇一大跳。

「從曼哈頓往布魯克林的列車，」佛斯特咯咯笑：「上面是威廉斯堡大橋。進去吧，已經沒有怪東西了。」

老人率先自垃圾遍地的後街沒入濃稠黑暗。

麥蒂朝廉姆點頭：「你先。」

大男孩苦笑：「我還心想應該女士優先。」

「過一百萬年都別想。」

三人聽見裡頭某處傳來開關聲響，接著好幾盞掛在拱頂上的螢光燈，照亮了老舊燈架上的塵埃，也照出內部潮濕的地面。光線冰冷，令人不大舒服。

麥蒂看了五官一皺。

這就是我們的「基地」？

地板只有混凝土，而且並不平整，表面沾了油污，看得出來因為太多前人使用所以留下各種凹洞與刮痕。她注意到許多粗纜線鋪置在地上橫跨左右兩端，拱道內空間足夠兩臺單層巴士緊緊靠在一起。

沿著左側牆壁，髒亂的工作桌上擱置一排電腦螢幕。隔著幾碼，角落有個很大的塑膠玻璃容器，裡面裝滿液體，彷彿巨型試管。

最裡面那堵牆掛滿電線，從地板搭著鉤子往上，最後集束進入牆上的洞內消失。洞的隔壁有鐵皮浪板湊合的滑門，麥蒂推測後頭還有個房間。

右邊是幾小時前醒過來就看過的磚牆凹龕，原來一旁有張木頭餐桌與幾張不同造型的椅子，一張脫線地毯上還擺著些扶手椅。另一個凹室裡面有電爐、煮水壺、微波爐以及便宜貨流理臺，後頭沒掩上的門是讓人不怎麼想進去的廁所。

麥蒂看了聯想到自己哥哥在波士頓也租了一間邋遢公寓。只要地上髒衣服堆到膝蓋高、加上吃完不丟的披薩盒就完美複製成功。

「好亂。」她開口。

佛斯特跨過一團用膠帶固定在地上、如同鼠窩的纜線。

「這兒就是各位的家，」老人回答：「請進。」

三人謹慎小心走進去。莎莎撥開瀏海，查看環境時臉上掩飾不了嫌惡。

「之後可以做裝飾？」她開口問。

佛斯特大笑：「隨便你們呀，多弄幾張椅子、貼海報還是鋪地毯不會怎麼樣。莎莎——」他指著後頭，「幫忙按一下開關。」

女孩回頭看著牆壁：「這個嗎？」

「對。」

按下去以後又是一陣嘎吱嘎吱，鐵捲門慢慢關閉，接觸地面時發出很大聲響。

他們站著不動，四下張望很努力想要喜歡新環境。佛斯特朝裡頭走，小心不被地上那些電線絆倒，到了鐵皮滑門前面。

「這些是什麼啊，佛斯特先生？」廉姆指著工作桌那頭的電腦螢幕，以及一旁那個圓柱狀大水缸。

「之後會詳細解釋的，廉姆。首先要帶你們認識團隊的第四個成員。」他扳動把手開了鎖，用力滑開那扇門。

莎莎、麥蒂、廉姆如履薄冰地跟過去，朝昏暗的裡面偷偷看了好幾眼。

「來吧，不會被咬。」老人招手：「另一個隊員就在裡面。」

「呃……為什麼會有隊員一個人躲在這麼黑的地方呢？」麥蒂狐疑道：「該不會是什麼白化病特殊體質之類？」

「他……」佛斯特猶豫了：「唉，我覺得直接讓你們見面簡單多了。過來吧。」

他逕自往黑暗邁步，莎莎聽著堅硬地板上的腳步聲，緊張地吞了口口水。

「通常這裡燈不會開很亮。在試管內會對光線很敏感，尤其最小的那幾個。等等……」

三人聽見佛斯特走來走去在黑暗中操作一些物體，牆壁上幾盞燈慢慢發出輕柔紅色光芒，於是終於能夠看見前方有六個大型玻璃管，都是八呎高。光線漸漸增強，麥蒂決定帶隊入內。玻璃都很乾淨，所以她看得見裡頭有色澤暗沉、但應該是固體的物質。

「呃……管子裡面裝了什麼？」

「我開亮一點，」佛斯特在暗處說。又傳出撥動開關的聲音，之後玻璃管底部聚光燈射出橘色光束，裡面的東西變得清晰可見。

「噢，天吶！」麥蒂倒退：「這……好噁心！」

巨型試管裡面都裝滿液體，類似不夠濃稠的番茄湯，一些黏液與軟組織漂蕩，乍看會以為是洗臉盆裡的水和鼻涕。最靠近的試管內，一片渾濁中能夠分辨出蒼白嬌小的蜷曲身形和延伸出的臍帶，猛然看見會以為是什麼幼蟲被腸子纏住。

「這……這個是人類胚胎對吧？」麥蒂上前隔著玻璃仔細觀察，廉姆和莎莎也跟過去。

「出生前是這種狀態，它被靜止在發育前期，等有需要才重新開始程序。」

「然後這邊，」佛斯特走到隔壁另一個試管前：「已經在成長週期的三分之一左右。」

三人望進管子，裡面的男孩外貌大概十一、二歲，渾身無毛赤裸，也縮得像個球。他身上一樣有臍帶，垂到試管底部又繞到頂端。

廉姆看得有點不知所措，心裡又害怕、又噁心，但同時卻也很好奇。

「裡頭不是真人吧……是嗎？」

「是人造的，」佛斯特解釋：「利用人類基因資料來培育。」

大男孩聳聳肩，因為「基因」這個詞他聽了壓根兒不懂，反正老人語氣似乎是說面前並非真的嬰兒像醬菜一樣醃在玻璃瓶裡。他湊近要將小男孩看清楚一些。

結果對方忽然睜開眼睛。

# 17

## 二〇〇一年，紐約

「噢，Jayzus！」廉姆失聲大叫，和兩個女孩嚇得向後一跳。

「沒事啦，」佛斯特安撫：「別怕，它不會忽然衝出來。」

三人仍舊喘息片刻，接著莎莎緊張之中卻咯咯笑，麥蒂也搖頭說：「我的天吶，看起來就像《異形》裡面的東西。」

他們靜靜看著試管，濁水中男孩緩緩轉動眼珠。

「好像看見我們了，」麥蒂說。

「是。」佛斯特回答：「它看得見我們，但是沒有意識。目前身體依靠腦部很小一部分運作，容量和老鼠差不多。真正的認知處理，也就是平常說的……思考，要等腦部發育完成才開始。」

試管男孩嘴巴打開又合上。

「它想講話嗎？」莎莎悄悄問。

「沒有，只是反射動作。」

廉姆注意到渾濁液體就這麼流入它口中。「怎麼呼吸的啊？」

「管子裡面是含氧溶液，直接進肺部沒問題，和空氣一樣能呼吸。」

廉姆想像就覺得可怕：「但是感覺應該會很像溺水？」

佛斯特點頭：「不習慣的話應該很不舒服，還好機體一直處在這個狀態。」

試管內那個男孩忽然抬起頭。

「Jahulla！」莎莎又邊叫邊後退：「你們有沒有看見？」

麥蒂朝試管走近：「你確定它……你懂的，它真的沒有……意識？」

老人還是點頭：「相信我，它目前的腦部大小並不足以思考。雖然清醒，也看得到我們，但並不會判斷我們是誰。」

麥蒂搖搖頭：「外表是個普通小男孩啊。我覺得不大舒服。」

「好吧，」佛斯特說：「先去找你們的同事。」

費了一番功夫他才說動三人別再研究小男孩。後面其他試管上都蓋著帆布。

「裡頭是？」廉姆問。

佛斯特搖搖頭：「培育失敗，得找時間沖掉。」

「培育失敗？」

「發育不正常的機體。有時候會出現這現象。」

莎莎伸手拎著帆布一角想要掀開偷瞄，但佛斯特過去阻止：「我覺得莎莎妳還是別看比較好，看了會做噩夢的。」

「噢。」女孩回應。

「你們的同事，」佛斯特繼續說：「在這兒。」他指著最後一個試管，同樣填滿渾濁溶液，不過雜質底下是一個男性成人。

「老天！」麥蒂驚呼：「居然……」

「身材很好？」

她點點頭。廉姆打量裡面發現那人有六呎還是七呎高，肩膀寬厚，身子每一吋肌肉都粗壯分明。他想起有本書是瑪麗．雪萊寫的，故事裡有個瘋老頭用死人製作叫做弗蘭肯斯坦的科學怪人。

「很像超級英雄呢。」莎莎壓低聲音，聽起來很崇拜。

「唔……很強壯，是吧。」廉姆則有點警戒，暗忖那雙大手的破壞力不知道多強。「佛斯特先生，你確定它不會失控？」

老人笑道：「呵，別擔心，廉姆。你們找不到更可靠的夥伴。」

「它的腦袋不會也只有老鼠大？」

「沒錯。不過顱骨上面加裝了矽晶神經網路處理器和積體電路資料儲存裝置。」

廉姆被他一番術語攪得七葷八素：「矽……晶神……什麼？」

「就是頭裡面有電腦。」莎莎打斷。

廉姆還是聽不懂，盯著她問：「有什麼？」

女孩嘆口氣翹起黑眉毛：「你可還真的是從一九一二年來的呢？」

「廉姆，電腦就是可以儲存資料的機器，」佛斯特解釋：「能放非常非常多資料進去。它的腦袋雖然只是一塊電路板，但是能記得的東西比一百座塞滿書的圖書館還要多。」

廉姆下巴合不攏：「有可能嗎？」

佛斯特揮手要他別鑽牛角尖：「那個以後慢慢聊，電腦的發展歷史很複雜，現在沒空說明。」他走到試管旁邊的面板，「機體發育完成滿久了，就看什麼時候要啟動，所以別讓它空等了吧？退後一點……裡面味道不好聞。」

老人按下按鈕，試管底座旋開，稠糊液體湧出，在地板擴散成一個小池塘，原本就像是湯汁了還冒出熱氣，氣味真的很臭，如同肉類酸敗。裡頭的男人也順著液體滑落在地板，動也不動的模樣令人想到煮熟的義大利麵。

「死了？」莎莎說。

「沒死，還在開機，」佛斯特說：「給它點時間。」

四人默不作聲看著溫熱又難聞的溶液在地上流動。廉姆發覺地板中間鐵格子下面應該是排水溝，心裡鬆了口氣。

那個裸體動了。

麥蒂與莎莎抽了一口氣。

「乖孩子，」佛斯特說：「起來吧。」

肌肉收縮、伸張，背部慢慢有了生命跡象。起初看似神志不清，後來撐起身體，手臂極其強壯，和普通人大腿一樣粗細。它五體投地，跪在地上。

生命體的視線慢慢從地面挪到他們身上。

廉姆從那雙灰色瞳孔內看見一道光，就像是智能終於復甦。複製人張開嘴，吐出濃稠粉紅色黏液，在地上化作一條小河。

麥蒂忍不住皺眉：「哎呀——」

莎莎嘟著嘴巴：「Jahulla，也太噁心了。」

「該不會生病了？」廉姆問。

「沒事，只是要排出卡在肺部的液體。」

它喉嚨支支吾吾一陣，聲音就像嬰兒喝奶之後的反應。過了半晌，複製人終於能夠控制嘴型，擠出笨拙尷尬但友善的笑容。

「巴……嘎嘎……布……拉……？」這是它第一句話。

# 18

## 二〇六六年，紐約

奎瑪博士將金屬線籠組裝好，鎖緊最後幾個螺絲，接著退後上下打量。

「就這樣？」卡爾．哈斯問：「這真的是世界上第一臺時光機？」

博士點頭，靜靜欣賞。

乍看之下只是個金屬籠，大小和淋浴間差不多。旁邊地板上擱著一個像是銅製水壺的物體，以及一臺掌上型電腦。幾呎外攜帶型發電機嘎嘎大叫，源源不絕將能量灌注到瓦德斯坦的機器裡。

「位移能量場固定在籠子上，」奎瑪解釋：「所以一次只有一個人能穿越。要全員到達目的地，需要的時間會比預期要久。」

卡爾．哈斯看看手錶：「博士，已經超過談判期限半小時，警方不可能按捺太久。」

他點點頭：「我知道，所以得快點開始。」他跪在掌上型電腦旁邊，拿起觸控筆在螢幕點來點去。

「卡爾，過去以後會很冷，提醒大家換上冬衣。」

「明白了。要不要也——」

話說到一半被很大的悶響打斷。

「他們要強行突破了！」卡爾緊繃起來：「我先派人守住大廳，在樓梯口利用地形攔截警察。」

「放手去做，總之盡可能給我爭取時間。」

卡爾點點頭轉身跑進昏暗走道，同時已經拿著無線電和樓上隊員聯絡。

奎瑪回頭繼續盯著螢幕，輸入時空標籤，一個極為準確的時間地點。接著他回頭對守在身旁的兩人下令。

「麥斯、史蒂芬，裝備優先，明白嗎？」

兩人點頭，將箱子、袋子搬進金屬籠。

卡爾．哈斯從地下室上階梯，到頂端後望向雙片式大門外側，博物館大廳還是一片黑。他按下無線電：「魯迪、派特，回報狀態。」

耳機傳來破碎的人聲：「已經進入屋內，有催淚瓦斯、閃光彈，從左翼往我們移動。」

「撤退到大廳，盡可能拖延，在地下室樓梯這裡佈下防線。」

「收到。」

卡爾瞇起眼睛瞪著大廳，意識到縱使有幾道藍色光束從釘上木板的窗戶透進，博物館內部環境還是太暗了。

「全員注意，」他透過麥克風發號施令：「準備作戰，進入夜視模式。」

他也伸手將掛在平頭上的顯示器翻到左眼前面，開啟夜間模式。

片刻後就聽見原本空蕩蕩的走廊傳出槍炮巨響。

卡爾轉身對跪在樓梯上的隊員說：「薩盧，準備好了沒？」

士兵點頭，還擠出緊繃的笑臉：「是，長官。」

最後一箱裝備也進了金屬籠。

「退後，」奎瑪提醒。

他低頭看著掌上型電腦的小螢幕。「好……」博士雙手交叉在身後，掉頭對麥斯、史蒂芬說：「現在來看看舊機器究竟能不能動。」

他點了螢幕上的圖標——**轉移**。

籠子立刻噴出火花落在內側那些裝備上。奎瑪開始擔心帆布會不會冒煙甚至起火，然後裡頭火藥就爆炸。

所幸火花只持續了幾秒鐘，餘燼熄滅時籠子裡頭已經空無一物。旁邊兩個士兵目瞪口呆笑得像傻子，但博士也忍不住大笑。

「功能很正常呢。」

不能沉浸在喜悅，他要兩人馬上再搬東西進去，自己忙著重置設定資料。

潛意識裡——儘管他知道沒有退路——還是竄出疑惑：物體會以什麼狀態抵達目的地？完好無缺還是零零碎碎？想像之中有個畫面是自己進入另一個時空，看見肉體碎裂、內臟濺灑以後就劃下人生句點。

但是他舔舔嘴。

保羅，你不會在這節骨眼才窩囊吧？

# 19

## 二〇六六年，紐約

卡爾透過無線電掌握戰況。聲音斷斷續續時常模糊，但這反而代表他們應該成功牽制了警方的行動。兩支夾擊小隊的回報加起來少說已經做掉對方十幾人，耳機傳來的情報拼湊起來可以得知敵人完全落入埋伏處於劣勢。

問題是，他這邊也已經折損兩員。

第一個倒下的是魯迪，胸部中了很多槍。再來是艾登，頭部中彈，還沒倒地就死了。爭取時間是一回事，傷亡慘重又是另一回事。事實上，他們根本承受不了一丁點損失。原本就只有二十四人，並不是規模多大的軍隊，要征服歷史感覺遠遠不夠。

於是卡爾開啟耳麥：「所有單位撤退到地下室階梯，立刻行動。保持掩護，我不要再有人員傷亡。」

「我們也他媽的不想傷亡啊，卡爾。」一個聲音回報。他認得是派特。頻道上有另一個隊員聽了哈哈大笑。

從兩支小隊使用的頻率都傳來激烈槍聲，他們正在對警察密集攻擊製造空隙，否則離不開原本位置回到大廳。

卡爾回頭吩咐薩盧：「準備好了？他們會需要掩護。」

四大箱武器配備隨著火花在奎瑪眼前消失無蹤。他不禁對上帝祈禱，希望這些貴重東西以及自己帶來的人都能前往時空中的同一點，別成了歷史的孤兒。

回頭檢查，裝備幾乎都傳送出去了。

「好，」他開口：「終於要將人送過去。」

麥斯從背包取出極地用迷彩裝：「博士，我先。」

「很好。」

士兵拉好夾克、手執脈衝步槍，朝保羅．奎瑪行了俐落軍禮以後自信滿滿地踏進金屬籠。

「準備好了嗎？」

「是，博士。我準備好改寫歷史。」

奎瑪點頭：「回復歷史應有的面貌。」

「是，博士。」

奎瑪也向他敬禮。不是軍人背景，這動作做起來不熟練，但他自然而然就覺得有必要。「待會兒就帶大家過去會合了，麥斯。」

「待會見，博士。」

奎瑪點擊傳送指令。

最後一批隊員衝過大廳，朝著卡爾和薩盧守住的樓梯口跑去。

過了幾秒鐘，瓦斯罐滾過積滿灰塵的大理石地板，一瞬間湧出毒煙。

部下匆匆從身旁穿過，上氣不接下氣。

「太多了！」一個人大叫：「到處都是他們的人！」

「下樓！」卡爾高呼：「在下面入口設防線，快！」

士兵朝下面衝刺，靴子和裝備撞出一陣叮叮咚咚。

卡爾回頭拿起自動步槍，然而即便頭戴顯示器有夜視功能，面對濃密煙霧也無用武之地。他進行掃射，目的只是希望嚇阻對方，而不是真以為能夠命中。

場地太寬，兩個人不可能守住，比較明智的作法是隨眾人一起下去守住樓梯。警察若要追殺，就必須擠進狹窄空間，對他們有利得多。

「薩盧，你也下去。」

「長官？」

「快下去！」

薩盧下去以後，樓梯口只剩下他一個人。卡爾從腰帶掏出三顆有引信的反人員手榴彈，設置間隔一分鐘連續引爆。第一顆拋進大廳，第二顆放在樓梯口，兩道階梯以後再扔下第三顆。

轉進第三道樓梯，卡爾跑到最下面。

「停火！」他朝昏暗中大叫：「是我，卡爾！……別開槍！」聲音在空心磚牆間迴盪。

十八個部下躲在臨時用箱子堆出的屏障後面，穿過這道門就是開闊的地下倉庫。

「幹得好，」他找了最近的隊員拍拍肩膀示意後鑽過去會合：「我設定了三分鐘的手榴彈，可以拖延他們一會兒。」

卡爾左右張望：「損失多少人？」

「再兩個，」薩盧回答：「德克斯特和舒瓦茲。」

他面色一沉。

狀況不妙。

「卡爾，他們怎麼辦？」有個士兵往綁在幾碼外另一堆箱子旁邊的博物館保全撇了撇頭，「殺掉嗎？」

卡爾咬著嘴唇思考片刻。幾個保全談不上威脅，年紀一個比一個大、遇上狀況也慌了陣腳。其實他想乾脆放他們走，問題在於保全走進大廳恐怕也是被不分青紅皂白打成蜂窩。

「唔，喬瑟夫你去給他們鬆綁，叫他們自己找個角落躲好，等槍戰結束才出來。」

「是。」

「對了，提醒他們，要露臉之前先叫一聲提醒那些警察，不然人家看見黑影就開槍。」

喬瑟夫笑著點頭，看來也覺得樓上那些豬腦袋會先開槍再開口。

因為是業餘。裝備再完整也沒規矩。

上面大廳傳來第一聲巨響。

卡爾壓住耳機點點頭，轉身望向部下：「羅斯、佩特、史蒂芬、喬瑟夫，你們四個過去那邊。」他指著左側兩個架子中間的狹長走道。「奎瑪在後面組好機器，但是一次只能傳送一個人，你們先過去。」

他們點頭以後快步離開。

樓梯頂端第二顆手榴彈爆炸，聲音更大，還有瓦礫從上面彈落。

沒辦法了，卡爾，他在心裡說，拚命守住這裡吧。

# 20

## 二〇六六年，紐約

奎瑪每送一個人穿越時空以後就要重設坐標。樓梯間的激烈槍戰沿著走道傳來，他無法分神計算已經傳送多少人過去。十二個、或許十四個吧。

幾分鐘之前卡爾在無線電上提醒了，守住走道口的只剩下最後五人，而且激戰之中又一個弟兄倒下——是薩盧。傷得很重。

從語調聽得出來戰況越來越吃緊。

他按下麥克風：「卡爾，你們得趕過來！」

頻道上卡爾・哈斯的話語伴隨雜訊回答：「博士，總得有人留守。所有人都跑掉的話，沒兩秒就會被警察殲滅。」

奎瑪心裡暗罵，可是卡爾說得沒錯，必須有人爭取時間讓最後兩三人穿越時空、而且自己必須破壞時光機才不會被追蹤。已經損失五個弟兄了，還得丟下一兩人他實在於心不忍。

「該死。」他低呼。

要是自己可以早一點找到機器、組裝快些……或者警察多遲疑幾分鐘才攻進來……原本可以沒有傷亡、皆大歡喜。

「讓我來吧。」薩盧說。

卡爾低頭望向他。薩盧穿著灰白相間的極地迷彩服，可是前襟被自己的血液染得幾乎全黑。其實警察當時並非瞄準他，然而流彈從樓梯扶手彈跳，正好打在他胸膛上。年輕人癱在地板、身體下面堆積出血泊，每口氣息都很沉重，肺部不知是一側還是兩側都中彈。不是醫官也能判斷：薩盧的性命多則幾分鐘，少則不到一分鐘。

「薩盧，我——」

「長官，快走。」年輕士兵擠出苦笑：「快去吧……和奎瑪博士一起改造世界。」

卡爾點點頭：「我們一定會做到。」

「說到做到喔。」士兵咳出一灘血，沿著嘴角往下滴。「去……吧，」他低聲說：「我會盡力……」

卡爾再次點頭，明白弟兄意識逐漸模糊。

他看看倖存的部隊，熟練地揮手示意大家離開掩體，往奎瑪博士集中過去。過程中卡爾對著樓梯那裡瘋狂掃射，消耗一整個彈匣，火花、彈殼與混凝土碎片在煙塵中飛揚。警察也是全副武裝，原本預備好衝進來做最後一擊，遇上這麼凶猛的攻勢只能先避避風頭，不敢輕舉妄動。

彈匣空了以後，他趕緊低頭看了薩盧一眼，掐掐年輕人肩膀說：「或許在另一個時空線上能再相逢。」

薩盧露出笑容，開始對樓梯口進行一陣陣短促射擊。這種戰術可以提高子彈效率，也容易爭取到更多時間。

卡爾轉身就跑。同伴們的腳步聲在前方迴盪。

奎瑪博士再次重設機器。身旁最後一人已經過去了，就等卡爾．哈斯，還有隨隊長行動的士兵。

他聽見腳步聲和遠方斷斷續續的槍擊。

「快點！」博士高呼。

黑暗中浮現兩個身影，是洛南和瑟吉。

「快！」他一邊叫著一邊將士兵趕進金屬籠：「卡爾呢？」

「在後面。」

「好吧……先這樣。」

啟動機器以後火花劃破黑暗，一閃之後洛南消失。瑟吉踏進金屬籠，卡爾疾奔的聲音傳進博士耳裡。

奎瑪迅速重置坐標再啟動。

然而走道彼端，槍聲停歇。

*該死，他們要進來了。*

卡爾趕到立刻大叫：「警察突破防線！」

「我知道、我知道，你快點進去。」博士拉著籠門。

卡爾上前卻先盯著他：「那誰送你過去？」

「別操心，我自有辦法。」

卡爾聽了遲疑：「全部都要過去。是你自己說的，還記得吧？」

奎瑪苦笑：「對，我說的。放心，朋友，我會跟上。」

博士關上金屬籠：「那邊見了，卡爾。」

隊長敬禮：「我會先整隊，你一到就能行動。」

奎瑪點頭：「好……待會見。」他啟動時光機。

星火照亮地下倉庫，周圍木箱都成了白色。

光芒落地前的一瞬間，博士意識到堆積在地下室裡這麼多的箱子，其中有些裝的東西即將改變。歷史，而且是近代歷史……精確地說，最近一百年的歷史，會天翻地覆地改寫。

不是壞事。原本的歷史造就了晦暗、毒瘴、擁擠不堪耗竭殆盡的世界。

完全不是壞事。

發電機的巨響蓋不過厚重靴子用力踏在冷硬地板的聲音，叫聲的回音傳來，警察馬上就到了。手電筒的光束在前方舞動。

他跪在掌上型電腦旁邊最後一次輸入坐標，深呼吸之後按下延遲五秒以及傳送兩個指令。

飛快竄入金屬籠內，奎瑪博士從背包拿出手榴彈，解開保險放在外頭。關上籠門、閉起眼睛……他祈禱時光機能在爆炸之前將自己送回過去。

快呀！

睜開眼睛，因為刺目光線集中過來。隔著金屬線看得到武裝員警的身影快速逼近，他們單膝跪地、執起武器就要發射。

快！快！快！……

要是離開這時空之前的零點零零幾秒居然中彈了，可就真的是命運開了一個大玩笑。奎瑪博士牢牢閉上雙眼，做好心理準備：或許是一排大口徑子彈鑽進身體，抑或是被籠子外面手榴彈撕成碎片。

不過他感覺到了……像是下墜，彷彿自己原來站在絞刑臺上，腳下地板唰地打開了。

# 21

## 二〇〇一年，紐約

「唔……完全聽不懂那東西嚷嚷什麼。」莎莎盯著從試管出來的複製人，語氣帶著同情。

麥蒂幾乎流露出母愛了：「你確定這樣子正常嗎？」

「別擔心，」佛斯特說：「內建的電腦搭載擠出人工智慧，有適應學習機能，很快就能正常運作了，等著瞧。現在重要的是在它腦袋裡留下你們的記號，特別是廉姆。」

男孩皺眉：「記號是什麼意思？」

「你想像成小雞從雞蛋孵化以後，第一眼看到誰，就會覺得那是媽媽。這個設計可以提高學習程式的效率，所以廉姆你先過去讓它產生連結。去吧……跟它打招呼。」

廉姆望著老人，神情很不安。

「去吧，很安全的。」

男孩轉身看著地上那個肌肉發達的軀體，又想像著對方可以輕而易舉將自己手臂從肩臼撕開以後當作棒子敲碎腦袋——假如它覺得這樣做很有趣。

於是他戒慎恐懼靠近幾步，鞋底踏過地板上那片散發惡臭又逐漸凝固的黏糊時忍不住五官一皺，但還是蹲在巨漢身旁仔細觀察。

「格拉……巴……得啦？」它嗓音低沉，像是整個胸腔跟著共鳴。複製人頭頂光禿禿的，雄偉的軀體上一根毛髮也沒有，皮膚偏白、像是牛奶色。廉姆覺得它有些可憐，擠出了友善的笑容。

「你好呀。」

「拗——啊——」它模仿起來。

「我叫做廉姆，」男孩指著自己：「我……廉姆。」

「李李李——欸姆姆姆。」複製人重複他說的話，同時爬起身，兩隻大手掌處於好奇心捧著男孩的臉蛋。廉姆有點緊張，吞下口水。

它想的話用力一擠，我的頭就像熟透的瓜……

指尖還有黏液，它探索廉姆兩頰：「李——阿姆？」

「廉姆，」他糾正。

「李——連，姆。」

「那你是……？」男孩轉頭問佛斯特：「它有名字嗎？」

佛斯特聳聳肩：「你們決定吧，可是別故意取奇怪的名字，之後都得那麼叫它。」

莎莎瞥到複製人的生殖器忍不住吃吃笑。

麥蒂轉頭對老人說：「佛斯特，取名字之前要不要先找個東西給它穿上？畢竟……莎莎才十三歲，我嘛……現在沒有看那種東西的心情。」

「抱歉，不行……派崔克這名字真的太蠢。」麥蒂說完喝了一口咖啡，繼續觀察房間那頭的魁梧身軀，佛斯特才剛給它套上衣服。「我會想到一個很白癡的兒童卡通，《海綿寶寶》裡面那個派大星！」⑦

廉姆聳肩：「是因為我有個叫做派崔克的表哥很壯，所以覺得這名字很適合。」

麥蒂微笑：「我想到一個完美的名字。」

兩人一臉期盼，她笑意更濃：「阿諾啊！聽過吧？終結者呀？」

廉姆一臉茫然。

「阿諾．史瓦辛格啊！」她又說一遍。

莎莎露出訝異神情：「妳說史瓦辛格啊？美國第四十五任總統？」

麥蒂瞠目結舌：「不是開玩笑吧？他還上總統？」

「沒開玩笑啊。就是他，」莎莎回答：「上美國史的時候特別討論過，為了他的參選資格還修憲呢。他是歐洲出生的對不對？」

麥蒂點頭。

「一開始成名是機器人科幻電影對吧？那電影叫什麼啊？」

「呃……」麥蒂翻了個白眼：「就《魔鬼終結者》啊？」

「啊……對，」莎莎說：「終結者。」

「我好喜歡終結者系列，很酷！」麥蒂視線掃過複製人健壯身軀，彷彿對自己點了一下頭，堅信阿諾是最適合的名字。

但廉姆很想問個清楚，終結者？卡通？科幻？海綿寶寶？兩個女孩子的對話和蒙古文一樣難理解。

「第二集有一段滿妙的，」麥蒂繼續說：「主角，就是那個叫做約翰·康納的小孩，介紹終結者機器人給別人認識，結果隨口胡謅說是鮑勃大叔——」

「鮑勃大叔？」廉姆打斷：「鮑勃，不錯的名字啊，簡單好記。」

莎莎若有所思點點頭：「嗯……看起來像是叫鮑勃的人。」

麥蒂瞪著他們：「不叫阿諾嗎？」

兩個人都搖頭。

「那名字有點怪，是吧。」廉姆回答。

麥蒂雙肩一垂：「好啦，那就鮑勃吧，簡單好記嘛。而且對那邊那個傻大個來說應該算是好發音吧。」

廉姆望向佛斯特與魁梧複製人。複製人已經穿上一套連身衣褲工作服，老人像照顧小孩一樣牽著他的手帶到桌邊坐下，加入會議。

「都到齊了。」佛斯特讓複製人坐在廉姆身邊，但是椅子被那體重壓得嘎嘎叫。「基本對話功能已經安裝完畢，你們試著和他聊聊天。」

「呃，那，再哈囉一次。」

❼ 派大星原文名為Patrick Star。

複製人點點頭，回答的聲音就像從頭上橋梁行經的列車那樣響亮：「哈、囉，廉姆。」

佛斯特身子前傾，放慢速度講話：「他的全名是廉姆．歐康納。我給你介紹另外兩位，這是麥德琳．卡特，旁邊是莎莉娜．維克蘭，但是她習慣人家用莎莎來稱呼。」

「哈、囉，麥德琳。哈、囉，莎莎。」

「你也有名字，」廉姆指著複製人：「我們決定叫你鮑勃。」

複製人面無表情默默思考片刻，最後慎重點頭，一臉嚴肅宣佈：「我叫……鮑勃。」

佛斯特微笑鼓勵：「很好！已經記住自己的名字了，介紹到這裡就夠。」

「那接下來呢，佛斯特先生？」

「你們今天晚上好好休息，為明天養精蓄銳，一整天都要忙。」

「忙什麼？」莎莎問。

「當然是訓練啊。」

# 22

## 二〇〇一年，紐約

二號，星期一（應該吧）。

我在基地裡面找到一本筆記，前面幾頁被撕掉了，猜想應該是之前哪個團隊的某人所有。撿到以後，我拿來當作日記本。說不定之前也是日記本，天曉得？

感覺好奇怪，像做夢，也像一場莫名其妙的電影。不上學了，外頭沒有人力車和霧霾，出門不用戴呼吸面罩。

然後也找不到爸爸媽媽了。

Jahulla。一切都好奇怪。

另外兩個隊員，麥蒂和廉姆，好像調適比較快。我還挺喜歡他們。麥蒂十八歲，真的很懂電腦，她說自己是二〇一〇年的工程師，平常開發遊戲，但私下興趣是當駭客。好笑的是仔細想想她算是和我父母同一輩的人……而且也喜歡同樣的老歌。面對面的時候，卻是個大姐姐。

好奇妙。

廉姆嘛，不知道該怎麼說。名目上十六歲，可是想到他是一八九六年出生……那就比我大了一百零五年。所以應該很老很老了才對！外表還挺可愛的啦，而且保有以前的風格，打扮很正式，開口就是「妳好」。

但還是覺得很怪。想念父母、想念我們的挑高公寓，想念從霧霾上面竄出頭的大樓。甚至開始想念和媽媽一起看電子寶萊塢（不過那些唱歌跳舞的片段，jahulla，看得我好尷尬）。

同時我又有點興奮，居然到了紐約！而且是還沒有蕭條的紐約。之後就會因為氣候暖化、人口遷徙、糧食不足、北美發生大量恐怖爆炸事件加上石油匱乏等等完全改變風貌。

而且此時此刻我爸爸人在印度，和現在的我差不多年紀。是個居住在孟買的十四歲少年，媽媽只有十二歲，還在德里……再過十年兩個人才認識！

只是，好想他們。有時候旁邊沒人我忍不住就哭了。不會讓他們看到，還裝得很好。

今天早上佛斯特說要帶我出去，練習擔任這個團隊的「觀察員」。我還不知道「觀察員」究竟負責做什麼，但待會兒應該就懂了。

「好，莎莎，」佛斯特說：「現在是星期一早晨，九月十號星期一，恐怖攻擊的前一天。」他望向時代廣場，也就是紐約中心地、最熱鬧的區塊。明明才早上十點多，第五大道已經人潮洶湧。

「將今天看作『正常』紐約，『應有』的樣貌。這樣說能理解嗎？」

女孩點頭。

「莎莎，妳作為團隊的觀察員，有點像是獵犬的鼻子——負責偵測時間線出現改變的第一絲氣息。」

「因為會有人過來改變歷史？」

「對。」

她朝著時代廣場比一比，清晨就已經人車繁忙：「但是怎麼可能看得出來有改變？」

老人點頭，若有所思搔搔下巴：「或許現在應該解釋一下為什麼會特別找上妳，妳有什麼特殊之處，這樣解釋比較快。」

女孩聳聳肩。或許吧，但是莎莎從不覺得自己有什麼特別的長處。同時代的時髦女孩子喜歡穿霓虹絲縫製的衣服，她卻只喜歡黑色。其他人喜歡街頭流行風，她卻愛聽黑頭搖滾。與其和那些傻小孩戴著面罩在監獄一樣髒兮兮的街上晃蕩，她寧願和家人或幾本有趣的解謎電子書作伴。

「莎莎，我們從二〇二六資料庫裡面特別鎖定妳是理想人選有兩個主因。首先是我們明確知道妳會在何時何地死亡，因此能夠找到妳並且帶走。」

她點頭沒講話。這一點已經很容易懂。

「另一個原因是妳是孟買畫讀地區賽十二歲組的冠軍。」

畫讀是一種圖像解謎遊戲，主要是在大量經過設計的隨機畫面中分析出不斷重複的規律。

莎莎點頭。的確，她算是冠軍吧……但是後來覺得無趣就沒再玩了。畫讀是從日本流行起來的風潮，有好幾年時間大家都拿著任天堂掌機 FlexiBoy 玩，不管在電車、在浴室……上廁所也是。

「重點就是我們根據這件事判斷妳能夠成為優秀的觀察員。妳能快速鎖定細節——那些一般人不容易注意到的小地方、或者存在於混亂之中的固定模式——妳是非常適合的人選。」

老人手掌往擁擠的廣場一揮。

「今天早上這個場景妳得一看再看。每天都一樣，妳也很快就會習慣，然後就會察覺——」

佛斯特看看手錶，指著廣場對面一個年輕媽媽將嬰兒車停下來，彎腰撿了小孩丟在地上的絨毛玩具——「每到十點十四分，那個紅色牛仔褲的女人都會在人行道同一點停下來給娃娃撿泰迪熊。」

他又看看左右。

「還有那邊的兩個老人家會停在麥當勞門口點菸。」

莎莎眉頭一皺：「唔，合法嗎？」

「妳說抽菸？」

女孩點頭，看著那兩人光明正大吐出輕煙時瞪大眼睛覺得不可思議。

佛斯特小聲笑了出來：「沒錯，莎莎，今年抽菸還合法。」他又指著一棟建築物前方巨大看板。「妳還會記得今天上映的是《史瑞克》，」老人再指著另一邊：「下一檔是《決戰猩球》。再換一個，「湯米．希爾費格襯衫是當季流行。」

莎莎嘟起嘴巴注意到二〇〇一年的人服裝很俗。

老人轉身低頭。「妳的眼睛能夠注意到這些小地方，妳的心靈能夠一一牢記，」她凝視莎莎輕聲說：「所以時候到了，妳就會察覺不對勁。」

「也就是波動？」

老人臉一皺，但露出讚許笑容：「沒錯，莎莎。波動——那就是歷史遭到篡改的初期現象。」

她四下顧盼一陣以後，意識到的確就是個巨大的畫讀遊戲。

「妳一定會比另外兩人要早發現……這是妳的特殊天賦，莎莎。」

「只因為我在那種老掉牙的比賽拿到冠軍？」

「對。」佛斯特笑著說：「因為妳在那種老掉牙的比賽表現得很出色，也因為每個星期一妳都要從基地出去，在威廉斯堡大橋上散個步曬曬太陽，從布魯克林走到曼哈頓。妳對這裡的認識會比世界上任何人都深刻。」

「之前團隊也有觀察員嗎？」

佛斯特遲疑一陣才開口：「有。每個團隊都有。」

「是什麼樣的人呢？男的女的？」

笑意慢慢從佛斯特臉上褪去：「她……沒有太多時間熟悉工作。」老人嘆息，「因為不小心引來尋者。」

女孩沉重地看著他：「會有其他尋者嗎？」

老人搖頭：「不會……以後要嚴格執行程序，我不打算犯下同樣錯誤。」

「尋者究竟從哪兒來的？」

他猶豫幾秒。「另一個次元，」佛斯特轉頭看著女孩：「也就是穿越時間需要通過的次元。」

「聽起來……嗯，不是很安全。」

「那是混沌空間，我們身處其中只有極其短暫的一瞬間。妳也不會想在那裡逗留才對。」

莎莎感覺得到老人並沒有說出一切，但此時此地他似乎不想多談。

「走吧，」佛斯特表情一亮：「先去看看市區。妳和爸爸來紐約的時候有沒有進去中央公園？」

女孩回想那次經驗，記憶中曼哈頓中間是一片非常大的空地，生鏽的汽車一輛一輛堆疊在那邊。就是個超巨型廢車回收場。

「是集中沒油舊車的那個地方嗎？」

佛斯特苦笑點頭：「沒錯。不過二〇〇一年的現在還是非常漂亮的公園喔，草木茂盛而且有一座湖。要不要去看看？」

她笑著點頭：「好呀。」

# 23

## 二〇〇一年，紐約

「你沒開玩笑吧？我的工作是……是……分析師？」

佛斯特點點頭。

她望著老人，眉毛彎得幾乎連在一起，神情難以置信：「意思是說我從即將墜落的飛機得救還回到過去，加入了……類似時間警察的組織，結果我要做的事情和之前根本一模一樣？」

佛斯特聳肩：「也不是一模一樣啦。」

她望向面前工作桌上那一排電腦螢幕：「可真棒啊。」

「這是標準單元設計的兆位元等級主機，透過特別程序從未來運送到這個時間點，由第一支團隊花了很多苦心組裝起來。意思就是說，麥蒂，因為這是二〇〇一年的紐約，妳眼前是世界上最強大的電腦系統。而且呢，」他笑道：「專屬妳一個人所有。」

麥蒂伸手拂過電腦外殼：「我一個人的？」

「沒錯。」

「OK……或許沒有想像中那麼糟糕。」

「從檔案資料裡，我們知道的是，」佛斯特繼續說下去：「妳在電腦遊戲公司工作，擔任軟體開發工程師，參與製作一個非常成功的線上角色扮演遊戲叫做《第二世界》。」

麥蒂淺笑：「是還滿多人玩。」

「人員名單上，妳負責的是資料庫除誤。」

「那只是其中一部分，」麥蒂不耐煩地回答：「我也寫了好多戰鬥人工智能、還經手使用者介面上最酷的那些東西啊。問題是為什麼沒有把我名字標上去呢？嘖！又不是我的錯。」

佛斯特點點頭：「但就是資料庫修正這份工作資歷造成妳特別適任。」

「原因？」

「因為，麥蒂，那很像是偵探工作吧？從大量程式碼裡找出造成當機或非預期運作的一小部分？」

「算是吧。」

佛斯特朝莎莎點頭：「所以妳們兩個要保持密切合作。」

麥蒂轉頭望向拱道另一頭，小女孩和廉姆、鮑勃一起坐在木桌邊，兩人似乎正在給傻大個上課，教他如何使用刀叉。

「她作為觀察員，是第一道防線。」

佛斯特已經解釋過莎莎的身分，不過麥蒂懷疑一個小女孩的視覺怎麼會比電腦的判斷更可靠。

「一旦她觀察到變化，妳就要發揮橫向思考與軟體技術，利用這個電腦系統的強大機能從網路以及世界上無數歷史資料庫裡面找出究竟是何時何地的歷史遭到篡改。」

麥蒂搖搖頭：「我怎麼可能有辦法調查出來？中學歷史都沒認真上課啊。也許我並不是適合人選——」

「妳行的。」老人打斷：「這份工作需要的不是豐富歷史知識，而是邏輯思考加上一點點常識。我對妳有信心，麥蒂。而且妳要成為這個團隊的領袖，負責制定策略。」

「領袖？隊長不是你嗎？」

佛斯特壓低聲音，彷彿不想別人聽見：「我不可能一直在你們身邊。總有一天，你們三個要和鮑勃獨當一面。」

「什……你要去哪？」

「我……嗯，這不重要。現在我會好好輔助你們組織出團隊，目標就是能夠獨立運作。」他看著麥蒂：「而這支團隊會需要妳的領導。」

她回頭望向其他人，兩個孩子咯咯笑著看鮑勃用大手笨拙操作刀叉。

我，當隊長？

麥蒂一直以來習慣單打獨鬥，自己工作就好，只需要程式碼陪伴。讓兩個小朋友、加上一隻大猩猩倚靠自己，感覺已經夠糟糕，甚至連人類歷史都要她來扛……

她搖頭。「佛斯特，你找錯人了，」麥蒂回答：「我辦不到。」

老人朝工作桌上的鍵盤伸手，沒有直接回應：「我示範給妳看看這部電腦性能有多強。妳知道嗎，它和世界上所有資料庫相通喔？所以透過這鍵盤，妳就可以駭進任何連接網際網路的電腦，防火牆和加密之類的不是阻礙。」

「唔……好。」

「要不要看看美國總統的信箱裡面有什麼？」

麥蒂下巴掉下來：「做得到——？」

佛斯特呵呵笑：「那就看看今天早上布希寫了些什麼金玉良言吧？嗯？」

# 24

## 一九四一年，德國巴伐利亞森林

墜落……墜落……墜落……

保羅．奎瑪博士睜開眼睛，卻被強光刺得又瞇起來，忍不住緊閉。

「沒事了，」一個聲音和緩地說。

奎瑪嘗試緩緩睜開眼睛，最先看見的是雪，一整片的積雪。大部分地方很光滑，但有一兩條足跡，以及拖行重物留下的轍痕。

蹲在旁邊的人很眼熟。

「卡爾……」

「先休息一下，博士。暈眩感大概會持續一分鐘，待會兒就好。」

奎瑪深呼吸，結果吐出白煙。心裡太多疑問，實在按捺不住。「先告訴我，時間到底對不對？」

「看起來沒錯，四月的雪景大概是這樣。」

「地點呢？」

卡爾點頭：「我們在上薩爾茲堡郊區森林。」

「裝備呢？」

「都在，原本掉在周圍，但大家整理好了，先藏在樹林裡。」

「所有人都過來了嗎？」

卡爾的遲疑就是答案。奎瑪抬頭凝視他眼睛，背景那片暮色依舊刺眼。「卡爾？」

「托馬斯和伊森……沒成功。」

奎瑪努力站起來看看四周，士兵已經換上極地迷彩裝並且繫好背包與護具，手中是尖端科技M29脈衝步槍，戴著防彈纖維頭盔並配備具夜視功能和熱感應的抬頭顯示器。場面很壯觀，他看得胸口一熱、充滿驕傲。

但，人數好少。

數了數，只有十七人。

「托馬斯和伊森出了什麼事？」

卡爾不願意回答。

「卡爾！告訴我……」

副指揮官並不樂意但還是點頭：「你親眼看看吧。」

他帶著博士從隊伍中間切過。積雪有膝蓋深，踏下去發出清脆碎裂聲。奎瑪跟隨時套上極地防寒衣並拉緊拉鏈。

卡爾帶他走入一片茂密松林，樹枝低垂，上頭壓著很多雪。

「看起來應該是穿越時間過程中機器有點故障。」卡爾推開一些樹枝，雪粉灑落。「值得慶幸的反而是兩個人都很快斷氣，」他朝旁邊跨了一步找到遺體補上：「只受苦幾分鐘。」

奎瑪眼前是攪成一團的肢體和器官，根本認不出是人類，何況……應該是兩個人類。第一印象是上帝造物結束以後，利用剩下的材料捏出恐怖的怪物——可悲、畸形，手腳過多，皮膚扭曲冒泡就像塑膠融化，撕裂以後露出內臟。一顆頭顱熔接在長度不對勁的手臂上，奎瑪能認出那張臉是伊森。托馬斯的五官浮現在另一個位置，最多就只能形容是怪物的鼠蹊部。

「我的天，」博士只能低聲這麼說：「找到的時候還活著？」

卡爾點頭，神情陰鬱。

奎瑪一陣反胃，但卡爾還在旁邊，所以別說嘔吐，連乾嘔他都不肯。博士要維持自信、堅強的領袖形象，而不是一噁心就站不直的孬種。

「這個情形在預期內，」奎瑪回答：「瓦德斯坦製作的是原型機，出意外的可能性比較高。」

表現得勇敢些，保羅．奎瑪。他不斷這麼自我要求。

「只失去兩個人，已經算是幸運了，卡爾。兩個而已。」

「我明白，博士。」

「而且接下來不用再穿越時間，最棘手的部分解決了，我們到達目標時間和地點。」

卡爾點頭，擠出苦笑。

「德國，四月十五號……一九四一年。」奎瑪朝附近山頂點頭，白雪皚皚反射一圈銀色月光：「卡爾，命運正在上面等待。」

他聽了咧嘴一笑：「然後我們會成功，不是嗎？」

奎瑪點頭：「當然……會成功。」

# 25

## 二〇〇一年，紐約

麥蒂盯著佛斯特，一臉難以置信：「你說我們得什麼？」

「妳沒聽錯。今天早上，我們會刻意改變歷史。」

廉姆、莎莎、麥蒂不發一語瞪著他，桌上擺著幾碗米穀片。鮑勃坐在莎莎和廉姆中間，一直凝神觀察四人。

「廉姆，」佛斯特繼續說：「今天也是你第一次回到過去。你和鮑勃一起。」

鮑勃的厚唇擠出還沒練習好的微笑，嘴型更像是駱駝咀嚼。「可，」他聲音依舊低沉。

「那你呢？」廉姆問。

「我會跟著去。」

「要去哪兒？」

老人舉起一根手指：「啊哈……先保留。這次測驗最主要是看看麥蒂和莎莎能不能判斷出我們位置，還有我們改變了什麼。」

「但是……」廉姆表情迷惘：「我以為我們應該不准改變歷史吧。你不是說……嗯？」

鮑勃緩緩點頭：「改變歷史不好。」

「有一個地方被我們當作實驗場地，」佛斯特回答：「我們反覆利用同一個歷史片段來測試新團隊。所以別擔心，我們只是暫時性改變很細微的部分，而且之後就將一切回復原狀。」

「你們離開多久？」莎莎問：「有沒有危險？」

佛斯特微笑：「很安全，實際上也只在過去停留非常短的時間。我在電腦上設定好了，回程視窗會自動跳出來，妳們兩個只要好好監控歷史，調查出我們做了什麼就行。」

廉姆轉頭望向拱道深處那個裝滿水的大玻璃艙。「我們是不是得爬進去？」

「唔，是啊。沒辦法。」

佛斯特說完，靠過去伸手搭著廉姆肩膀：「別緊張，會先加溫。我自己也不想跳進一缸冰水。」

廉姆脫掉衣服，身上只剩下一條髒髒的內褲。他想想發現太久沒換了。

「妳們不要偷看！」

結果聽見另一頭早餐桌那邊傳來麥蒂的笑聲：「有什麼好看？」

「廉姆你別囉嗦，快點進來！」佛斯特叫道。

大男孩爬上階梯，腿翻過去進了水中，滑下去以後和鮑勃、佛斯特面對面，兩人都在水裡踏步。

「嗯，真有趣啊。」他自嘲著抓住玻璃艙邊緣，神情有點緊張。

「為什麼有趣呢，廉姆．歐康納？」鮑勃態度很誠懇。

廉姆聳肩：「我又不是每天都會爬進大魚缸，而且還是和兩個——」

「噓，注意聽。」佛斯特打斷：「我設定了自動傳送，所以這次不需要麥蒂下坐標，但正常程序裡時空間定位全部由她處理。」

廉姆點點頭，隔著水缸看見少女朦朧的身影，暗忖等到第一次讓她手指透過按鈕決定穿越至什麼時空，不知道自己能保持多大的信心。

「這一次兩個女孩子都不知道我們被送去什麼地方，而且我們不會待超過一小時，時間到電腦自動把我們拉回來。我已經把相關歷史資料都下載到機體硬碟裡。」

「是說……鮑勃的腦子？」

「對……鮑勃的腦部。」

廉姆看著在身邊踩水的肌肉壯漢：「是怎麼把資料放進去的？」

「無線傳輸。」佛斯特也望向複製人：「鮑勃，我們要去的時間坐標是？」

「一九六三年十一月二十二日。」

「地點呢？」

「美國德州達拉斯。」

「很好。轉移場還要多久才啟動呢，鮑勃？」

「五十八秒後啟動。」

「好，」佛斯特說：「有沒有問題？」

「佛斯特先生，為什麼我們要只穿內褲泡在水裡？」

「避免污染，所以身上東西要盡量少，就這麼簡單。水是中性而且具有浮力，可以確保傳送開始的時候我們絕對沒有接觸任何其他物體。我們之外就是水，就這樣子回到過去，沒有多餘的東西。」

「我懂了。」

「距離傳送還有二十秒。」鮑勃提醒。

「廉姆，我們倒數五秒的時候，你要深呼吸，整個人泡進水裡。」佛斯特吩咐。

廉姆緊張地吞了口口水。想到要放開玻璃頂端、全身浸在水中，他心跳自然而然加快了。

「呃，佛斯特先生，雖然不是好時機，但我要說的是其實我沒有真正學過游泳。我、呃，我從來沒有——」

「我知道。」佛斯特嘆氣：「放輕鬆就好，你會習慣的。」

廉姆瞪著水面神情驚恐：「可是……我放手的話就會沉進去，像石頭一樣，真的。我——」

「不要緊張，就閉氣大概十到二十秒，很快就結束。」

「頭也要？得把頭……真的鑽進水裡？」

「對，進到水下。」

「可以……可以不要真的全部下去嗎？一點點可以嗎，佛斯特先生？讓臉——」

「不行。你一定要全身都浸在水裡，每一吋都要。轉移場掃描器會偵測，要是你身體有暴露在水外就會觸發安全機制停止程序。」

「會怎麼樣？」

「會看到我很不耐煩，而且我們又要重來一遍。」

「喔。」

「資訊提示：距離啟動尚有十秒。」鮑勃說。

廉姆察覺自己因為緊張所以呼吸短促：「我……我……我不太肯定自己受得了。我真的——」

「鮑勃，」佛斯特下令：「把廉姆壓下去。」

複製人伸出大手。過了一秒廉姆才意識到自己處境，喝進一口水，手腳不停亂甩瘋狂掙扎。

莎莎的手機震動了。

她從口袋取出，看見這麼古老的機種忍不住皺眉。好醜的一塊黑色塑膠，上頭還印了N-O-K-I-A幾個字母，和二〇二六年自己那支耳塞式V3怎麼比。這種東西應該擺在博物館裡，但她不得不拿到耳朵邊，然後驚覺反正二〇〇一年每個人的手機都這麼尷尬。

用拇指按了個按鍵。「哈囉？」

「是我，麥蒂。他們一分鐘前回到過去，妳人在哪兒？」

莎莎張望以後看到自己在百老匯、面朝北，正要穿越西四一號街。「快要到時代廣場了吧，應該……嗯，看到了，就在前面。」

「那……妳有注意到什麼異常嗎？」

女孩聳肩：「沒有，和上次過來同樣是好天氣，路上的人車也沒什麼變化。」

「唔，」麥蒂回答：「其實搞不大清楚我留在基地裡面究竟該做什麼。現在就是盯著網路上的新聞之類，但完全不明白要搜尋什麼。」

莎莎緊張地笑道：「我也是。結果就是出來散步曬太陽。」

「我只能像個傻子一樣坐在這裡對著幾臺螢幕乾等。所以莎莎妳在外頭沒問題吧？」

繁忙的週一早晨，但是已經過了通勤時段，上班族躲在辦公大樓裡，大蘋果（紐約的別名）街道上主要是遊客、親子或一群一群出遊的朋友。

莎莎嘆口氣，心想要是自己也有人陪伴多好。上一次出來已經是好幾個泡泡日之前的事情，那時候鮑勃跟在旁邊練習佯裝為普通人類。有個七呎身高、肌肉鼓脹、看起來像超級英雄的人當保鏢，女孩是覺得心裡踏實很多。

「應該還好吧，我想。」

# 26

## 一九六三年，德州達拉斯

廉姆順著水流重重落地，唏哩嘩啦聽起來像是浴缸從很短的階梯上面翻倒。抬起頭以後看見佛斯特和鮑勃分別在自己左右，兩人掌膝跪地，身邊像個池塘，可是水很快散開。附近有一片柏油地，停了不少車輛，外形沒有那麼現代，比起這幾天在紐約街上看到的要有稜有角。

鮑勃第一個站立，並朝廉姆、佛斯特伸手攙扶。

「我幫你們。」他聲音還是低沉。

男孩抓著他的手起來。

「得趕快找衣服，」佛斯特吩咐：「免得引起不必要的注意。」

從小貨卡和髒兮兮的轎車中間穿過去，找到一道對開門，上頭掛著牌子：**書庫——業務用出入口**。

「去那裡面，」佛斯特說：「有置物櫃的房間牆上吊著衣服。」

「確定？」

佛斯特咧嘴一笑：「這趟我跑了好幾回了。」

「要是有人在裡面呢？」廉姆下意識伸手遮住自己被浸濕的內褲。

「沒人。他們都在前面等著看總統座車，幾分鐘就會從這邊經過。」

老人帶著他們穿過停車場推開倉庫大門。外面雖然出大太陽，裡頭卻昏昏暗暗、有股淺淺的霉味，因為教科書堆滿架子和地板。

「在右邊。」佛斯特又說。

轉彎拐進房間，裡面靠牆就是員工的置物櫃和衣物掛鉤，角落還有失物招領箱，塞滿這麼多年下來零零碎碎的東西。在這兒他們找到足夠三人使用的外衣，但對鮑勃而言都不合身——腳趾掛在涼鞋外頭、海軍藍連身褲看起來不很乾淨。

「看起來像三個流浪漢。」廉姆說。

「這樣最好，」佛斯特解釋：「就不會有人特別注意我們。」

「佛斯特先生，」廉姆小聲問：「是不是有什麼活動？」

佛斯特回頭對支援用生化人說：「你來告訴廉姆。」

鮑勃從剛安裝不久的資料庫裡讀取相關檔案。「資訊提示：五分鐘三十二秒整之後美利堅合眾國第三十五任總統約翰．甘迺迪將會遇刺，首先點四一子彈命中咽喉，接著第二發命中顱骨，導致腦部組織約百分之二十五飛出。」

「所以他被殺了？」

佛斯特看著男孩：「你說呢。」

「所以？我們要阻止這次暗殺嗎？」

佛斯特聳聳肩：「比較像是……延後而已。」

## 二〇〇一年，紐約

莎莎查看時代廣場周圍。已經大概是第十一還十二次從布魯克林出發，穿越威廉斯堡大橋，沿著百老匯進入繁華市區。人聲鼎沸、熙來攘往，可以觀察的細節、變動太多，她真的不很肯定自己如何能記住一切，從這個特定時間的街景中判斷出自己需要知道的事情。

視線滑過幾個看板。上面是個表情和藹的綠色怪物，頭頂上寫著電影標題《史瑞克》。另一個則有毛茸茸的藍色妖怪、小小的綠色球狀生物，這一部叫做《怪獸電力公司》。更遠一點貼著《媽媽咪呀》的劇場表演海報。

彷彿令人心安的既視感，莎莎看到紅色牛仔褲的年輕母親推著娃娃車從前方人行道經過。

唔，沒錯……她在這裡會停下腳步撿玩具。

那位母親也的確不耐煩地在人行道中間彎腰，然後娃娃車探出一雙可愛小手。

真是奇妙。

女孩微笑。

「哇噢，」莎莎得意地自言自語：「我能預測未來呢。」

## 一九六三年，德州達拉斯

「上樓梯就到了，還一層。」佛斯特氣喘吁吁。

廉姆順著樓梯間望去，有個辦公室門沒關上，裡頭很多桌子、書架、檔案櫃沒人顧，反而窗戶前面擠滿穿著碎花圖案洋裝的上班婦女，她們很多是蜂巢似的髮型，每個都爭先恐後盯著外面。

「我們上樓是要？」

佛斯特還在喘說不出話：「鮑勃，你可以……？」

支援用生化人順從地點頭。「資訊提示：本建築物六樓一名男性全名為李．哈維．奧斯華，一分鐘二十七秒後將持槍射擊美國第三十五任總統。目前尚有一分鐘二十六秒……」

「呃，謝謝，鮑勃。」廉姆回答。

生化人模擬微笑，但擠出的表情還是古怪：「不客氣，廉姆．歐康納。」

爬上樓梯，佛斯特放慢腳步，一根手指壓著嘴巴示意安靜。他指指一扇打開的門，看起來是儲藏室。

「就在這兒，」他悄悄道：「過去以後在左手邊有一排窗戶可以看見底下的迪利廣場。奧斯華埋伏在角落，槍靠在第二扇窗戶的窗臺上。再過三十秒左右——」

「確切數據為三十九秒。」鮑勃打斷。

「鮑勃，先安靜。」

他溫順點頭。

「大約三十秒以後總統座車轉彎進入視野，等到幾乎在這棟樓的正下方，奧斯華就會開槍攻擊。但是第一槍，」佛斯特小聲解釋：「就是我們要去干預的部分。跟我來。」

佛斯特走進儲藏室，廉姆和鮑勃謹慎跟隨，三人穿梭在一疊疊隨意堆放的教科書中間，書上積滿細細的塵埃。

隔著書堆，廉姆看見在一扇高窗前面有叢頭髮。他回頭望向佛斯特，老人點點頭。

就是他。

三人不動聲色湊過去，將奧斯華包夾起來。

「抱歉，」佛斯特開口。

李．哈維．奧斯華猛然轉身，看見三個流浪漢一臉淡漠瞪著自己不免瞠目結舌。面前三人太古怪，一個雄壯魁梧，一個年紀很大，還有一個偏偏年紀又很小。

他下巴一垂。

然後就被壯漢擰走手中的槍。

「李．哈維．奧斯華，」老人淡淡道：「你還是趕快跑吧，跑得越快越好。」他揚起一抹帶有淺淺同情的微笑，「我的建議是躲回家。」

「你……你們是誰？」

佛斯特還是笑道：「唔，我想想。啊，有了。」他冷笑著說：「我們是中情局來的。總之……你再不快走，我旁邊這位就會把你頭下腳上從窗戶扔出去。」

奧斯華點點頭，猶豫地起了身，同時上下打量鮑勃。最後他從三人中間鑽出去，到了儲藏室外的走廊回頭驚恐不解地望著三人，接著三步併作兩步一溜煙下了階梯消失無蹤。

「干預時間，」鮑勃語氣平板地提醒：「本時間線已經遭到變更。」

廉姆搖搖頭：「這……不就是我們最不應該做的事情嗎？」

佛斯特點頭：「對。我們在這裡閒聊的時候，歷史已經開始變化，波動會持續好幾年。接下來幾十年，歷史開始調整，容納新的現實，也就是甘迺迪總統沒有在今天死亡。」

老人注視窗外敞篷車，周邊有警察騎著機車守護。座車靜靜穿過街道，朝著高架道路移動……兩邊是長滿青草的丘陵。

# 27

## 二〇〇一年，紐約

莎莎開始覺得自己像個笨蛋，站在百老匯與西四四街看著人來人往，還有個善心老太太剛才特地過來問她是不是和父母走散了，要不要帶她去找警察。

*好糗。畢竟我才十三歲啊，Jahulla！*

她本來想要找個沒那麼熱鬧的地方避開人潮算了，結果卻忽然感覺得到……那是一瞬間的暈眩，彷彿世界是一張巨大的桌巾，但有人輕輕扯了一角。莎莎伸手扶著垃圾桶怕跌倒，回復平衡以後眼睛比腦袋更快察覺時代廣場的變化。

確實有什麼地方不同了。

她視線在三岔路口快速來回。星期一，路上人車很多。

「是什麼？」她低聲自問：「究竟是什麼？」

然後目光就落在新出現的東西上……之前並不存在：「黃金時段」劇院入口前面本來應該是《決戰猩球》的廣告看板，現在換成一個螢幕播放不同內容，底下還有一行字：CNN：*任務快報，第三四六日。*

女孩凝視顆粒感很重的畫面，有幾個男性穿著橘色連身工作服，抓著筆記板在一個像膠囊的狹小空間中有說有笑……

螢幕跑過一串字幕：+++傑瑞．哈蒙中校率領部隊慶祝安騰．普丘夫三十五歲生日+++

她察覺極少、應該說沒有任何行人對這畫面有興趣，好像習以為常，都是舊聞。

畫面從狹窄空間中的幾個男性切換到全黑背景上一顆鏽紅色的圓形，新的跑馬燈字幕出來：

+++火星任務：八十天後抵達火星軌道+++

+++CNN恭祝安騰生日快樂+++

「噢，天吶。」她抽一口氣，趕緊掏出手機。

行動電話在麥蒂手上響起：「莎莎？」

「妳有沒有感覺到？一陣暈眩？」

「一分鐘之前忽然覺得想吐，還以為是氣喘發作。」她低頭看著藥瓶。

「我覺得……我猜，應該就是那個。」

麥蒂坐直身子：「什麼？……妳是說波動？」

莎莎猶豫：「嗯……而且不大對勁。」

「怎麼了？」

「這裡有個大螢幕……」

「然後？」

「上面是載人的火箭要前往火星了……吧。」

麥蒂差點兒灑了咖啡在鍵盤上：「妳沒開玩笑？」

「我正在看轉播……CNN上面的。」

麥蒂抬頭望向面前那排螢幕，第一眼以為沒有什麼特別，其中一個是福斯新聞頻道正在說些無聊的政治史，再來是MSNBC的天氣主播說明天會晴朗溫暖，第三個是股市，第四個是BBC新聞做了專題報導說辣妹合唱團全球巡迴門票一小時售罄……

「噢，老天。」她忽然一口氣哽住。

辣妹合唱團不是九〇年代解散了嗎？

怎麼會跑出第七張專輯！

「妳說對了！不一樣了啊，莎莎！」

她感受到自己肩上的責任，想起佛斯特先前那番精神喊話：團隊整合最後仰仗的是自己，能夠判讀資料意義的也是自己……

……找出改變的源頭，麥蒂……那就是妳的任務。妳要找出波動從何而來。

她盯著面前的螢幕牆，思索自己要從哪兒下手才好。

「謝了，莎莎，待會兒打給妳。」她很快說完掛了電話，按鍵盤調出CNN最新新聞，果然可以看見帶著顆粒感的影片，內容就是太空人在狹小的太空艙內活動，不知道距離地球到底幾萬英里遠。還有電腦畫面顯示他們航程已經經過了多少、預計剩下多少。

火星任務……這恐怕是最巨大的改變。

「比辣妹合唱團的巡迴還嚴重得多。」她咕噥。

麥蒂上谷歌搜尋火星任務，快速閱讀可見的資料。這幾天已經不知道第幾次驚訝得下巴收不攏。

美國居然和中國、俄國合資也合作推動一項巨大的宇宙研究計劃，現階段已經在月球設立據點，對地靜止軌道上也有「車輪狀」太空站，真人登陸火星之前已經有補給艙到達。全世界——這個世界——所有人對於探索太空興致勃勃，急欲想要前往其他行星。

她進一步挖出關於這計劃的所有歷史。

資料庫內一九八三年的報紙報導提到許多大國在會議中討論集資設立「永久性月球據點」和「軌道任務平臺」，目的是「將研究向外推展」。

接著從一九七〇年代更早的文章中又看到曾有過雙邊會談，一邊是俄國總理布里茲涅夫❽，另一方則是NASA親善大使約翰・甘迺迪……

甘迺迪？

她仔細確認姓名。

不是……那個……甘迺迪吧？被暗殺的？當過總統的？

麥蒂以前沒認真念過歷史，但光是看電影、閒書也能肯定自己認識的甘迺迪總統在六〇年代就死了。

結果現在忽然看見CNN的跑馬燈還出現甘迺迪的名字，片刻以後白髮蒼蒼極其年邁的老人家出現在螢幕上。

「不會吧，」她低呼：「是他……嗎？」

†††前總統暨親善大使約翰・甘迺迪對火星團隊成員表達恭賀與祝福。†††

她瞪著畫面上的老頭子。「不對吧，你明明應該死了才對，」麥蒂自言自語：「很多年前就死了。」

什麼時候呢？

她幾乎能確定是在六〇年代，還依稀記得舊新聞裡提到敞篷車、總統夫人穿著粉紅色洋裝在後座，總統自己著西裝在隔壁，兩個人一起對路旁群眾揮手致意。

什麼地點？什麼時間？

麥蒂印象中看到的是搖搖晃晃的手持攝影機畫面……

總統的腦袋忽然往前垂下，又忽然往後抽搐，然後爆出一灘血。他身子一軟，旁邊太太恐慌尖叫，噴出的腦漿落在她大腿上。總統夫人東張西望求人幫忙，黑衣人很快上了車，車子加速。兩側圍觀民眾一頭霧水，有些趴在地上、有些像夫人那樣大叫，還有人好像哭了……

她不知怎地自動說出低鳴。

「德州達拉斯，」麥蒂喃喃道。

於是在谷歌搜尋引擎鍵入字串。

〔甘迺迪＋達拉斯＋暗殺〕

只有一個搜尋結果同時對應三個關鍵字，是一九六三年十一月二十二日的報紙，內容指出

❽推測應是列昂尼德・伊里奇・布里茲涅夫。

「疑似暗殺未遂，目標為總統」。麥蒂點了連結，新聞文字浮現在螢幕上。

……迪利廣場周邊的校園書庫六樓找到來源不明的點四一步槍，檢警懷疑為持主的李．哈維．奧斯華後來在自家遭到逮捕。嫌犯宣稱原本前往達拉斯意圖刺殺總統，但最後一刻改變心意。然而案情撲朔迷離，因為總統車隊經過的同一時間書庫員工看見三名陌生男子進入大樓內，據描述「穿著像是遊民」，目前尚無法掌握其動機……

麥蒂朝桌面一拍：「找到了！」

這下子她很肯定佛斯特帶隊去了什麼時間地點。

「抓到啦！」少女興奮大叫。

**一九六三年，德州達拉斯**

三人看著總統座車慢慢駛離，從遠方高架道路下面經過。

「資訊提示：時間污染擴大中。」鮑勃以平淡無情緒的聲音開口，「優先項目：矯正時間矛盾。」

廉姆看著鮑勃：「唔……要怎麼做？」

「行動建議：殺死約翰．甘迺迪。」

「什麼？」廉姆大驚失色：「要我們動手殺他嗎？」

佛斯特搖搖頭：「這次不用，廉姆。別緊張。」

鮑勃再次以低沉嗓音說話，這回多了點催促感。「行動建議：立刻殺死約翰．甘迺迪。」

老人目送總統座車遠去。「廉姆，有時候，」他語氣哀愁：「我們會希望歷史可以改變，希望『下游』，也就是未來，能夠因此更加美好。」

「但是，」廉姆很迷惘：「我們不是改變了歷史嗎？」

佛斯特點點頭：「沒錯。然而這一次，歷史只要三十秒就會自己修正。」

「會嗎？」廉姆仰起頭：「怎麼修正？」

才說完，遠方就傳來槍響。

接連兩次槍聲。

廉姆探頭到窗外，伸長脖子朝著高架橋下面瞭望，結果注意到青蔥山坡上某一處木籬笆後面冒出輕煙，接著總統座車猝然一轉，後座上粉紅色衣服的女性倉皇摟住丈夫頭部。

「在這次的訓練情節裡，我們讓歷史脫軌不到一分鐘。」佛斯特嘆息：「不過這個案例內，歷史非常成功自動修正了。」他看著廉姆，「後世很多人以為奧斯華獨力暗殺甘迺迪成功，但事實上還有別人……而且是收了錢的專業殺手，如果奧斯華沒有命中，或者最後一刻膽怯逃走，他們就會補上。」

「資訊提示：時間矛盾已修正。」鮑勃口吻十分正式，「優先項目：避免更多污染，盡速返回基地。」

廉姆望著底下一片混亂。人群恐慌，隨扈團團包圍座車。

「他是好人嗎？好總統？」

佛斯特聳肩：「就我從書上看到的，多給他一點時間，或許會是非常偉大的總統。」

廉姆點頭：「真可惜。」

「沒錯。」

「資訊提示：回程傳送門已啟動。」鮑勃閉著眼睛從內建電腦讀取資料：「五十九秒後生效。」

「該走了。」佛斯特說：「再過不久這邊每棟樓都會塞滿警察和探員。」他回頭，「鮑勃，記得把槍放回地上。」

生化人聽命行事。

老人帶他們離開六樓窗邊。

「要怎麼回去啊，佛斯特先生？」廉姆問。

「馬上就知道。」

「確切數據為九秒，」鮑勃解釋。

廉姆看看四周，沒有大型玻璃缸可以爬進去。不過隨即感覺一陣氣流忽然之間撲面而來，前方大概一碼能看到閃亮的圓形。

「自動脫出傳送門已生效。」鮑勃說。

「廉姆，和一九六三年說再見吧。」

男孩在儲藏室內張望，這裡只有一疊疊教科書，不過下面樓層傳來騷動和女人叫聲。

「再見了，一九六三。」他如老人吩咐和這年代告別，隨兩人踏入那片發著光的氣流時下意識停止呼吸。

## 二〇〇一年，紐約

廉姆又感受到熟悉而驚悚的墜落感。這回更糟，他總覺得自己會掉進深水無法自拔。不過最後他發現自己回到基地中間，雙腳踏在堅硬混凝土地板上。

「呃？我還以為……？」他脫口而出。

佛斯特輕輕拍他背：「過去是濕的，回來是乾的。這個我之後會解釋。」

廉姆察覺兩個女孩坐在早餐桌旁邊，手裡有紅白色飲料金屬罐，叫做胡椒博士。兩個人都很愛喝。看見三個男生回來，她們拿罐子敲了一下發出歡呼。

「知道你們幾個去哪啦！」麥蒂大叫：「我們兩個真是天才！」

佛斯特攤開手：「答案是？」

她得意笑道：「達拉斯好玩嗎？」

「做得很好。」老人微笑。

「看起來你們應該是介入了約翰．甘迺迪的謀殺案。原本救了他？但後來又矯正了。」麥蒂神情有點落寞：「真可惜，不然人類就可以上火星。」

莎莎好奇地抬起頭：「你們阻止了謀殺，卻又讓謀殺再次成功……而且找了好難看的衣服穿……全部在一小時之內完成嗎？」

佛斯特張開嘴巴要回答卻被廉姆打斷：「一小時？我們沒有去那麼久，沒有吧？最多十分鐘才對——」

老人呵呵笑：「廉姆，時間旅行不是對稱的。也可以送你去某個時間點，但是讓你度過五十年再回來……消磨掉你大半輩子。對於這邊的人而言，你原本是小夥子，才離開沒多久，再露面已經成了老頭兒。」

廉姆搖頭苦笑：「Jayzus，時間旅行讓我頭疼，真的。」

# 28

## 一九四一年，德國巴伐利亞森林

奎瑪博士看著卡爾十分佩服。他是真正的軍人，曾經進入世界上前幾大精英部隊，後來轉為傭兵，無論名聲或價碼也是一等一。然而二〇六六年那種混沌世界，卡爾這樣的人有接不完的工作。

可是奎瑪夢想創造新世界，第一個深受感動的人也就是卡爾，他還出面幫忙找來自己認識、信任的傭兵夥伴，因為知道其他人也一樣期盼著更好的生存環境。

他們拋下的世界正在死去，因污染而窒息、因資源匱乏而哽咽，最終會被過度繁衍的人口數量壓垮。

*誰不想遠離那樣的世界？*

所以卡爾要召集二十幾個信得過的人執行這次行動並不難，接洽的每個人一聽到可以遠離二十一世紀、回頭改變二十世紀的歷史都躍躍欲試。他們都驍勇善戰，經驗豐富、訓練有素，每個人會兩種以上語言，英語則是共通。士兵們熟練隱密行動，悄悄穿過積雪樹林，大半是德國籍，有些荷蘭人，還有幾個挪威人以及兩個英國人。

但……無論如何只剩下十七個。奎瑪忍不住搖頭。

為了來到這裡就已經失去七個弟兄。

卡爾在前面忽然停下腳步握拳高舉，所有人知道這個手勢代表什麼便立刻蹲在沾了白雪的草木後方，灰白相間的極地迷彩搭配近乎完全靜止的身形在昏暗天色下可謂隱形。

他又轉身示意奎瑪過去，奎瑪輕輕爬過雪地蹲到旁邊。

卡爾指著前面樹林：「博士，就是那邊吧？」

奎瑪伸長脖子試著看清楚。蜿蜒山徑上面可以看到另一條鋪著砂石的道路，兩側堆著沙包，後面架設機槍，還有哨站與兩盞泛光燈。

「就是這兒了，卡爾。」他微笑道：「就在這裡，希特勒的冬季隱居地！」

「*Der Kehlsteinhaus*——鷹巢。不過看起來守備不算很嚴密。」

「從這條路上去，在斜坡側面，」奎瑪說明：「建築物本身有幾十名*Leibstandarte SS*，也就是希特勒的警衛旗隊隊員看守。再上去一些，大概幾百碼距離，還有旗隊營房，裡面有四五百人。」他轉身看著卡爾：「旗隊成員都願意為領袖犧牲生命，所以你們動作必須非常迅速。開了第一槍以後就會觸發警報，整個軍營都會動起來。」

卡爾回頭看看弟兄們，大家在雪地裡面無聲無息，執著武器等自己命令。他們不只訓練精良，還有現代武器和夜視鏡的優勢。

他露出笑容：「我們會找到他，別擔心。」

奎瑪希望自己也有同等的信心。

只有十七人。倘若卡爾和隊員遲了一步，警衛旗隊為了保護元首蜂擁而出，那麼一切就結束了。

十七人對上五百人？

二〇六六年的武器科技討不到多少便宜。奎瑪不禁暗忖自己是不是對弟兄們期待過高。

# 29

## 二〇〇一年，紐約

「為什麼帶我們到這裡來？」麥蒂看看四周，他們身在自然歷史博物館入口，周圍很多人，似乎大半是日本觀光客。

「因為，麥德琳，這間建築物裡面的展示品和我們的工作息息相關。」老人指著站起來極為高聳占滿整個走道的腕龍骨架模型。

「在這裡的東西就是原本的歷史。也就是你們、以及其他現場團隊需要守護的東西。」他視線飄到眾人頭頂上的那顆恐龍顱骨。

「麥德琳，妳是分析師。莎莎是觀察員。廉姆是現場特工，鮑勃是支援單位。你們已經是團隊了，今天和往後生存的所有人類都需要你們好好看守時間。博物館裡記錄了歷史應有的樣貌……我們不能讓它被改變。」

佛斯特的聲音有點超乎預期地大，傳到大廳角落去了。不過因為現場也沒幾個人講英語，麥蒂暗忖應該無傷大雅才是。

「所以今天下午大家就在這博物館好好逛一逛，實際感受一下自己保衛的歷史究竟是什麼模樣。我就不干擾你們，大家五點整再回到這裡集合吧。」

三人點點頭。

「晚上帶你們去一間我最喜歡的店，肋排和漢堡都很好吃。算是慶祝吧……類似畢業典禮。」

對廉姆來說恐龍模型都很壯觀，他眼睛一直離不開那些巨大的骨骸與電子動物實景展示。一會兒以後，兩個女孩兒帶著鮑勃去看別的東西，只剩下他還在原地。回神時已經過了好幾個鐘頭。廉姆這才打算回去入口等大家。

他看看四周，很多人拿著相機拍照、與家人耳語交談，還有些兒童非常興奮，嬰兒哇哇大叫。不是第一次了：廉姆有時候心裡湧出暖意，感謝佛斯特將自己從即將沉沒的鐵達尼號帶走，免於可以想像的慘痛死亡。

這十幾天——其實廉姆沒仔細計算來到紐約過了多久——他漸漸覺得自己是十九世紀出生的人之中最幸運的一個，因為居然有幸得見大約百年以後的未來，以及許多遲早會看見的奇觀。他咧嘴笑了，表情有點傻，像是個小孩拿到夢寐以求的聖誕禮物。

目光移到入口大門周邊人群，廉姆注意到很多人逗留很久才出去，於是起了好奇心過去看看怎麼回事。

原來在一個臺座上放了本皮革裝訂的大書，旁邊有盞銅製讀書燈照亮。面色紅潤、眉毛雜亂而且眉心有顆奇妙心形凸痣的老保全守在臺座隔壁。

「這是訪客簿，」保全察覺廉姆的好奇眼神。「你也可以過來簽名、留言啊，先生，」他語氣有點不耐煩：「保持整齊就好。」
男孩低頭看到數百名遊客留下密密麻麻的文字和姓名，包括很多不同語言。
「保持整齊？」
保全清清喉嚨：「你們這種年紀的小鬼，我還不知道嗎。」
忽然有人在肩膀點了一下，他回頭看到麥蒂。
「訪客簿。」男孩開口。
「喔，對啊……我知道。以前校外教學來過，我寫了一首黃色笑話的小詩在上頭，」麥蒂咯咯笑。
保全在旁邊一臉不以為然，額上兩道亂眉糾結起來，彷彿記得少女寫了什麼似地。
「你們還有收藏訪客簿？」麥蒂轉頭問。
「有。」對方回答得生硬：「都會送到地下室去收藏。上世紀一開始就有這個慣例，所以累積了超過一百年的遊客感言，」他刻意強調，「大部分都不是黃色笑話之類的鬼東西。」
麥蒂聽了嚇一跳：「抱歉。」
保全已經忙著引導其他遊客找到洗手間。
「那，廉姆，你就在上面簽一下名呀？」
他望向麥蒂：「呃……這樣不會改變歷史之類的嗎？」
「想不出來怎麼能改。」
他小心翼翼拿著臺座上綁好的筆。

廉姆・歐康納，二〇〇一年九月十日到此一遊——非常喜歡恐龍。

「就這樣？」麥蒂問。

男孩聳肩：「怕出意外。」

她搖搖頭嗤之以鼻：「嗯哼……其他人都到了。」

廉姆跟著麥蒂穿過大廳之前瞥了訪客簿最後一眼。

我在歷史上留下筆跡。

假如明天他因為什麼原因死去了，至少在這書頁上留下了一句話，證明自己曾經存在過。

「做得很好，」佛斯特與廉姆、麥蒂、莎莎擊杯慶祝。孩子們杯子裡是胡椒博士。

鮑勃從旁觀察人類的儀式，臉上表情很好奇，於是也拿起兩個空杯自己敲敲看。

「你們都做得很好，」佛斯特又說了一次然後吞下大口冰啤酒。抹了嘴唇以後，老人張望了一陣，餐館裡面客人很多，他壓低聲音：「你們都體驗過實際運作了，應該也都明白自己在團隊裡的角色了吧？」

麥蒂與莎莎點頭。

廉姆聳肩：「我沒有真的幫上忙吧，佛斯特先生？」

「嗯……這次是沒有，但下次就不會了。時光局只是以甘迺迪事件為標準訓練課程，因為它是能夠自動修復的歷史事件。在正常的任務裡面，要靠你，當然還有支援單位——」他瞥向鮑勃，生化人正專心研究牛排刀，「來導正歷史。」

「我怎麼知道自己該做什麼呢？」

「你會知道的，廉姆。因為你腦袋靈活，手腳俐落。」佛斯特像慈父一樣搭著男孩肩膀：「行動力……這是你的優勢。你的機靈不是訓練能培養的技能。」

「呃……謝謝。」

「鮑勃，你覺得呢？」

生化人視線離開牛排刀：「特工廉姆．歐康納……表現很好。」

「嗯哼。他也欣賞你。」

廉姆微笑：「謝謝，鮑勃。」

佛斯特轉頭看著麥蒂和莎莎：「妳們兩個……表現很好。」

女孩們咧嘴笑，顯然也覺得自己很優秀。

「但這一次只是個開始。」

女服務生端著大盤小盤過來，上菜的手法簡直像是發撲克牌：「肋排是哪一位的？」

廉姆舉手：「好餓。」

「沙拉？」

莎莎舉手。

「漢堡呢？」

佛斯特與麥蒂點頭示意。

女服務生望向鮑勃有點疑惑：「抱歉，先生，你點了什麼？」

鮑勃回望，灰色瞳孔目光銳利：「除非任務需求，否則我不進食人類食物。」他語氣平板地解釋。

對方稍稍抬起頭：「抱歉，您說什麼？」

「呵，請別在意。」佛斯特介入：「他在執勤中不能吃東西。」

女服務生注意到鮑勃的身材，露出靦腆笑容：「這樣啊……您是便衣幹員嗎？」

鮑勃轉頭：「廉姆．歐康納，請解釋『幹員』這個詞。」

廉姆聳肩臉一垂：「你問我？」

「所謂『幹員』，」佛斯特開口：「是對執法人員的口語稱呼。」

「我懂了。」鮑勃緩緩點頭閉上眼睛：「記錄詞彙以供未來使用。」

女服務生看看鮑勃又看看佛斯特，一臉不解。

「你們應該是外地來的？」

麥蒂吞下第一口漢堡以後說：「唉，妳別管他們了——加拿大來的啦。」

# 30

## 一九四一年，貝格霍夫（希特勒冬季行館）

奎瑪蹲在走道上一個小橡木櫃後頭，子彈打在櫃子另一邊，銳利的木屑四處彈射。他低聲咒罵，但機槍槍聲太響亮了充斥整個空間。路的盡頭有好幾個警衛旗隊成員守住戰術據點，阻止他們攻進山中行館主建物。卡爾與夥伴們開火還擊。旗隊隊員以翻倒的石桌作為掩護，原本鏡子一樣光滑的大理石平面碎裂後爆出一陣陣粉塵，留下無數彈孔裂縫。

「卡爾，我們得前進！不然隨時會有援軍過來！」

卡爾點點頭，他十分明白局勢多惡劣。行動一開始很順利，他帶著部下繞過蜿蜒山路潛入到機槍哨後面，原本已經朝著希特勒在山坡上的屋子靠近，但人算不如天算，就在即將抵達入口前的一刻被守衛發現。雖然迪特立刻一刀砍斷對方喉嚨，卻未能阻止死前那聲槍響。

希特勒親自挑選的護衛反應果然快得叫人措手不及，元首馬上被帶到大廳裡面，厚重的對開木門緊閉以後外側設立防線，儘管卡爾這邊士兵也毫不留情各個擊破。

激戰以後剩下這條走道上的幾個守衛苦苦支撐，問題在於拖延下去對卡爾極其不利，畢竟外頭已經傳來遠方的警笛聲，軍營裡一整支軍團的人靴子綁好就會衝進來。

雖然有五個弟兄駐紮在大門抵禦敵人援軍，但就和之前博物館一樓的情況相同——不可能擋多久，很快就會被人海戰術擊潰。

奎瑪不是軍人，但也看得出來這麼下去結果就是功敗垂成一條路，一兩分鐘就會決定生死。雙方人力差距太大，未來的脈衝步槍、軍營訓練無法彌補差距。

沒辦法拿下前面那些人，我們就會死在這兒。

他望向一旁蹲著的卡爾，兩人視線交會時卡爾點了點頭，表示明白博士的思路，嘴角也漾起淺淺笑意。拍了拍彈匣以後，卡爾架好步槍準備行動。

周圍其他隊員也隨他指示備妥武器，接下來就是放棄掩護、不畏槍彈要直衝虎穴了。

卡爾以唇語倒數，同時轉頭看看夥伴，臉上掛著預備豁出性命的笑容來激勵大家：不成功便成仁吧。

五、四、三、二、一……

他們齊步衝出，撒下密集火網，噴濺的大理石碎屑就像暴風雪砸落。

部隊進逼，射擊沒有一秒中斷。十碼……五碼……

奎瑪跟在後面。他知道自己像是發瘋似地大叫。

卡爾率先衝到翻倒的桌子前面，奮力撞上以後槍口甩到後面近距離往警衛旗隊射個不停，最後脈衝步槍發出類似啄木鳥的聲音，彈匣全部打空了。

魯迪與史梵跟上以後有樣學樣將子彈朝著桌子後面射個精光。

現場忽然安靜得像是墓園。

煙塵散開，奎瑪小心翼翼探頭到桌子另一側，看到旗隊的人已經化為肉泥軟爛在地板上，連骨頭都成了渣滓沾黏在破爛黑色軍禮服上。

隔著行館的厚石牆，他聽見從遠方傳來的槍聲，方向是正面入口處。

軍營的人衝進來，我們就沒時間了。

卡爾翻過大理石桌同時瞄準大木門中間狠狠一踹。門板搖搖晃晃之後向內開啟。

他領著大家進去。

跨過門檻時一聲槍響迴盪在大廳，接著卡爾腦袋旁邊橡木門飛起碎屑。

跟著進來的魯迪一轉眼拿起武器開了六槍，綬帶掛在肩上的德意志國防軍軍官微胖身軀朝後一彈，撞散了大宴會桌上堆疊的地圖、情報打字稿、戰場部署計劃書等等。將軍翻滾一下從桌子邊緣重重墜地。

奎瑪進去以後慢慢張望，看見了躲在扶手椅與咖啡桌後面汗如雨下的幾張臉。都是高階將官，滿身的綬帶和勛章，看上去卻像是驚恐不安的小學生。他視線最後落在穿著褐黃色衣服、一邊眼睛滴出渾濁液體的男人，對方那牙刷形狀的鬍子太明顯了。

絕對不會錯……就是他們的目標。

希特勒蹲在地上，顫抖的手握著看來效用不大的槍。貝格霍夫大門那邊的槍戰越來越激烈，奎瑪上前一步。

「阿道夫．希特勒，」他德語很流利：「你打算之後幾週進攻俄羅斯，但是這麼做的話你會輸掉整個戰爭。」

希特勒瞪大眼睛，嘴唇抖動幾下，沒有回話。

「假如你想贏，假如你想掌握敵人目前行動的詳細情報，假如你想得到讓你所向披靡的武器科技——」博士朝著走廊撇頭，槍聲愈發激烈：「我建議你先叫外面的部下停火，然後仔仔細細聽清楚我說的話。」

# 31

## 二〇〇一年，紐約

麥蒂走在佛斯特身旁，一行人穿越威廉斯堡大橋和哈德遜河回去布魯克林。天色黑了，都市燈火在水面上躍動很是夢幻。

「真是漂亮的城市。」她感嘆道。

佛斯特點頭。「今晚更特別，」老人回答：「我一直覺得今天是『舊』紐約的結束，明天那兩架飛機過來以後全部都變了。」

兩人沉默一陣，看著前面其他人。莎莎與廉姆好像正在捉弄鮑勃，覺得生化人僵硬、不自然的語調很好笑。她覺得稍微刺激一下鮑勃也好，假如他要混入人群，那說話方式確實必須改進，尤其以後還得與廉姆一起回到過去出任務。

麥蒂察覺佛斯特看起來比當初帶走自己時更孱弱，而且似乎沒見他睡覺。每天晚上三人上床以後，她就聽見基地外門打開的聲音。

「你晚上都去哪兒？」

佛斯特望著她。

她聳肩：「都會聽到你溜出去啊。」

「在布魯克林散步。」他笑道：「放鬆一下，呼吸新鮮空氣。」

麥蒂默默打量他一陣：「佛斯特，你還好吧？」

佛斯特思忖一下，後來回答：「看樣子，妳注意到了？」

「我不大確定你的意思。」

「我啊，快死了。」老人淡淡道。

「什麼？」

他望著少女：「反正妳遲早會發現。」

「我的確覺得你看起來好像沒精神……而已。」

他又笑了：「妳人真好。但其實這是因為我剩下的壽命不多……撐不了太久。」

「為什麼……是什麼問題？要不要去看醫生？」

「醫生幫不上忙。」他搖頭說：「麥蒂，這件事情也必須告訴妳，」他輕輕握著少女前臂，「不過暫且別告訴其他人，特別是廉姆。」

「究竟是？」

佛斯特深呼吸：「會影響壽命。」

「什麼東西？」

「時間旅行。」老人回答：「回到過去的旅行。效應是漸進的，所以起初根本不會感覺到。

然而實行越多次、穿越的時間分量越龐大，身體受到的損害也就變得更顯著，所有細胞都會劣化，大大加速老化過程。」

麥蒂瞪著他心頭一驚。

「沒錯……老化。一開始不明顯，但等到劣化程度跨過某個門檻，就會一下子飛快變老。」

那個問題又浮現在腦海——她並不覺得自己真的想知道答案，但此刻不得不問。「那麼，佛斯特，可以問你——」

「想知道我實際歲數是嗎？」

少女點點頭。

老人搖頭，一臉哀傷。她彷彿看見佈滿皺紋的眼角噙著一滴淚。

「第一次時間旅行的時候，年紀還很小。」

「現在呢？」

「把我在基地度過的週一、週二都加一加，」他伸手搔搔雪白頭髮：「推測應該是二十七吧。」

麥蒂伸手捂著嘴低呼：「天吶……」

佛斯特苦笑：「比妳大不到十歲，但心態再怎麼年輕，外表都已經是個老頭。」他語氣夾雜苦澀和一股難言的酸楚。「還不能讓他知道，麥蒂，」佛斯特重複了一遍：「還不行。他……還沒準備好。」

「不讓他知道自己的身體狀況不公平吧！」

佛斯特伸出手指抵住嘴巴示意。雖然大橋上車水馬龍嘈雜喧囂，但麥蒂大叫的話還是可能被他們聽見。

「麥德琳，他別無選擇。要是不願意，就得回到鐵達尼號上。過來這裡，他還能多個七到八年的壽命。」

「要是他離開呢？如果就這麼走了，永遠不回來？」

「辦不到。會引發別的問題。」

「這……」麥蒂哽咽：「感覺很不公平。」

老人一臉鬱悶聳聳肩：「人生本就不是公平的，妳只能從有限選擇中盡力而為啊，麥蒂。像廉姆這個情況，他已經比起原本要多了好幾年生命。而且妳想想看，接下來他能看到多少不可思議的光景。其實現在就已經很多了吧？一八九六年出生的人，居然有機會吃到起司漢堡、炸薯條，一邊喝冰汽水一邊欣賞二十一世紀紐約夜景。妳覺得朱爾．凡爾納或者赫伯特．喬治．威爾斯[9]願不願意和廉姆交換？就算五分鐘也好？只為了能看看我們眼前的世界一眼？」

「但不讓他知道還是不對啊。」麥蒂回答。

「也許最仁慈的作法，就是盡妳所能隱瞞到最後。」佛斯特看著她說：「不過，麥德琳，最後還是由妳自己決定，因為我走了以後，妳就是團隊領袖。怎麼告訴他、何時告訴他，都是妳的

[9] 兩人都是著名科幻小說家。

決定。」

她難以克制咬著嘴唇轉頭向前看，兩個小孩還在逗鮑勃尋大個子開心。

噢，廉姆……太可憐了。

「我是說，你們兩個人說話都……怪怪的。」莎莎拉起兜帽：「就很像怪胎秀，黑白電影裡面跑出來的角色。」

廉姆板起臉：「什麼意思啊？我和大家講話聲音有什麼不一樣嗎？」

她搖搖頭笑道：「不是聲音啦。是你有個奇怪的愛爾蘭腔調嘛——」

「我就是科克來的啊，那邊大家都這麼講話。」他對這件事情防衛心很重：「你們印度人講話口音我也覺得奇怪啊。和威爾斯人有點像。」

女孩笑了起來。「鮑勃，」她用手指戳了戳支援用生化人的腰：「你模仿一下廉姆。」

「妳要我複製廉姆．歐康納的口語模式嗎？」

「對。」

鮑勃眼瞼快速眨動幾下，這是他從腦袋裡微型電腦讀取資料時的反應。

「偶速廉姆．歐康納，沒錯就速偶……偶來住愛惹蘭的科科，速的，」鮑勃面無表情說出一大串。

莎莎吃吃笑：「學得好像！」

「啊啊啊！別叫他做這種事情啦，莎莎。不對……」廉姆瞇起眼睛：「根本就是妳在訓練他，對不對？」

女孩抿著唇但點了頭。

「判斷正確。」鮑勃回答得毫無語調：「莎莎．維克蘭協助我複製你的口語模式，廉姆．歐康納。」

廉姆搖頭，一臉裝出來的不屑：「哼，至少我可沒有穿得像街上流浪漢啊，衣服破破爛爛就算了，前面還灑上奇怪的橘色油漆。」

「啊？」莎莎低頭看著帽T的螢光圖案：「喔，這個啊……這是搖滾樂團的標誌啦。Ess-Zed啊。」

「搖滾樂團？」

「邦哥拉搖滾……我爸媽不喜歡，覺得太西方、太美國。」

「喔……」廉姆禮貌點頭，其實壓根兒聽不懂她到底在說什麼。

「明明比美國音樂好多了，更有層次……就像嘻哈舞蹈再配上吶喊rap。」

廉姆忍不住皺眉。嘻哈舞蹈？

他瞪著莎莎：「舞蹈……啊！所以妳在說的東西是一種音樂啊？」

莎莎回望過去，又好氣又好笑。

廉姆只能聳肩傻笑：「唔，我也滿喜歡音樂，銅管樂團或者行進樂團那種，總之就是很容易可以跟著節奏動一動啊，真的。我住的地方也有很多民謠，妳有沒有聽過〈戈爾韋賽馬〉？〈莫莉．馬龍〉？……還是〈快樂的乞丐〉？」

女孩盯著他始終沒講話。

「都沒有？好吧。」廉姆聳肩：「真可惜……很適合跳舞的呀。還有……」

莎莎聽他說起科克那兒的舞廳，心裡默默覺得廉姆就像會走路的古董——從另一個時代過來的老派年輕紳士，很有禮貌、有種特殊魅力，與自己熟悉的那些男孩子不一樣。雖然取笑他，但其實莎莎還挺喜歡廉姆那個古怪的腔調。

她微笑起來。真是個奇怪的小團體。

也像個奇怪的家庭。

從她「死了」的那一刻，也就是她被帶離原本生活以來，莎莎第一次感到……這好像是幸福。縱使很古怪，但現在彷彿有了新的家，可以試著適應的新生命。

她望向燈火輝煌的曼哈頓，慶幸自己來到的是這個基地……正因為是這時代，她才得以見識紐約變貌之前的光彩。未來等待這座城市的是全球市場崩潰，更甚以往的經濟蕭條——這回是一去不復返，又長又陡的下坡。

夜空中烏雲密佈，被底下都市照耀成一片琥珀色澤。

夜色豔紅……牧人不愁。（民謠歌詞）

但其實看起來好像要下雨了。

輕風將她頭髮撩進眼睛，拂過露出的前臂，在耳際留下的呢喃簡直如同一個承諾。即將來臨的並非小雨。

風暴將至。莎莎……妳感覺到了嗎？

# 32

## 二〇〇一年，紐約

星期二，不確定十二號還是十三號（懶得記了）。

又是星期二早上。星期二就是「難過」的那一天，星期一則是「高興」的那一天。我討厭星期二，雙子星塔冒出黑煙以後太多人哭泣恐懼、悲傷不能自已……建築物坍塌的時候轟隆聲太可怕了，塵埃紙屑飛得漫天。

可以的話我真不想過去看，留在基地裡面就好。不過佛斯特說我必須熟悉兩個不同版本的紐約，「事件前」和「事件後」都得看清楚。

時間還早，才七點。我好像都第一個起床，其他人睡得比較熟。麥蒂睡下鋪，會打鼾，廉姆也會嗚嗚啊啊叫得像小狗狗一樣。

莎莎抬頭張望，拱道裡面很安靜。佛斯特蓋著被子睡在廚房旁邊舊沙發上，有時候翻來覆去。至於鮑勃……他會回去後面的培養管休息。莎莎很好奇他會夢到什麼，或者說他到底會不會做夢。

闔上日記本以後她坐起身，在毯子底下穿上衣服靜靜下床，從床邊拿了裝滿髒衣服的垃圾袋走到早餐桌那頭。

關於家事，所有人一致同意的就是每兩個星期二就得把他們為數不多的衣服拿去送洗。早上送件、傍晚取回剛剛好。

她打開小冰箱。

牛奶沒了。

莎莎嘆口氣，不知道是誰喝完也不說，但她只能搖搖頭發出母雞般的嘖嘖聲。

要不是有我在，他們早就餓死啦。

所以今天回程要去二十四小時營業的雜貨店買些半脂牛奶、貝果和米穀片。廉姆迷上米穀片了，一碗接著一碗不停地吃。

女孩按下紅色按鈕，鐵捲門緩緩升起，清爽晨風吹了進來。她深深呼吸，抬頭仰望晴朗天空。今天天氣很好……這點不會改變。

莎莎的第一站是洗衣店，店員是位中國老太太，很好相處而且很愛聊天，所以莎莎覺得對人家越來越熟悉。老太太講話有時候是不太完整的英語，有時候則是粵語，但語調都挺得意、挺開心，內容大半是說侄子「每天穿上很貴的西裝帥帥地去上班」之類。每天都是同樣的問候，每天都是第一次見到莎莎。

對對方來說事實如此，然而莎莎則決定每次會面都試著調整一下聊天話題……因此對老太太本人和家庭背景都越來越瞭解。

穿過大橋前往曼哈頓，女孩享受和煦陽光，看著都會逐漸熱鬧喧譁。空氣中穿插各種好的、不好的味道，但無論如何不會比記憶中的孟買市中心來得糟糕，尤其與霧霾嚴重的日子相比更是天差地遠。從東南方走進市區，除了汽車廢氣之外，也立刻能嗅到兩旁咖啡店、速食店內飄出的香味，新煮好的咖啡和剛出爐的貝果非常令人愉悅。莎莎依舊從百老匯朝時代廣場前進。

星期二一開始也是這麼美好。她內心還是難過，清晨的紐約一如既往地美好。但，女孩看看手錶。

八點三十二分。

也就是這樣的美好只能再持續十三分鐘而已。莎莎嘆口氣，暗忖很快又要目睹九一一噩夢了。她走到擁擠的時代廣場內，找到一張長凳坐下——莎莎每天都坐在這張垃圾桶旁邊的位置。前面有個路口，紅綠燈不斷更迭，趕著上班的人潮一波接著一波：天氣很熱，所以男性將西裝外套搭在手臂、也稍稍鬆開領帶，女性則身穿輕薄夏裝或亞麻褲裝。

八點三十四分。剩十一分鐘。

廣場上空，史瑞克那張綠色大臉還是被驢子整得一下煩一下笑——這也每天都一樣。她看看電影廣告和周圍行人，沒什麼不同的地方，簡直像是臥室的海報應該拆下來換新。

八點三十七分。剩八分鐘。

一個遊民過來了——每個星期二的八點三十七分他都出現，推著購物車，上面裝了很多紙箱，蓋上一條舊帆布。遊民對著莎莎露出客氣的笑臉——每回都一樣——之後他開始翻垃圾桶，從裡面找到一個吃剩的香腸滿福堡。

他坐在莎莎旁邊，臉上很多皺紋與斑點，不過擠出了恐怕是紐約市今天的最後一個微笑。遊民一開口，說的還是那句話。

「嘿，真走運……還溫的呢！」他立刻大口咬下。

莎莎禮貌地回了個笑容。

「嗯，很幸運。」她是真心為面前這一幕滿足畫面感到開心，無家可歸的流浪漢滿懷感激咬著人家丟掉的麵包——因為太明白接下來幾個小時會起什麼變故，所以莎莎知道這是今天最後一絲喜樂。

八點四十三分。剩下兩分鐘。

她抬頭看著天際線，遠方世界貿易中心雙子星大廈在晨光照耀下如同白銀閃閃發亮，威風凜凜地朝蒼穹延伸，也確實觸及到了。裡面……好幾千人才剛坐下來準備開始一天工作，開電腦收信、取下星巴克咖啡杯蓋、拿出醃牛肉以及芥末貝果來吃。

八點四十四分。最後一分鐘。

流浪漢吃完早餐，心滿意足呼了口氣。

他轉頭看著莎莎，吸了口氣，說出每個星期二的固定臺詞：「真是個特別的日子，妳說對不對？」

「嗯，」她點頭：「的確是。」

街友起身推車，離開時還吹口哨。

八點四十五分。不到一分鐘了。

莎莎很不喜歡最後這段倒數計時。遠方傳來模糊的引擎嗡鳴，後來演變為周遭人群難以置信的尖叫，建築物遭到飛機衝撞之後轟隆聲驚天動地。

她已經看了十幾回。不知道這輩子得經歷幾次——幾百？幾千？也很難想像以後會不會能夠看淡，特別是最後這幾秒的內心衝突。

女孩閉起眼睛。要是佛斯特知道了可能不以為然，但她知道自己不能每次都眼睜睜看那一切重演。

聽得見飛機了。

可是她發現了：那股暈眩、失衡，還有彷彿墜落一樣的感受。簡直像是腳下大地一瞬間裂開。

睜開眼睛抬頭以後……莎莎忍不住倒抽一口氣。

麥蒂看著面前那些螢幕，手中捧著還冒出蒸汽的馬克杯——今天喝黑咖啡，因為某人喝光牛奶，還吃光最後一點早餐存糧——她等著新聞快報播出世界貿易中心「疑似發生爆炸」。

看看電腦上的時鐘，早上八點四十五分。

時間到了。

一眨眼，變成八點四十六分。

嗯，過期了。

「唔……」她喉嚨發出咕嚕聲，轉頭看看其他人。廉姆躺在床上還一臉迷糊，拿著在基地內找到的《國家地理雜誌》翻看。佛斯特今天早上顯得更孱弱、更不適，還倒在沙發上沒起來。飽勃留在玻璃缸裡面，經過靜脈注射靠一種看起來噁心的黏液補充養分。

「呃……」麥蒂想不出更好的開場白。

莎莎看著周圍截然不同的世界目瞪口呆。史瑞克和驢子不見了，《媽媽咪呀》和《決戰猩球》的海報也是，甚至附近建築物也起了微妙的變化。

但最重要的是雙子星大廈整個消失，取而代之的物體或許不那麼高卻同樣壯觀：是一根巨大大理石柱，頂端一面雄偉紅旗威風飄揚。

視線回到地面，周圍沒有那麼紛亂，房屋裝設的招牌與看板變少了，店面比較整齊、保守、傾向上流社會的氛圍。馬路上車流也不再阻塞，汽車造型感覺很復古，像是在交通博物館見過的舊款車。

行人數量與幾分鐘之前比起來減少很多，但卻有不少人朝她那身街頭風穿著行注目禮。莎莎低頭比較一下，發現是自己衣服上搖滾樂團標誌太亮眼、牛仔褲上破洞和層疊補丁和大家樸素而毫無個人風格的灰套裝比起來實在太突兀。她很快注意到一件事：近乎所有人手臂上都有紅布臂章，白色圓形上有黑色圖案。她想起以前看過一些戰爭片，裡頭的壞人都有類似的飾品……

叫什麼來著？喔，對……納粹。

女孩回頭一看，本來應該在旁邊的街友隨著購物推車完全消失。幾十雙眼睛一直打量自己，莎莎趕緊跳下長凳，迅速穿過人行道鑽到僻靜巷口，並立刻取出手機打回基地。

沒想到螢幕顯示沒有訊號。

起初莎莎很不解，但隨即意識到街上沒有人講電話、應該說連手機也完全看不到，商家沒有貼出儲值卡、電信商、免費簡訊等等廣告，攤販也沒有販賣各式各樣手機殼……彷彿手機根本不存在於這個世界。

麥蒂抬頭瞪著佛斯特。

「飛機沒有撞上大樓，」她說：「過沒幾秒鐘所有新聞頻道都變成空白。」她指著那排螢幕，現在一直閃著錯誤訊息。

佛斯特剛醒來，還是睡眼惺忪的模樣，而且面色慘白得叫她很不安。不過老人在她背後點點頭，「有麻煩了……看起來是大型的時空波動，」他靜靜地說：「通常應該是一波一波過來，從很微小的轉變開始，都不矯正才會逐漸擴大。」

剩下一個螢幕看來還能運作，畫面上方有個標誌是印著符號的紅旗，底下則是今天的新聞頭條。

「那是什麼？」廉姆看見旗幟上的符號開口問。

「我聯想到納粹的逆卍字，」回答：「可是又不一樣。」

「逆卍字？」廉姆問。

佛斯特揮了下手。「抱歉，廉姆……我等會兒再給你補課，」老人仔細觀察螢幕上的圖形：「看起來像是黑色的鰻魚還是蛇一類，而且咬著自己尾巴。」

「對。」麥蒂點點頭。

廉姆的焦點和兩人不同：「我說你們有沒有注意到啊，新聞都用兩種不同語言播報？」他指著畫面下半，頭條轉換成另一種語言。

「德語和英語，」麥蒂說：「我沒看到其他語言選項。」

佛斯特整理思緒以後對兩人說：「嗯，不必多機靈也看得出來歷史的一個關鍵環節遭到改寫。」

「呃……德軍贏了第二次世界大戰？」麥蒂試探性地問。

「不只如此，麥德琳。看起來他們打下美洲了。」

廉姆望著兩人鐵青的臉色：「狀況很糟糕，是吧？」

# 33

## 二〇〇一年，紐約

鐵捲門緩緩升起，三人嚇了一跳轉頭望過去，還好看見的是馬丁大夫鞋和纖瘦的腿。

「莎莎！」麥蒂大叫：「我才正操心妳怎麼辦呢。」

小女孩俐落鑽進來以後把捲門關好。「外面……都不一樣了，」她開口時還上氣不接下氣：「所以……我就……趕快跑回來。好可怕……而且電話打不通。」

佛斯特轉頭對麥蒂說：「嗯，是合理的變化。在新歷史裡面也許沒有軌道通訊衛星之類的東西。」

「說不定連基地臺都沒有，」她接著說：「如果真的是納粹那種政府，可能並不想讓民間通訊太過方便。」

「的確。」佛斯特雙手交握，若有所思。

「至於這個，」麥蒂指著有畫面的螢幕：「應該是得到政府許可的線上新聞站臺。」

老人臉一沉：「換言之不能當成可靠的情報來源。」

「但目前只有這條線索。」麥蒂說。

他點頭：「也對。」

廉姆看了看莎莎。「先過來坐下休息，」他拍拍老人隔壁的空椅子：「我去給妳倒個什麼東西喝。」

「謝謝。」她還在喘。

男孩伸手輕輕拍她肩膀：「莎莎，妳沒事吧？」

女孩點頭：「還好，只是……Jahulla！好恐怖！忽然變成另一個世界了。」

他走到廚房凹龕，裝了自來水。

「這個頁面底下有東西嗎？」佛斯特問。

麥蒂移動游標。「有，」她按下資訊欄上的連結。

【HISTORY/GESCHICHTE】（歷史回顧）

畫面靜止、然後閃爍，跳出來的選單根本沒什麼東西。

「列出來的不多。」麥蒂嗤之以鼻。

佛斯特認真讀了一下那幾個選項：「這兒，有個『年表』……*Zeitlinie*。」

麥蒂照做，幾秒以後浮現出圖像式時間條，標記了過去五十年內的重大事件。

「天吶……你們看，」她指著螢幕：「一九九七年對中國戰爭結束，一九八九年元首百年誕辰，一九七九年人類首次進入太空……」

「看最前面。」佛斯特說。

麥蒂皺眉：「從一九五六開始，之前是空的？」

「我也不明白。」

她再按下起始年份旁邊的連結，卻跳出一個紅色警告訊息：

*Frühgeschichtenfrugen erfordern Korrekte Ermächtigung.*

*Access To Earlier History Requires Authorization.*

（查閱之前歷史需要授權認證）

麥蒂看了搖搖頭：「看樣子在此之前的歷史不開放給一般大眾閱讀，只能追溯到一九五六年而已。」她再研究了一下那年，「一九五六：美國加入大德意志國。」

按下連結以後出現一篇短文，裡面附有顆粒很重的照片，圖上街道兩側擠滿歡呼群眾，車隊從中間行經。麥蒂大聲唸出文字。

「一九五六年九月：杜魯門總統不得不承認美國戰敗，在元首旗下戰場最高階指揮官哈斯大元帥見證下簽署無條件投降協議，此後美國成為大德意志國一員。元首承諾會將美國自長期的貧困艱辛中解放，數以萬計民眾心有所感，聚集於華盛頓街道迎接元首到來。」她搖搖頭，「太不可思議了吧！美國人怎麼倒戈了，居然會迎接阿道夫．希特勒過來統治？瘋了嗎！」

佛斯特點頭：「唔，不得不說非常奇怪，但是美國人民支不支持他是一回事，無論如何歷史都脫軌了……而且歪了非常多。」

他轉頭對廉姆說：「抱歉，孩子，感覺壓力是大了一點，但我們得盡快派人回到過去瞭解狀況。」

「唔……沒辦法。」廉姆口氣悶悶不樂。

「而且這一回，」佛斯特繼續說：「恐怕我沒辦法跟著去。」

廉姆緊張地吞了口口水：「要……要我自己一個人去？」

「不是一個人，鮑勃會跟著。」

「我……呃……我不確定我——」

「對不起，孩子，但這次沒有選擇餘地了，你得過去調查清楚。」

「可是你為什麼不一起去呢？」

佛斯特短暫與麥蒂目光交錯。「對我來說，這次距離太遠了。」

「你不都已經帶我回去一九一二了嗎？」

「對……對。我是去了。可是這次……對不起，總之這次我得請假。」

「噢。」

「不能再虛擲光陰，」老人轉身吩咐莎莎：「去把鮑勃從管子裡叫出來吧。」

「麥德琳？」

女孩點頭後跑進後面房間。

「嗯？」

「首先要預備資料給鮑勃下載，必須將改變後的歷史全部塞進他腦袋，還有完整的德語，加上我會從基地裡面的檔案整理出有關希特勒、納粹高階官員和二次大戰的內容。現階段應該足夠才對。」

「我呢？」廉姆問。

佛斯特聳肩：「抱歉，廉姆……狀況來得比預期早太多，原本想多帶你跑幾次訓練，但看起來沒機會了。」

「喔，慘了。」男孩咕噥。

佛斯特指著圓柱狀大水缸：「你趕快去放滿水。」

# 34

## 二〇〇一年，紐約

廉姆兩手拚命抓緊塑膠玻璃，也一直踢著下面的溫水。旁邊鮑勃冷靜多了，只是飄浮著踩水。

「好，廉姆，這次你們會在那邊兩小時整。我們已經將坐標設定在一九五六年九月，你會被傳送到白宮外面——白宮就是美國總統辦公室，位在華盛頓。你和鮑勃只要觀察就好，懂嗎？只要觀察而已，聽明白了嗎？」

廉姆點頭：「嗯——懂。」

佛斯特拍拍男孩手掌：「放輕鬆，廉姆，你沒問題的。」他又望向支援生化人，「然後你要信任鮑勃，他的矽晶片大腦儲存了這趟短暫旅程需要的所有資料，就當他是你的行動百科全書吧……對不對，鮑勃？」

「Ja. Ich habe alle benötigten Daten, Herr Foster.」

「現在先說英文，鮑勃。」

生化人僵硬點頭：「我已經取得所有必備資料，佛斯特先生。」

「很好。」

廉姆抬頭看著老人：「我……不得不說是有點擔心。」

「我懂。」老人輕聲回答：「第一次總是最可怕。」他微笑，「我也經歷過，所以知道你能應付得來。」

男孩很努力擠出一個勇敢的笑容。

「記住，小夥子，過去以後就盡量觀察狀況……兩小時以後回到同一個位置。」

「如果遲到會怎樣？」

「沒趕上的話，我們過一小時會再開啟一次，持續幾分鐘。如果第二次還趕不上，就要過二十四小時才開啟第三次。這是錯過約定時間的標準處理程序，但是你不用太操心，這些鮑勃都知道，他會提醒你時間。」

「假如三次都沒趕到呢？」

「別那麼做。」

廉姆很焦慮，吞了一口口水問：「那……假設我們真的三次都沒到……還會不會有第四次？」

「錯過三次的情況，有一個辦法可以和你聯絡，但那時只能單方向溝通，你沒有辦法回應。」他又拍拍廉姆手臂：「所以你要盡量守時。」

「我……會盡力而為，佛斯特先生。我會的。」

「你可以的，孩子。」

佛斯特站直身子，走下圓筒水缸旁邊的梯子回到水泥地板。「OK，麥德琳，啟動傳送程序吧。」

「一分鐘後啟動。」

連結水缸的傳送機發出低沉嗡嗡聲。

莎莎上前盯著塑膠玻璃後面兩人的模糊輪廓。「祝你好運，廉姆！」她叫道：「要小心喔！」

男孩放開一隻手迅速揮了揮：「沒事啦，莎莎，妳別擔心我。」

燈光熄滅，大部分電力用在傳送上。

「距離傳送還有四十秒！」麥蒂宣佈。

「記住，廉姆，」佛斯特的聲音穿過越來越大的嗡嗚：「你這次只是過去觀察……不要實際採取任何行動。」

「我知道！」廉姆大叫回應，聲音緊張地發抖。

「注意，剩三十秒！」

廉姆雙腿甩來甩去，激起很多泡泡。發電機運轉加快，音量和音調愈發激烈。

「二十秒！」麥蒂高呼，聲音幾乎被機器噪音淹沒。

「好，廉姆，」佛斯特扯開嗓子：「你得放手潛到水裡了！」

男孩點點頭，深呼吸了好幾次。

「十五秒！」

「小夥子，別發呆呀……你得放手才行！」

他雖然點頭回應卻反覆大口吸吐、換氣過度，腿也晃得停不下來。

「十秒！」

「快，廉姆，你得放手！」

吸了最後一大口之後他終於鬆開手指。隔著原本就是霧面又磨損很嚴重的塑膠玻璃層，佛斯特、麥蒂、莎莎看著他一邊沉入水缸底部一邊瘋狂甩動手腳。鮑勃輕輕鬆鬆下潛到旁邊……然後令人感動的一幕——至少莎莎這麼覺得——生化人握住了少年的手。

廉姆似乎因此鎮定了點。一點點而已。

「三、二、一……」

啪一聲，裡頭的水和兩個人都不見了。

# 35

## 一九五六年，華盛頓哥倫比亞特區

兩人隨著撲通水聲摔在一叢雪松樹上。

「啊！」廉姆哀嚎：「我恨死那個金魚缸啦！」

「資訊提示：該裝置名為轉移筒。」鮑勃蹲在一旁，已經進入警戒狀態，評估周圍環境。

廉姆撐著起身以後隨生化人蹲在樹叢內，透過低矮枝葉能夠看見白宮前方修建整齊的草坪，而且有軍人聚集。

「那些是誰啊？」

鮑勃視線緩緩掃過前面那片光景。「依據徽章和制服判斷是美軍，兵種為陸戰隊、遊騎兵與空軍混合編制，」他回答之後補充，「行動建議：我們需要衣物。」

「是呀，要是有衣服穿就好了。」

鮑勃猛然站起來撂下一句：「我去找衣服。」然後徑自穿過樹木消失。

廉姆繼續觀察那些軍人，暗忖他們看來上過戰場，因為很多身上有傷、還有一些需要同袍攙扶。所有人神情極其疲憊、像是心裡留下一道疤，而且籠罩在戰敗的陰暗氣氛下。

那邊還有一種很大的車輛，外殼是橄欖綠，底下不是輪子而是履帶，上面臺座伸出一根細長管子，輾過草皮時背後冒出濃厚黑煙。怪車外頭有焦痕也有凹洞，應該是遇上了什麼攻擊。它在草地上反轉，掀起大片泥巴、在地面留下轍痕，然後靠到巨大白色建築物前面——那應該就是所謂白宮。

少年沒有相關知識，所以只覺得是一群殘兵敗將在這棟建築物周邊築起最後防線——或許美軍就只剩下這麼多人而已。

「真慘。」他自言自語。

忽然天空中傳來低沉隆隆聲。少年躲在樹叢裡抬頭仰望，這天烏雲濃厚低垂，看來即將有場傾盆大雨，同時那陣巨響氣勢懾人，彷彿自己胸膛也跟著鼓動，而且聽得出是從雲層上方的某處發出。

美軍士兵們和他一樣望向天上而且表情很戒備——目光集中，顯然等待著什麼東西出現。

廉姆伸長脖子想看清楚。

上面到底有什麼？

背後忽然有人重重踩在地上，回頭一看是鮑勃捧著衣服與靴子。「物主已經死亡，」他說這話時面無表情：「因此不再需要。」

廉姆接過以後發現上面還有濡濕的血跡：「你該不會殺人搶衣服吧，不會吧？」

鮑勃搖頭：「不需要殺人。」

穿別人的衣服感覺不大自在，但話說回來近乎一絲不掛站在類似戰場的地方沒有比較舒服，所以廉姆還是盡快將衣物套上。

「看起來這些軍人正在設一道最後防線。」

「正確。」鮑勃眼睛又開始掃視草坪。

「好像有什麼東西要打過來了，」廉姆抬頭看著隆隆作響的陰沉天空：「似乎會從上面出現。」

「可能是空中武器系統。」鮑勃忽然閉上眼睛一會兒：「資料顯示二次世界大戰末期，德軍研發出高階空戰原型機。」

「所以在第二次世界大戰……他們就有了飛機這種東西？」

「正確。」

轟隆聲越來越大，廉姆得大吼大叫才能和鮑勃對話。「很大嗎？」

「噴射推進，三角翼，垂直起降。」鮑勃語調平板，單純提高音量來對抗那股巨大噪音。

「哎呀，我聽不懂。」廉姆大叫：「那些是什麼東西？」

鮑勃仰著頭片刻才說：「如果有繪圖工具，我可以提供詳細藍圖——」

上空烏雲短暫散開一瞬間，廉姆看見後頭有什麼。

「鮑勃！你有沒有看見？」

雲層後面出現一個超巨型的灰色無光澤碟形載具，直徑少說也有四分之一英里，緩緩從翻騰雲氣中探出的畫面彷彿填滿了白宮的天空。他看見這東西下面有數十個大型旋翼不停旋轉、攪動氣流，一道強風襲來，周圍雪松樹沙沙作響、枝幹被吹得歪斜。

廉姆注意到之前在電腦螢幕看見的標誌也印在這碟形飛機一百碼寬的巨大外殼上。

「這究竟是什麼鬼東西？」他叫道。

「資訊提示：疑似圓形飛艇。」鮑勃回答之後似乎看懂了廉姆那個困惑與驚慌夾雜的聳肩——少年完全聽不懂自己的話語：「碟子形狀的飛艇——以強化過的鋁板包覆許多大空間，內部裝滿具浮力的氣體。」

草地上一些陸戰隊員看傻了眼，回過神就舉起槍枝開始胡亂攻擊。

碟形飛艇船腹浮現方形黑洞，一個接著一個。

「呃……狀況看起來很不妙，是不是？」廉姆叫道。

鮑勃點頭附和：「狀況不利。」

廉姆又看到方形黑洞裡落下許許多多點狀物體，而且逐漸變大。有什麼東西像雨滴一樣朝著地面灑落。

保溫瓶大小的金屬罐咚一聲掉在距離兩人約三十碼外，正好是一群神情憔悴的陸戰隊中間。士兵看見以後立刻向外閃避，金屬罐也馬上噴出黃色氣體。越來越多金屬罐墜落，整個草坪煙霧瀰漫。

「戰術煙霧彈，」鮑勃解釋。

芥末色霧氣擴散以後廉姆只能看見最靠近的幾個美軍士兵，而且身影十分朦朧。他們提高警覺，第一時間穿越草皮撤退到白宮正前方的階梯與大柱廊。

廉姆看到從飛艇跑出更多東西穿過濃煙——幾十、不對應該是幾百個。比起剛才的金屬罐來得大。

背後另一叢雪松樹那裡傳出撞擊，接著是極為尖銳的嘶嘶聲。兩人轉頭，看到一個人動作笨拙地從枝葉間走出，身上是橡膠材質的黑色連身衣褲，廉姆覺得與紐約巷子裡看到的垃圾袋頗為神似。對方臉上戴著黑色橡膠面具，眼睛處是兩片玻璃。那男人頸部扭曲的角度不可思議，仔細一看原來是降落失敗被樹枝折斷頸骨。

他背上有兩個圓筒持續高速噴射氣體，嘶嘶叫了五六秒以後才停下來。

「氣膠噴射式快速降落系統。」鮑勃一派鎮定。

可是廉姆聽得到上空還有更多嘶嘶聲，也就是更多穿著橡膠衣的人降落在周圍。

「糟啦！不能留在這兒吧！」

生化人點點頭。「行動建議：根據戰略考量應進入白宮避難。」

「唔……OK，」廉姆離開樹叢踏進草坪。

「稍等！」鮑勃忽然叫道，並且跑到隔壁掛在樹枝上的屍體前面，用力一扯將人扯到地面，看似不費力地翻轉之後自那男性背包取出武器。生化人不帶情緒的眼睛分析了槍枝的作用機制和效能，然後點點頭將武器掛上肩膀。

「連射脈衝卡賓槍。」鮑勃的灰色眸子注視廉姆：「二十一世紀中期武器科技。」

「唔，這可奇怪了……不過我們能走了嗎？」

「可以。請隨我來，廉姆．歐康納。」

他點點頭：「喔……好。也對，你走前面。」

鮑勃穿過樹木走進空地，握著槍柄大步移動。

芥末色迷霧中迴盪金屬罐發出的嘶嘶聲以及靴子踩在草地上的重響，廉姆察覺周圍很多人影走動，隔著面罩德語軍令此起彼落。

噢，我大概可能恐怕要死在這兒了吧。

有個人朝這邊走來——太靠近了——而且忽然出聲，聽起來充滿恫嚇。

鮑勃動作快得不可思議——空手轉瞬間已經劈在對方咽喉。嘈雜之中，廉姆聽見那聲悶響。

「過來。」鮑勃吩咐。

# 36

## 一九五六年，華盛頓哥倫比亞特區

兩人快步穿越草坪，廉姆後來察覺自己居然混進退守的陸戰隊，來到雪花石膏階梯上。美軍時不時朝著前面那團大霧開槍。

然而霧氣中還擊的子彈更快速更猛烈，階梯和柱廊被打得石屑漫天。他身旁一個陸戰隊員中彈以後因為衝擊力整個人大翻滾之後癱軟在地上，軀幹上留下一個大洞。

「快過來。」鮑勃又吩咐。他帶廉姆離開美軍隊列，陸戰隊員守在玻璃框對開門外頭開槍遏制敵勢。兩人在門前被受了傷的士兵攔下。

「嘿！你們兩個想溜去哪兒？我們他媽的不能棄守這裡啊！」

鮑勃二話不說扭著那人臂膀輕輕鬆鬆將他推到一旁，帶著廉姆走進白宮。

前廳的厚地毯上躺了不少傷兵，其中一個不停顫抖；醫官匆忙來回，但能做的就只是施打致死劑量的嗎啡而已。更前方又有一扇對開門連接白宮內側西翼，十來個士兵拿家具湊合出封鎖線死守著，他們面色凝重，顯然願意犧牲生命保護總統。

「天吶，鮑勃，」廉姆開口：「再過去就能看到總統了吧！」

鮑勃掃視白宮內部和拚死一戰的陸戰隊員。

「正確。內部為名叫艾森豪的總統。」

「那我們該怎麼做？要幫他嗎？」

生化人轉身：「任務特工由你擔任。戰術決策由特工判斷，不能交給支援單位負責。」

「什麼意思啊？」

「廉姆．歐康納，你是現場指揮。」

「我……我……我不知道應該怎麼辦啊。」

少年向玻璃門外望去，濃霧尚未散開所以能見度很低，然而想像得到幾百個戴著防毒面具看不見長相的士兵已經在白宮前面整隊備戰，隨時要踏上階梯發動最後一波猛攻。

只是來觀察，就這樣。已經知道發生什麼事，不要採取行動。

嗯，可以猜想得到美軍不會對納粹客氣，更不可能乖乖任他們擺佈。但是時空局團隊需要更多線索，否則無法精準掌握歷史在更之前的什麼時間點產生變化。

「我們得查出為什麼事情演變成這樣，」他轉身問鮑勃：「對吧？」

「正確。任務優先項目一：獲取情報。」

「OK，」他回答之後看看四周：「是不是該找個人打聽？」

「正確。」

廉姆從死者傷兵中間走過去，左邊還有一條路連接到通訊室，從這裡就看得到士兵操作無線電機組，也有平民正在講電話，打字員、電報員都手忙腳亂做聯絡、報告，很有可能也在趁機向至親好友留下遺言。

右邊辦公室裡很多書桌與檔案櫃，但是沒那麼多人。廉姆離開臨時醫務室朝那一頭走，煙霧從幾扇破掉的窗戶滲進來，所以空氣帶著微微的黃色。

他看到有個穿著合身藍色西裝的男人坐在兩個櫃子中間的地上，頭頂有傷，臉頰沾了灰燼和乾掉的血跡。

男人瞪著自己前方的虛無。「到此為止，」他喃喃自語，聲音破碎無力：「結束了。他們一定會打進來……找到我們……殺光我們……」

廉姆蹲坐在他面前：「德國人嗎？納粹？」

男人似乎沒有聽見，目光渙散繼續自言自語：「早該知道的……但沒有做好準備……一開始就該算到會演變成這樣。」

鮑勃模仿廉姆的姿勢在男人前方蹲下。「資訊請求：請告知您所在分歧時間線的所有情報。」

「鮑勃？」

「廉姆，什麼事？」

「先讓我試試看，嗯？」

生化人點點頭：「你是行動指揮。」

廉姆伸出手搭在男人肩膀上。

「哈囉？先生？」

對方視線終於聚焦。

「時間不多了，」少年說：「請聽我說，這一切可以改變。原本世界不是這樣，我們會想辦法——」

「對……」那男人搖頭：「你說的他媽的對極了，世界原本不應該是這樣子的！那些傢伙居然發動奇襲，就像四一年那時候的日本！」

廉姆朝鮑勃露出詢問眼神。

「資訊提示：二十世紀時日本曾對美軍珍珠港發動奇襲，並造成美國參與第二次世界大戰——」

廉姆伸手示意生化人暫停。「請你告訴我這裡發生什麼事。」

「啊？你們兩個哪裡來的？」對方詢問。

少年聳肩：「我們在海上……流浪了一陣子。」

「幾個月之前，納粹對新英格蘭⑩海岸發動攻擊，輕而易舉擊潰了我們的大西洋防線，僅僅一週就成功佔領。我們盡全力阻止他們進入華盛頓，可是……可是他們殲滅了所有前線弟兄。敵方元帥開出條件，」男人鼻子哼了聲：「要總統、閣員、部會首長自己投降淪為戰俘，否則就進來捉人。」

他忽然張大眼睛先看看鮑勃、再看看廉姆。「等一下！你剛才說本來不應該是這樣，這話什麼意思？你們究竟是誰？SOE嗎，特務？」

「我接下來說的話可能很不可思議，」廉姆回答：「但請你一定要相信。」

「啊？」男人搖搖頭：「什麼？」

「我們是從未來來的。從二〇〇一年。目前這段歷史根本不應該存在。」

男人板起臉：「年輕人，開玩笑也該挑時間。我——」

「他所言屬實。」鮑勃打斷。

「我們從未來回到這裡，想要搜集情報。」廉姆解釋：「首先要確認發生什麼事情。」

男人無語盯著他們幾秒：「你們發瘋了對吧。」

廉姆聳肩：「我也希望自己能拿些什麼證據出來，可惜辦不到。」

「任務規範：不可從未來攜帶物品。此次任務限於觀察目的。」

隔著破窗可以聽到外頭的腳步聲和天上那股巨響。有人大吼大叫發號施令，接著是扣皮帶與武器上膛的聲音。

「噢，天吶，我們死定了。」男人叫道：「據說敵人元首想要徹底清除掉美國政府，包括總統、參眾兩院和全部高階官員。白宮裡面一個人都別想活下來。」

「聽我說，」廉姆繼續道：「我們會改變這一切，一定會阻止那個希特拉——」

男人抬頭：「希特拉？小夥子，你究竟怎麼了？想說的是阿道夫・希特勒嗎？」

---

❿ 當地華人也稱為「紐英倫」，位於美國東北角。

「對、對，希特勒才對，是吧？」少年望向鮑勃確認：「這次有沒有唸錯？」

「正確。阿道夫．希特勒，納粹黨與第三帝國元首。」

「問題是希特勒那傢伙十年前就已經死掉了。你們兩個意思是不知道這種事情？」

廉姆與鮑勃面面相覷。「資訊評估：歷史更動發生在目前時間點之前十年以上。」

「所以不是一九五六，而是一九四六？」廉姆低聲說：「還要再往前十年？」

「正確。」

男人狐疑打量：「什麼啊，你們到底什麼身分？究竟是不是特務？還是什麼特殊部隊？有祕密計劃是嗎……能對納粹反擊的超級兵器？是嗎？」

外頭槍戰變得激烈。

「敵人即將攻入，」鮑勃提醒：「我們必須離開，一小時三十三分以後將開啟通道。」

「好……結果我們知道的是還得再傳送一次……而且得更前面？」

「正確。」

西裝男伸手抓住廉姆：「我們還有祕密武器嗎？打得贏他們嗎？」

鮑勃回答：「沒有祕密武器。本時間線上你和所有建築物內的人員五分鐘內死亡可能性極高。」他模仿廉姆動作，伸出大手按著對方肩膀想要安慰，「但是這位平民先生請您放心，我們除去時間污染以後本時間線就會完全消失。」

廉姆搖頭。倒霉的男人瞪著他，腦袋混亂得一句話也說不出。

鮑勃你真會說話。

生化人轉頭對少年說：「該走了。」

# 37

## 二〇〇一年，紐約

「應該有辦法可以突破線上防禦，連接到整個歷史資料庫才對，」麥蒂說。

「但也可能裡面根本沒有資料？」佛斯特回答：「假如這時代的統治者認為那個時間點、也就是征服美國之前的歷史根本不重要，或許就不會保留。刪除國家歷史、甚至世界歷史是控制美國人民聽話的好手段。」

麥蒂聳肩：「不過我們的對手是納粹吧？他們一定會想記錄希特勒如何崛起，還有在這個莫名其妙的歷史線上他們怎麼打贏第二次世界大戰？我知道的希特勒是那種要所有子民覺得他很英明神武、年輕時經歷多少試煉的人……總之就是要別人以為他熬出頭很偉大。」

佛斯特嘆口氣：「但這就不合理了。我也說不出為什麼居然查不到那些資料，麥德琳。這個我也解釋不出來。或許對納粹來說，拿下美國那天才是最重要的，之前一切都沒價值？」

莎莎輕輕咳嗽，兩人望向女孩。

「說不定，」她開口：「是因為那個希特勒死掉了，後來掌權的人就不喜歡他之類？所以才會將希特勒從史料完全刪掉？」

佛斯特點點頭：「莎莎說的是一種可能性。我們太執著於元首就是希特勒這件事。」

麥蒂眼睛一亮，在畫面上想找出搜尋欄，但對著那堆德文嘗試半天最後放棄。

「天吶，納粹真的很不會做網頁。」

「說不定在這個二〇〇一年，網際網路才剛發展出來。」

沒辦法透過關鍵字「希特勒」進行搜索，麥蒂只好再去按按年表上其他文章，從內容試著找出希特勒的名字。

五分鐘過後她又搖頭。

「完全沒提到阿道夫・希特勒，彷彿他根本不存在。」

「但卻常常看到*Der Führer*……也就是元首，」佛斯特補充。

麥蒂挫折得咬牙：「那元首到底是誰呢？」她再連結基地電腦的資料庫，裡面收錄的是正確歷史，所以能查詢到希特勒身邊的親信和官員有些什麼人……而他們就是最有可能的繼任者。

「海因里希・希姆萊？赫爾曼・戈林？馬丁・鮑曼？約瑟夫・戈培爾？」她回頭看著佛斯特和莎莎，「會是其中的某一個嗎？」

佛斯特攤手：「都有可能。」

莎莎靜靜道：「也可能都不是。」

**一九五六年，華盛頓特區**

灰泥屑爆出，灑在廉姆頭上。

「噢上帝保佑！」他大叫著躲到書桌後面：「已經到入口大廳了！」

機槍槍聲在走廊迴盪不已，入侵者的脈衝步槍發出如喉音的呼呼聲。

鮑勃指著房間另一頭。「行動建議：到那邊找掩護。」

「那你怎麼辦？」

「尋求戰略優勢。」

「什麼意思啊？」

鮑勃推了他一下。「請先過去，」他語氣很鎮定，但大廳裡流彈竄進來，擊穿兩人前方桌子上的打字機和電話機。

「我呢？」西裝男問。

廉姆苦笑：「你可以先跟著我們走，不過不能和我們回去。」

「老天……能活多久是多久。」

「請開始行動。」鮑勃催促。

廉姆站起來以後探頭看看書桌另一邊，從敞開的房門看得到入口大廳，幾個黑衣人朝陸戰隊防線開火。陸戰隊還擊的噠噠聲逐漸被脈衝步槍的嗚嗚聲蓋過。

他知道這代表守軍不敵對方炮火只剩下一兩人，很快就會全滅。

不走不行。

他趕緊衝出去，鑽過書桌中間的走道，出了房門避開大門那頭一面倒的戰場。廉姆在走廊盡頭找到一扇木門。

西裝男還跟在後面。

「這扇門通往哪兒？」

「還是走道，不過右手邊有門可以進去玫瑰園。」

廉姆回頭張望，剛才藏身的房間門口已經飄起芥末色的霧，勉強看得出一個魁梧影子是鮑勃。

「你那位朋友趕不趕得上？」西裝男問道。

「希望可以。」

結果鮑勃的身影忽然就從作為掩體的桌子後面衝出去進了大廳，片刻後廉姆聽見新一波槍聲，而且是脈衝步槍，緊接著是慘叫和驚恐的提醒，掩蓋在面罩底下的人聲以德語匆匆叫了幾句話。有些人發出哀嚎卻戛然而止，似乎伴隨突如其來的掙扎，還有物體翻倒碎裂。

「後頭出了什麼事？」

就鮑勃呀——

廉姆不由得想像了一下生化人強而有力的雙臂如何輕鬆料理普通人的肌肉骨骼。他為德軍感到難過了。

又一轉眼，霧氣裡面彷彿衝出一頭鬥牛沿著走道逼近。是鮑勃離開煙霧，手臂、胸膛都沾了血，但看起來自己沒有受傷。

「戰略優勢製造完畢。」

染血的手遞上防毒面具與黑色面罩。「行動建議：廉姆・歐康納請戴上面罩與頭罩，距離十呎以上時對方無法判斷敵我。」

「那我呢？」西裝男問。

鮑勃看看他面無表情說：「您並非任務優先項目。」

廉姆接過東西，上面血都還沒乾。「你殺掉其中一個？」

「不正確。敵方死亡七單位。」

「只用手？」

鮑勃直盯著兩人：「目前沒有足夠時間進行對話。」

廉姆這才看見鮑勃腰上其實有幾個傷口，形狀很不工整。「Jayzus！鮑勃，你中彈了！而且看起來不止一發！」

「傷口可在三天內癒合，血液已經凝固，並非優先處理事項。」

支援生化人轉頭瞪著西裝男。

「提問：請問您是否知道本建築物平面結構？」

對方望向廉姆：「呃？」

「我猜他是問你知不知道別條出去的路。」

「喔……有啊，就在前面。」

鮑勃點點頭：「很好。」

「嘿，」廉姆話鋒一轉：「我有個主意可以回到庭院那叢樹下了。」

「請解釋。」鮑勃回答。

# 38

## 一九五六年，華盛頓哥倫比亞特區

廉姆和西裝男出了門進入玫瑰園，兩個人都舉起雙臂。外頭煙霧還是很濃，但他看得到士兵在草地上散開，還能走動的俘虜被押走，已經站不起來的陸戰隊被就地槍決。

白宮裡面繼續傳出零星槍聲。身著黑頭罩黑衣褲的士兵們一個一個房間搜索，將殘存的守軍逐個擊破。

穿越裝飾用的花園迷宮，朝著大草坪走過去途中，廉姆抬頭觀察，巨大碟形船移動了，朝著特區市中心方向飄走，偶爾船腹又會開啟方塊門投下黑點，都是士兵。不難想像他們的任務是最快速度奪取各行政大樓、重要設施並佔領交通要地。

鮑勃在兩人身後，動作有些僵硬。他拿脈衝步槍瞄準兩人背部，沾著血跡的頭套、面罩掩蓋大腦袋瓜。

路上碰見一個摘下了頭套面罩的士兵站在及腰花叢內大叫了什麼。

鮑勃以德語回答。

「他說什麼？」廉姆動著嘴角小聲問。

「我告訴他，要帶你們回去偵訊。」

「很好，鮑勃。」廉姆有點得意：「想得很周到。」

「我的軟體設計為可以模擬人類特質，包含說謊和——」

「噓，之後再解釋吧。」廉姆提醒。

穿過花園，三人斜切過白宮北側草地，目標是一開始抵達的樹叢。廉姆睜大眼睛觀察，地上有很多屍體。進去的時候看到了幾個德軍死亡，此刻卻是上百具的美軍陸戰隊遺體散落，可以想見躲進建築物裡面那段期間這些人英勇奮戰，只為了守住白宮、保護總統，然而徒勞無功。

屠殺就在煙霧迷茫中結束。納粹持脈衝步槍擊潰美軍，陸戰隊員為了爭取時間只好親身衝進迷霧裡以自己當作盾牌。

霧氣稍微散開了，廉姆張望一陣以後找到原先那叢雪松樹，看見一排德國士兵圍著它席地而坐免不了心一沉。他們取下頭套和面罩聊得正開心，還不少人點了菸。

「糟糕，回去的路被擋住了！」

「回去？」西裝男斜眼一瞟：「不是就一叢樹而已嘛？」

「我們的回程傳送門會在這裡出現。」鮑勃隔著面罩回答，並依據任務計時系統提示：「距離現在還有一小時十七分鐘三十四秒。」

「這下子我們怎麼辦？」廉姆悄悄問。

「目前沒有戰略建議。」

「非常好。」

朝周圍看了看，秋風將最後一絲霧氣吹散，他發現被活捉的人犯被押出白宮大樓以後就被送到草地中間，有六個德國士兵圍成一圈看守。淪為俘虜者無論平民或軍人都癱坐在地上滿臉頹喪。

少年不禁背脊一涼，十分恐懼。

他們應該正在等鮑勃把我們送過去，可是過去了就會無法脫身。

彷彿聽見他的心聲，一個德國軍官接近了。對方將黑色橡膠連身褲往下拉到腰部，露出裡面灰色德意志國防軍制服，伸手指著囚犯以後朝鮑勃發出命令。

鮑勃點頭回應後將兩人往中間推。

「敵人指示我將你們留在原地，」生化人壓低聲音：「你要我怎麼做，廉姆．歐康納？」

「我也真的拿不定主意呀。你有什麼想法？」

「行動建議：我可以試圖攻擊樹下的士兵，但估計僅有百分之零點五機率可以成功支撐到脫出傳送門開啟。」

沒時間、沒選擇了。人犯都在幾碼外，三人再怎麼放慢腳步也一下子就會到達。

「行動建議：我將兩位留在這裡，等待救援機率超過一成時採取行動。」

廉姆咬牙。

不對，貿然行動的下場就是自己與鮑勃被大口徑的連發步槍轟成蜂窩，兩人根本連一半距離都離不開。或許鮑勃中個幾槍還有可能存活，但廉姆知道自己沒那麼強壯……尤其已經看到脈衝步槍打出的傷口那麼淒慘。

「目前無能為力了，鮑勃。看來我們會錯過第一次傳送門，」他用氣聲回答：「我也不想為了趕時間就被轟掉腦袋。還有多少時間？」

「一小時十五分鐘整。」

「會有第二次機會吧？」

「正確。距離一小時。第三次則要再經過二十四小時。」

「那麼，」和坐在地上的俘虜、守在附近的衛兵剩下幾碼距離，廉姆下令：「將我留在這裡。你找到適當機會再行動，不過拜託，可別害死我和你自己。」

「請問你授權我在何種成功率下行動，廉姆．歐康納？」

「不知道！」他低呼：「你盡力而為！」

一個德軍士兵指向廉姆和西裝男，口中嚷嚷了什麼。

「對方要求我將你們留下。」鮑勃靜靜說。廉姆覺得自己似乎在生化人平板語調中聽見微乎其微的一絲焦慮。

「就這麼做吧。假如我被帶走，你就想辦法跟上……之後再找機會救我出去，懂嗎？」

「任務優先項目：主要目標為觀察和回報。」

「什麼？你不能把我丟在這裡，鮑勃！聽懂了沒？」廉姆低聲咆哮：「這是命令！」

衛兵上前粗暴地扣住廉姆肩膀。

「安靜！」對方說了英語但口音很重：「過去坐好！」

廉姆搖搖晃晃上前跪在那群俘虜中間。鮑勃站得很直，五官藏在面罩下，看著前方似乎不知所措。

草地遠處一個軍官朝他大叫，應該是要他幫忙將屍體拖走丟棄。

生化人轉身動作透露出遲疑。

面罩底下那顆大腦袋裡頭的電腦人工智能還沒結束學習過程，很多層面就像小孩一樣，此時此地無數任務原則和變數交纏糾葛，運算出的結果超過百萬條。

廉姆目送大塊頭走遠。

噢，夠了。我怎麼蹚進這池渾水的？

# 39

## 二〇〇一年，紐約

「麥德琳，距離回程傳送門還有多久？」佛斯特問。

麥蒂抬頭看看螢幕：「倒數兩分鐘了。」

「好，先看看他們得到什麼情報再來推敲吧，」他淺淺笑道。

一九五六年之前的歷史忽然全數遭到封鎖，導致幾乎不可能判斷歷史究竟從何時在何地起了這麼大的變化——更難以鎖定變化的成因。此外，刪除史料有可能是納粹獨裁者的專斷妄為、想要斬草除根，但另一方面卻也隱藏了導致時間變動者留下的痕跡。假設這是時間旅行者有意為之，對方相當聰明，沒有紀錄、沒有東西能夠追溯……如此一來判斷不出他們回到過去哪一點。十分精明。

麥蒂打斷他思緒。「呃，佛斯特……跑出一個警告視窗了。」

他轉頭一看。

連接目標地點受到擾亂，

中斷或繼續？

「電腦偵測到傳送點周邊有變動的密度封包。」

「什麼意思？」

「系統會在傳送過程一分鐘之前就開始監控目標時空點，假如有預期外的動靜，通常代表不知情的人或者動物在附近活動，如果這個現象持續不消失，電腦就會發出警告。」

「該怎麼處理？」

「先靜觀其變。」他回答時伸手指著螢幕上一個圖像顯示：「這邊可以看見密度封包飆升，十秒鐘之前才有人或東西經過。」

「總不能把他們兩個留在那邊吧？」莎莎語氣很擔心。

佛斯特搖頭。「當然不會，」他安撫女孩：「就算這次不能開啟，還有一小時後的第二次。」

他注視圖表，密度不再有劇烈變化。

「應該只是意外，」他說：「就算鳥兒飛過、垃圾飄過也能觸發，很常見的狀況。」

莎莎苦笑：「OK。」

「倒數三十秒，」麥蒂提醒：「要中斷還是繼續？」

圖表沒有再起伏，剛才行經的東西大概不會回來了，甚至有可能是廉姆自己早到的緣故，那麼支援生化人會請他遠離，然後兩個人耐著性子等待。

「繼續吧。」佛斯特回答。

麥蒂按下滑鼠，剛才的詢問視窗消失。

「十秒。」

莎莎轉頭看著中間地板，準備好迎接兩人回歸。

「莎莎，別太靠近喔。」佛斯特指著混凝土地面上黃色粉筆勾勒出的圓圈，筆跡有點模糊應該重畫一次：「圓圈標示出回程傳送口的位置，開啟的時候妳別站在那邊。」

「五秒。」

發電機開始運轉，電燈熄滅。佛斯特注視圖表，廉姆和鮑勃走進傳送口時密度又會瞬間爬升。但沒想到圖表上毫無反應。

快啊，你們兩個……別磨蹭。

「三秒……兩秒……」

指標忽然飆高。

燈光完全熄滅。

電燈重新亮起，佛斯特和麥蒂轉頭要跟兩人打招呼的時候竟聽見莎莎驚呼。

一個年輕人站在圓圈中央瞪大眼睛，神情充滿恐懼和不解——是個士兵，看起來不比廉姆大很多，金髮剃成平頭，稚嫩雙頰沾了塵土和一點乾硬的血塊。他身上那件黑色橡膠連身衣褲往下拉到腰際，裡頭的灰色制服在領口還留有橡樹樹葉，胸前掛著老鷹徽章。

士兵視線從莎莎轉向麥蒂，再移到佛斯特那兒……然後低頭看見不知道是誰的手腳斷肢散落在枯枝枯葉與濺血的草土上。

「*Was–?… Was ist das?*」士兵注視地上不斷汩汩流出鮮血在混凝土地板蔓延：「*Was geschieht? Wo bin ich?*」

他嘴唇因為恐懼不停抽動，聲音斷斷續續幾乎要尖叫，就像個在人潮中走失的孩童。

麥蒂第一個反應過來，起身攤開雙手緩緩靠近。「沒事的，」她輕聲安撫：「別緊張……我們不會對你怎麼樣。」

年輕人也稍微冷靜了一點，結果卻是舉起步槍瞄準她。

「*Halt, stehen bleiben! Wer sind Sie? Wo bin ich?*」

麥蒂搖頭：「我不……對不起，我聽不懂德語。」她擠出友善的微笑。

「引導他繼續說話。」佛斯特淡淡道。

麥蒂指著自己：「我……叫做麥蒂。你呢？」

德國年輕人不發一語瞪著她，呼吸很喘，害怕情緒表露無遺。

「你叫什麼名字？」麥蒂裝出最有母愛的語調並指著隔壁：「這邊這位是莎莎。」

「嗨，」莎莎不僅笑得天真無邪，還伸出小手。

對方視線在兩個女孩身上來來回回。

「Ich… Ich bin Feldwebel Lohaans.」

麥蒂猜想這句話應該是軍階和姓氏。

「那，名字呢？嗯？」她一邊問一邊試探著上前。

士兵馬上緊張地揮舞槍口：「*Stehen bleiben!*…站住！」他一邊咆哮一邊舔舔乾裂嘴唇。

麥蒂趕緊止步，帶著歉意搖頭：「抱歉，我停下來。沒有要對你怎麼樣。」

士兵點頭，似乎漸漸能夠理解。他再次深呼吸：「妳……*Amerikaner?*（美國人？）」

她微笑回答：「對。」

「這……？」對方說到一半聳聳肩，英語詞彙不足以組織出句子。

「這裡是美國，我們在紐約。」

他瞪大眼睛：「這……是紐約？」

麥蒂點點頭。

士兵顯得很緊張，悶哼一聲：「華盛頓……*zehn*——」他發出呼嘯聲，「紐約？」

「沒錯。」麥蒂回答：「咻……你就到這兒來了。很誇張吧？」

士兵懂的英文字詞很少，點點頭苦笑說：「*Ja……craz-ee.*」

發電機忽然又動作了，燈光一閃之後年輕士兵、地上的手腳草土全部消失。

「這又怎麼回事？」

「我啟動緊急拋置程序，」佛斯特解釋：「將他送回原本位置了，只不過會……」

「會？」

「不重要了。」他看著麥蒂和莎莎：「剛才那是個德國士兵，應該是在戰場上被傳送過來，而且出發地一定就是白宮外面那片草地。」

「所以是白宮遭到入侵？」

老人點頭：「歷史……或許應該說核准公開的歷史，第一天就是美國被德軍征服，這我們從網路上也能看得到。」

「喔，不會吧，」麥蒂低聲說：「所以我們把廉姆、鮑勃丟到戰場上了。」

莎莎聽了臉色一白。

「可以傳送回來吧？」

「一小時之後再試試看，不過前提是最後一刻沒偵測到奇怪的密度封包。我可不想再弄一個納粹或者他們的肢體回來。」

「要是沒辦法找到他呢？怎麼辦？他就被困在那裡嗎？」

「會在二十四小時以後第三次傳送。」

「如果第三次也失敗？」

「麥德琳，廉姆是個聰明的孩子，而且還有鮑勃跟著，他們兩個不會有事。而且我之前提過，這邊的確還有個辦法能夠聯絡，可以通知他們要在什麼時間地點重新開啟脫出傳送門。」他轉頭對兩個女孩說：「現在對我們而言，更重要的是確認還有沒有更大的波動，看看世界已經穩定了、或者會逐步惡化。」

「有什麼是我們能夠做的？」

「現在只能盡可能先調查歷史如何遭到篡改，縮小目標範圍。我想關鍵應該就在二次世界大戰，當初的均衡遭到破壞。」

麥蒂點點頭：「嗯……有可能。」

「那麼，」佛斯特說：「就從手上有的線索開始。首先還是得去紐約街頭看看，也許能看到美國遭到侵略之前的狀況。OK嗎？」

她點頭。

「莎莎覺得呢？」

小女孩抬起頭時臉頰已經掛著兩串淚珠。「可憐的廉姆，」她抽噎說：「希望他沒出事。」

佛斯特疲憊起身，過去蹲在女孩面前：「別擔心了，莎莎……他一定沒事。還有鮑勃陪著呀，相信我，不要太擔心了。」

「接下來怎麼辦？」

「需要繼續搜集情報。莎莎，妳得再去時代廣場看看，找個好位置然後盡可能觀察，設法從景物中得到視覺線索……主要針對一九五六年是什麼情況。然後，麥德琳？」

少女點頭。

「該清查資料庫了。妳看看能不能突破對方的安全防護駭進去，這樣才有機會挖出機密。之後還要啟動備用集合機制，」他咬著牙抽了口氣：「希望第二次不會傳送一整批德軍回來才好。」

# 40

## 一九五六年，華盛頓哥倫比亞特區

鮑勃觀察身邊紛擾，冰冷目光最後鎖定優雅飄浮在都市上空並斷斷續續放出部隊的巨大碟形飛艇。遠處傳來模糊的槍聲和爆炸聲。

市區裡面還有一些美軍展開最後掙扎，因為他們不知道戰爭已經結束，國家領袖艾森豪總統已經身亡，他和閣員、官員的遺體被人抬出來擱在白宮前面階梯上。

旁邊一個軍官拉拉衣服、扶正硬挺的帽子，脫掉降落裝備之後動作靈活多了，他趕緊開始指揮現場。

「你！」軍官指著鮑勃：「空氣乾淨了，可以脫面罩。」

鮑勃不發一言摘下防毒面具。由於才離開培養槽兩週，所以只有薄薄一層頭髮，加上平常面無表情，看上去確實和周圍這群突擊隊員沒有什麼分別。

「等這邊清理乾淨才能休息，」軍官繼續說：「所以趕快動手！」

鮑勃瞇起眼睛，大腦裡花了一毫秒時間進行運算，試圖判斷自己應該繼續偽裝成敵軍一員，還是箭步上前直接將對方手臂從肩臼拆下。

**〔攻擊行動：**不正確**戰術時機〕**

於是他轉身彎腰，抓了一個美國陸戰隊員扛在肩上走向越來越高的屍堆。途中鮑勃尚未累積足夠經驗的矽晶大腦開始解析更大的問題，比起當下的戰術判斷更重要，是一個整體戰略考量……

**戰術選項：**

**1. 拯救特工廉姆．歐康納**

**2. 返回基地提供情報**

**3. 避免污染加深——執行自我摧毀**

鮑勃的人工智能在決策分歧數量較小時會更有效率——二到三個選項最理想，超過這個限度時風險評估所需時間呈現指數成長。

他掃視得到安置的囚犯，找到廉姆．歐康納，發現少年一臉憂鬱望著自己。假如鮑勃多點時間熟悉人類面部表情和肌肉動作，或許能辨識出那張臉上混合了恐懼、憤怒、遭到背叛等多種複雜情感。

生化人忽然察覺雪松樹下有狀況，就在時空傳送門即將出現的位置。那邊的士兵不知繞著什麼東西圍成一圈——肯定不是好看的畫面，其中一兩人已經站不直發出乾嘔聲。

但無論如何可以確定的是那個位置目前人數太多，不可能全部處理掉，也就無法視為可用的脫出地點，至少現階段這事實無法改變。據此判斷，符合任務需求的動作有以下幾種：

首先是援救廉姆。

再者是放置廉姆於此時間線，然而由於廉姆有遭到刑求的可能，也就無法保證他不會吐露未來世界的細節。

最後是啟動自毀機制燒壞電腦，但現下這麼處理對於任務看不出能有任何助益。

他仰起頭。

最符合任務目標的是第一項方案。他再閉上眼睛。

**一號方案評估結果：**

**1. 等待第二次脫出傳送門，估計為五十七點三分鐘**

**2. 如果成功救援廉姆機率高於百分之二十五，則展開行動**

**3. 若否……等待二十四小時之後第三次脫出傳送門**

鮑勃睜開眼睛，將扛著的屍體丟進屍堆。他認為目前的方案可以接受，缺點是之後再判斷的元素過多。總之，現在不該離開，也不該自毀，而是等待適合援救廉姆的機會出現。

不過他察覺到自己的決策過程受到另一個因素影響，現階段還不知道如何命名。

所以暫時稱之為不確定因素。

這個不確定因素原本並不存在生化人的人工智能程式碼內，而是來自大腦的有機部分；鮑勃的顱骨裡面仍有佈滿皺褶的肉塊、經由許多髮絲粗細的纜線才與矽晶片電腦連結起來。換言之，所謂的不確定因素有可能是非理性、不實際的資訊混入了邏輯運算中，然而這個訊息已經開始擾亂本來井然有序的人工智能運作。

廉姆．歐康納是朋友。

# 41

## 一九五六年，華盛頓哥倫比亞特區上空指揮艇內

瑞夫．霍夫曼中尉踏上送貨平臺，身後兩個人抬著一個大屍袋上來輕輕放下，接著三個人都抬頭露出敬畏神情，望向頭頂上昏暗天空中的船腹。元首指揮艇來了。

霍夫曼率領第二十三空降奇襲軍團駐紮在指揮艇上，所以對於內部構造十分熟悉——但是從外部觀察，他才真正體會到碟形飛艇多麼巨大壯觀。

送貨平臺是可以容納一輛卡車的方形合金基座，此刻緩緩上升將他們送上天空，地面上的白宮、或者華盛頓哥倫比亞特區的開闊街道越來越小。

霍夫曼看著天空，午後殘存的陽光快速消褪，暮色落在覆蓋市區的煙霧上。現在沒有街燈閃耀，事實上是所有建築物都一片黯淡，因為第一波攻擊就已經佔領了發電站。只有一些零星火災照亮華盛頓特區，再來就是街道上此起彼落的槍戰現場。

他深深呼吸。

要勇敢。

現在要上去*Das Mutterschiff*——也就是「母艦」，大家給巨大飛艇取的別名。而且他的目的地是母艦上層甲板，有一排寬窗能夠看到下界——那是元首觀賞風景的地方。

霍夫曼從未獲准前往上甲板，這份榮耀屬於元首身邊最高階官員和將軍。母艦的上甲板不只是元首運籌帷幄的辦公處，而是如同他居所一樣很特殊的地方。

上空傳來馬達匡啷匡啷的聲響，平臺繼續拉高，抬起頭就看到船腹開了一道門。忽然亮起了泛光燈，光束穿透暮色打在底下城市。強光刺眼，霍夫曼瞇起眼睛、伸手遮掩，一抬頭就遇上這種事，沒瞎掉就很好運了。

瑞夫……說不定你真的可以見到他，機率不低。要做好準備。

但這念頭卻引來一陣興奮恐懼竄過脊椎，他忍不住顫抖。實在不想在元首面前露出不成熟的緊張模樣，可以的話要留下最好印象，空降部隊是精英，他又是軍官，必須保持冷靜專業的形象。不過後頭兩個士兵倒是嘴都合不攏，彷彿即將見到聖誕老人的小孩子。

「你們兩個，」他不耐煩地說：「看起來好像白癡。還不快點整理儀容，不要像馬戲團猴子一樣傻笑。」

士兵乖乖聽話，拉好衣服也收斂表情，回復平時那種嚴肅形象。

霍夫曼低頭瞥了屍袋一眼。這次命令來自元首親信，大元帥哈斯親自聯絡了霍夫曼的直屬長官。元帥特別要求查看這具怪異遺體……而且要求看見事發現場的人到他面前解釋。

上方的匡啷聲越來越大。他再抬頭，這回先遮好眼睛，送貨口只剩下二三十呎距離。平臺搖晃一陣後停靠在送貨碼頭。霍夫曼看見兩個警衛旗隊隊員一身黑色軍禮服，早就守在旁邊等候。

他第一反應是擔心對方取走屍袋，然後打發自己和兩個士兵回去。幸好其中一人點點頭，示意霍夫曼三人跟隨。

連接上層的樓梯口另有兩人把守。霍夫曼和士兵們平時住在下層，打下紐約、飛艇往南航行在外人眼中看似優雅極了，但在裡面的他們整天只能面對一片毫無生機的死灰色艙壁。此刻可不同，上樓以後周圍都是深色橡木鑲板，地面不再只有金屬格柵而是鋪上柔軟的褐紅色地毯，軍靴踏在上頭摩擦出沙沙聲。

前方一道對開門又是兩個警衛旗隊士兵站崗。

「霍夫曼中尉前來面見元首。」陪同上來的衛兵開口。

門前其中一人透過對講機請示，片刻後側面辦公室裡走出打扮俐落的年輕人。

「唔，很好，」對方微笑：「我帶你們進去。」

年輕人推開那道門的瞬間，霍夫曼心臟噗通噗通劇烈跳動。面前是元首雄偉的居所啊，這第一眼對他而言幾乎是無法承受的驚濤駭浪。

記住：專業、鎮定，在元首面前不可以丟臉。

年輕副官和某人輕聲談話以後轉過身。

「進來吧。」他淺淺一笑招手示意。

霍夫曼進門，兩個士兵一左一右提起屍袋跟在後面。首先看到的就是一排大窗戶沿著弧形艙壁往兩側延展，令人聯想到十八世紀的高桅帆船。泛光燈的強光從玻璃外面透進來，照亮大房間內裝飾華麗的天花板。隔著玻璃，他看見昏暗之中的城市輪廓，還有九月夜空澎湃的雲層，兩者融合彷彿巨大的油畫。

氣派會議桌上散落美國東岸地圖，圖上放置許多插有小旗子的標誌，象徵德軍進攻的軌跡。桌子後頭站著一個人，那就是元帥。他身材高瘦但散發不凡魅力，和海報、看板上的形象一模一樣。

旁邊幾呎外另一人是大元帥，神情嚴肅、身材結實，目光總是銳利，也和之前聽聞的相同。大家都知道哈斯大元帥與元首有超越十年的深厚交情，據傳兩人在二次世界大戰相遇，但他們的過去對世界而言是一片空白。

充滿神祕感。

元首朝霍夫曼露出親切笑容。

「這次攻擊行動是你指揮的嗎？」

「是，元——元首閣下。」霍夫曼還是結巴了。

元首輕輕揮揮手笑道：「中尉，你放輕鬆點……我又不會咬人。你帶兵攻進白宮？」

「是，元首。」

「恭喜，大功一件。」

霍夫曼聽得抬頭挺胸得意極了。

「那麼……我想你應該帶了東西要給我看？」保羅．奎瑪問。

# 42

## 一九五六年，華盛頓哥倫比亞特區

「我們……要去哪裡？」廉姆問。

軍用卡車後側降下坡道，德軍士兵揮著槍枝催促他們進去。

「再教育。」之前少年和鮑勃在白宮內遇上的西裝男這麼說。

「那是？」

「聽說德軍在紐約抓的人都要接受再教育，全部要送到營地。」

「再教育營？」

「事實上就是監獄……我們要被關起來了。」男人嘆道：「運氣夠好的話。」

廉姆轉頭看著他：「那……要是運氣不夠好呢？」

「會被帶到角落槍斃。」

廉姆忽然覺得口乾舌燥、皮膚發癢。他東張西望，隔著其餘囚犯的腦袋瓜想找到鮑勃；既然是支援用生化人，這節骨眼應該要有什麼行動才對吧。

天色漸漸昏暗，他看不大清楚周圍狀況，但大約一百碼外那個姿勢特別挺直、身材也特別高大又渾身肌肉線條的士兵一直盯著自己……

鮑勃？

「喔，Jayzus……鮑勃，快點！想辦法救我離開這個鬼地方呀！」他低聲祈禱。

西裝男好奇地盯著他。「喂，小子，你和你那個大個兒朋友……先前你們說是什麼未來來的——」

「嗯。」廉姆漫不經心回答：「可是我們從哪兒來的，現在一點也不重要了吧。」他伸長脖子，看見鮑勃最後一眼。距離拉開之後就再也看不到生化人的蹤影了。

上帝，救我。

旁邊士兵不耐煩朝他咆哮，要廉姆快點上車，後來直接揪著他臂膀，粗暴地往裡頭拉。

「先別抵抗，」西裝男低聲提醒：「人家沒直接在草地上槍決我們兩個已經夠好命啦。」

廉姆進了卡車，在陰暗中找到木頭長凳的空位坐下，默默希望裡頭沒什麼光線，不會被人看到自己髒兮兮臉上又多了兩條淚痕。

鮑勃看著最後一批人犯爬進車廂，引擎發動、噴出黑煙。

**〔救援成功機率：百分之零點五〕**

目前試圖援救廉姆．歐康納沒有實質意義，即使自己可以熬過數十發子彈造成的傷害……廉姆辦不到。所以他目送卡車離開草坪，穿過圍籬、在人行道上顛簸一陣之後才進入寬敞柏油路。

現在最優先事項是帶著搜集到的少量情報回到未來。錯過兩次脫出傳送門，根據安全機制，下一次傳送仍舊會在雪松樹叢內同樣位置，不過要過二十四小時才會啟動。

電腦繼續運算，得出最好方案為找到隱蔽處藏身，不要被人發現。值得注意的是身體軀幹部分已經中了幾槍，雖說重要臟器沒有受損，出血也已經暫停，卻仍需要清創、消毒和包紮。軟體顯示若不盡快處理細菌感染可能性高達百分之三十八，最終可以導致有機元件徹底停止運作。

也就是死亡……和普通人類一樣。

鮑勃悄悄遠離其餘士兵。已經有些人注意到以前從未看過他這張臉，所以露出狐疑神情。他快速穿越白宮外圍還在忙碌的人群，潛入逐漸濃密的夜色，佯裝為接受上級命令出來跑腿的小卒。

# 43

## 一九五六年，華盛頓哥倫比亞特區上空指揮艇內

奎瑪轉身面對一整排大舷窗，外頭沉邃下市區一片寧靜。他本來以為來到首都會遭遇更激烈的反抗，可是華盛頓特區僅僅兩天就被攻破。第一天在北邊市郊爆發大戰，美軍雪曼MkII坦克輕裝卻笨重，無論動作或火力都不敵閃禽MkVI。德軍懸浮戰車的炮火摧枯拉朽拿下陣地。

美軍沿著東西向架築防線開挖壕溝，但對德軍根本無法造成任何阻礙。早上開打之後才幾小時，華盛頓之戰持續只不過兩天美軍陣線已經七零八落。奎瑪精心培育的空降部隊裝備有氣流噴射裝置與新升級的脈衝步槍，從美軍本就瀕臨崩潰的陣地後方發動突襲，造成更巨大的恐慌和混亂。

今天只是收尾而已。

美軍擠出最後一點力量頑抗到底。情報指出還有一個旅的陸戰隊在南邊郊區不投降，街道上也有他們零星的據點，然而時間急迫加上士兵早就疲憊不堪，連白宮的守備都單薄得可憐。

奎瑪搖搖頭。艾森豪總統的最後一役竟如此不堪。原本以為德美之戰可以有更盛大的結尾，但美國簡直是哭著倒地毫無氣勢可言。

而且兩軍交戰從開頭就是一面倒。從第一波大規模兩棲登陸新英格蘭的作戰到拿下美國……居然只用了八週時間。

這種發展對平民是種幸福，若演變成長期戰從秋天打到冬天的話會有更多無辜傷亡。奎瑪對於美國人民毫無敵意，他母親是美國明尼亞波利斯出生的，所以以前他自己也持有美國護照。回想過去種種他嘴角上揚，畢竟母親賽莉安・嘉德娜是個道地美國人，實際上還要再四十五年才會出生，和父親勃瑞斯・奎瑪相遇更是六十五年後的事情。兩人的兒子在四〇年代成為德軍和歐洲的統帥……並且攻下美國。

時間旅行就是這麼荒謬啊，保羅……嗯？

這段背景理所當然只有少數親信知道。當初一同穿越時光的夥伴們存活至今的剩下卡爾・哈斯與另外三人，攻入希特勒在巴伐利亞森林的行宮果然要付出慘痛代價，納粹前元首投降時他們只剩下五個人。

後來德國人民非常崇拜新元首奎瑪——他取代腦筋轉不過來只會反猶太人的阿道夫・希特勒並且帶領國家踏上勝利之路。所有人都相信他是德國血統，不在乎堂堂元首的童年、父母、過往一切紀錄都是空白……從一九四一年才開始。人民心中的奎瑪如同守護天使下凡指引，成功將歐洲集結在共同大旗下，旗幟上的符號不是愚蠢的逆卍字而是他的新設計銜尾蛇——蛇咬著自己的尾巴，象徵無限。

往復循環……無窮無盡……

首先是歐洲，現在是美國，將大洋兩側納入囊中，他可以將勢力推到地球任何角落。新世界將會美好得多。不再有飢餓，人口數量嚴格管控在這顆行星能夠養育的極限之下，自然資源得到妥善分配而非任由無恥的富豪、自私的政客揮霍，汽機車廢氣和燃煤毒煙也不復存在。新世界不能因為人類壓抑不了自己的貪婪而毀滅。

更重要的是……

這是你的世界，保羅。完全屬於你。

你的豐功偉業超越歷史上任何一個君主。

豪情在心中低語，他卻感到不自在，身子微微顫抖。

奎瑪知道此時此刻應有的情緒是為自己的成就興奮得意，但他辦不到，原因就在面前地板上，也就是中尉與兩個士兵抬上來的物體。那是形狀醜惡至極的肉塊，本來也是德國士兵，卻與兩個還是三個同袍鑲嵌在一起。

屍體裝在屍袋內，拉鏈已經打開。奎瑪看過一樣的東西，超過十年了，地點是上薩爾茲堡郊外飄著雪的森林。他記得當初自己差點嘔吐，現在有同樣的感受。

卡爾蹲在屍體旁邊仔細檢查。「有可能是燒灼性武器造成的結果，高溫導致這幾個可憐小夥子的身體黏合在一起。」

奎瑪點點頭，抿著嘴搔抓下巴。當然有可能……其餘可能還包括脈衝炸彈的衝擊波造成組織粉塵化。他開發的新武器有許多種都讓敵軍死狀很淒慘。

但會不會是其他原因？

「嗯，卡爾……你說的是其中一種可能。」

# 44

## 一九五六年，華盛頓哥倫比亞特區外

廉姆從卡車後側往外望，車子隨著引擎呼嘯駛離市區，一路上有很多德軍巡邏，可以看見難民被槍口抵著、穿著綠色卡其服的美國士兵遭到痛毆，大半都受了傷。

「對了，我叫華萊士，」西裝男對他說：「丹尼爾．華萊士，在白宮媒體部上班。唔，」他疲憊嘆息，「至少之前是啦。」

廉姆有氣無力地和他握手，其實聽不懂「媒體部」是什麼東西，但直覺知道大概和報紙有關。「我叫廉姆．歐康納，是愛爾蘭科克來的。」

華萊士點點頭：「年輕人，你可離家真遠。」

「可不是嗎。」他報以苦笑。

華萊士悄悄說：「我還是搞不懂你和你那個朋友究竟什麼來歷。你之前說是……」他東張西望看看其他囚犯的情況，大半還情緒恍惚、或者陷入沉思，不願意面對殘酷現實。

「嗯，就先忘記我說過的那些吧？」廉姆回答：「這節骨眼也不重要了，對吧？我和你們在同一條船上。」

「可是和你一起來的大個子呢？」

「他怎麼了嗎？」

「我……很肯定自己看到他中彈了……那種傷勢怎麼可能活得下來。」

廉姆沒回答，華萊士也就暫不追問，兩人聽見車廂裡還有一對囚犯正在說悄悄話，是個銀髮陸軍上校和海軍士官。

「……都萎靡不振、情緒尚未平復。真不敢相信兩個月之前艾森豪和奎瑪居然還煞有其事選在中立地點進行和談，說要終結雙方對立。」

「結果，」海軍士官接口道：「原來奎瑪早就安排好要攻打美國。」上校聽了抓抓平頭。「我們完全沒有防備啊，比爾……還自欺欺人以為他們真的不想戰爭，不會打過來。」

廉姆視線再度飄出車廂後方，心思也遠在百萬英里外。

第一次任務……就是最後一次了。

這幾週的生活彷彿瘋狂的夢。三個星期之前還在鐵達尼號上面當餐勤員應付那些有錢、被慣壞的客人，他的目標是前往充滿機會的新大陸，一靠岸就辭職不幹，去追尋充滿冒險和新奇的人生。以前廉姆讀了很多關於美國的文章，早就認定自己屬於那片土地，要在那邊成家立業。

然後海上一個該死的大冰塊毀掉了全部計劃。

因為冰山所以佛斯特來了……廉姆獲救，但至今仍會做噩夢，夢裡自己反覆溺斃。老人開啟一扇不可思議的門，通往令他目眩神迷的未來世界，那些金屬和玻璃組合成的高樓、五顏六色的霓虹燈與螢幕閃爍，充滿驚奇、動感以及不似這世界該有的科技。他也可以回到過去，回到任何想去的時間點，佛斯特說過還有好多好多奇景等著自己，所以或許……不，肯定……他是有史以來最幸運的人。

話雖如此，他卻立刻就被困在這車上，與其他囚犯一起面對無法預知充滿恐懼的未來。也許會被槍斃，也許要以戰俘的身分勞動至死。

心底有個小小聲音安慰他說：至少還活著，否則原本會被海水壓成肉泥，淪為大西洋魚群的糧食。即便如此廉姆實在開心不起來，被監禁起來意味著無論第三次還是之後加開的脫出傳送門他都無法抵達，而特工根本沒有管道可以聯繫佛斯特、麥蒂、莎莎……所以毫無脫困可能。

忘記他們吧。廉姆對自己說。反正再也沒機會見面。

卡車穿越一道柵欄，上面黏了許許多多不同大小形狀的相片，裡頭一張張笑臉都是失蹤人口，海報上寫著大字詢問「是否見過他們？」，想必是心急如焚的丈夫與妻子、母親和父親過來張貼。柵欄底下堆著或新鮮或枯萎的花朵，以及十字架、小紀念品、泰迪熊和其他布偶，是一個小小的紀念堂，用於悼念這幾週混亂中不知去向生死未卜的居民。

車上其他囚犯也看到這一幕，內心不免五味雜陳、希望和哀傷交纏。廉姆對面那個女人看著看著就開始啜泣。

死了好多人，失蹤好多人。

車裡一個士兵咬牙道：「碰上納粹我們根本半點機會也沒有。」

廉姆暗忖唯一慶幸的反而是戰爭太短，才開始就劃下了句點。

# 45

## 一九五六年，華盛頓哥倫比亞特區上空指揮艇內

奎瑪目送緊張的空降部隊軍官帶著兩名士兵離開。

日理萬機的他還有很多決策要做，指揮鏈必須維持穩定。需要顧及的不是只有剛打下來的美國，歐洲大陸也不能擱置。

但心思卻停留在同一件事情上，也就是方才軍官做的報告。他們看見白宮外面草坪上，一叢樹下冒出了發著微光如門窗的開口，而且有人親眼看見同袍被「吸」進去，一分鐘以後才回到原地，然而肢體卻立刻與不小心跨在那一點上的士兵融合了。

但另一方面這些目擊證詞來自剛結束戰鬥的士兵。他們精神還極為亢奮，血管裡滿滿的腎上腺素。很多軍人在激鬥結束之後出現幻覺，軍事史上有許多案例指出士兵在大戰以後竟然幻想有天使軍團降臨解救世人。如果只是情緒激動的年輕人空口白話，奎瑪不會特別在意，可是軍官帶來了證物……

他目光又飄向地上屍袋內的畸形肉塊。

卡爾望向元首：「你認為這也是時間旅行造成的？」

他沒有回答。

為什麼還有人能穿越時空？

瓦德斯坦大費周章藏匿的時光機應該是唯一的一臺。國際一致決議禁止時間旅行並且徹底封鎖相關研究，無論國家、企業或個人發展相關技術被逮到的話會受到最嚴厲的制裁，也就是徹底的武力摧毀，而且無需警告、無需冗長的辯論，也沒有任何可以拖延的手段。即便二十一世紀中葉全球局勢混沌動蕩，卻只有這個共識沒有任何一方反對。無論什麼原因，歷史不可以改變。

「那臺時光機是唯一的一臺，不是嗎？」卡爾問：「保羅……？」

有資格直呼他名字的人只剩下卡爾。而且僅限於沒有外人在場的時候。

「是，卡爾……那是唯一一臺。」

離開之前，他摧毀了瓦德斯坦的原型機，理論上應該就確保了不再有人能夠回到過去，顛覆他們建立新世界的計劃。

問題是如果還有別的時光機呢？

一陣寒意竄過後頸。

要是有人想阻止我們？

倘若地上這團肉塊確實是時間通道所導致，就代表有人從未來特定選在今天前去白宮。未來的某一點上，有人認定要回復歷史原貌，就得從一九五六年九月五日著手。

可惜他們猜錯了。

歷史早在十五年前就已經開始變動。奎瑪帶著部隊殺進納粹據點、見到希特勒的那天就開始了。他向希特勒解釋為什麼進攻俄羅斯會導致狂人野心遭到粉碎，甚至註定四年以後死在柏林的地下碉堡，太陽穴中彈、口裡有個咬碎的膠囊裝了劇毒氰化物。

奎瑪視線從屍塊飄到窗外壯闊的夜景：「卡爾，我們得徹底抹煞歷史。」

「什麼？」

「將今天之前的一切……特別是一九四一我們到達以後的事情都藏起來。」

「為了不被人發現？」

「嗯。但對外要找個有象徵性的說辭。」

「我不懂。」

「將今天稱為第一天，代表人類歷史的新開端。國家、國王、皇帝、教宗為了土地金錢信仰而彼此征戰的數千年血腥歷史到此為止，所有戰爭從今天起不復存在。」

「不再有戰爭。嗯，」卡爾點點頭：「很能引起共鳴。」

奎瑪指著舷窗外城市天際輪廓：「美國原本是最大的威脅，現在也納入版圖，已經沒有誰能撼動我們，接下來就是要將世界上所有人都號召到同一面旗幟底下。」

「但還有俄羅斯與中國。」

奎瑪聳聳肩。「遲早會解決，」他回頭道：「反正現在本來也就很適合對外發表宣言。」

他別過臉不想看見還冒著煙的肉塊，慶幸年輕軍官已經帶著士兵離開，否則自己面色蒼白又不忍直視的模樣顯得很窩囊。

「不過，卡爾，你我都一樣，別忘記自己終究不屬於這條時間線。距離穿越時間已經十五年，但我們還是要盡可能不留痕跡。」

「我懂。」

「將今天宣告為新紀元的第一天，我們就可以合理抹消前面十五年的紀錄了，卡爾。千萬別留下任何線索，別讓未來的人有機會看穿真相。更重要的是，直接將歷史全部清除掉。本來就該這麼做吧？我們回到過去不就是為了這個目的？全部重來、重新開始……這樣才能建立新秩序？」

卡爾又點點頭。

「我會透過國家電視與廣播公開發言，並且頒佈一個全德意志國共通的慶典——大家的團結日——」

「團結日……是個好名字呢，保羅。」

「嗯……的確。就這麼稱呼吧。還有慶祝活動也是。從系統化消滅史書、文件和古物開始。一個都不留，全部燒掉。」

卡爾點頭：「是，元首。」

「告訴美國人民不必害怕。他們不會淪為奴隸，而是與德國、法國、英國，與世界上所有人一起成為大德意志國的子民。」

「我會找人擬講稿。」

「謝了，老朋友。至於這個……」他指著地上的屍塊：「我想我們不必擔心，你明白吧？現在歷史由我們掌控，卡爾……你和我。就像黏土一樣，我們想要塑造成什麼樣子都辦得到。絕對不能讓未來的其他人發現我們回到過去的時間點。」

「假設這具屍體代表有人想找到我們——」卡爾望向奎瑪：「但結果從今天下手，而不是直接回到一九四一年春天那時候……這意思是？」

「嗯。」奎瑪冷笑：「對方並不知道我們改變歷史的實際起點。」他親切地拍了拍卡爾肩膀，「我想這足以證明計劃不受阻礙。」

「是，元首。」卡爾俐落敬禮：「我會處理好講稿。」

「謝謝。」

奎瑪目送卡爾離開，對開門隔開了背影。他回頭又看著夜景。

*但真的這麼做就足夠了嗎……消除歷史？*

就預防而言這個程度算是合理，但奎瑪卻揮不去心頭不安。半小時之前他從未質疑過瓦德斯坦的時光機是不是世界上唯一一臺。

*要是我錯了？*

外頭一支梅塞施密特[11]的噴射車中隊俯衝而下，飄浮在沒有人煙的街道上空開啟搜索燈探查地面情況。

地球上殘存的反抗勢力比美國更弱，奎瑪的新國家已經爬到無人能夠觸及更遑論推翻的高度，強大得超乎想像。那些國家除了一個一個投降以外別無他法，俄羅斯和中國雖然地大物博卻相對落後又孤立，已經遭到全面封鎖，被攻下是遲早的事，然後世界上再也沒有戰爭。

[11] 德國著名飛機製造商。

可是他卻不由得擔心要是真有人從未來進行搜索——而且運氣非常好——就會揭穿他們的計劃。

或者是更糟糕的情況，保羅。你難道忘記瓦德斯坦那老頭怎麼說的了嗎？

奎瑪瞥了地上的屍塊後低聲咒罵，下令要守在外面的衛兵進來清理乾淨。今天看的血腥夠多了……美國正式投降，還有很多事情要做。

# 46

## 一九五六年，華盛頓哥倫比亞特區

天色昏暗、空氣潮濕。幾小時前鮑勃花了點時間適應下水道的光線環境，只有一絲絲光線從上頭人行道的格柵透進。屬於特區的灰暗、朦朧午後，今天是美國敗給侵略者的隔日。

生化人動也不動坐在濕滑混凝土步道上，兩腿垂進水道，污水氣味嗆鼻。

上方路面偶爾會有車輛或人員經過的聲響，以及遠方傳來的槍火聲。先前二十小時內數千名有可能鼓吹人民反抗德意志國的麻煩製造者，像是國會議員、法官、律師、記者之類一個接著一個遭到人身限制，被押上卡車載離市區。老百姓只敢躲在家中，心裡十分恐懼，不知道奎瑪的新政府會拿大家怎麼樣。

現在外頭安靜，除了頂端落下的水珠以及腳下流動的污水以外沒別的干擾。

鮑勃沒有動作，手指漫不經心撥動脈衝步槍的安全開關。開了又關、關了又開，喀嚓喀嚓在水道內不停迴盪。

靜靜等待。腦內有時鐘。

鮑勃閉上眼睛。

**〔資訊提示：最後一次脫出傳送門將在二十三分鐘之後啟動〕**

他所在位置距離白宮只有十分鐘路程。直線距離才一英里、有一半都能利用下水道隱密移動，出去的人孔蓋位在賓夕法尼亞大道，上了地面就只能拚命跑。身上依舊是黑色橡皮衣，可以偽裝一時半刻，但其他士兵已經換上普通裝備和灰色制服，其實也有可能引來更多注意。

然而他判斷只要抓準時機，及時趕到雪松樹下的預定地點、進入微亮傳送門成功機率並不低，缺點是過程中遭到敵人攻擊的損傷恐怕會超出治癒極限。

無所謂就是了。

資訊都儲存在腦部矽晶片內，唯一需要考量的是如何帶著晶片從傳送門回到未來。就算傳送門開啟以後他只有頭部可以伸進去、頸部以下都留在這裡也一樣滿足任務目標。只要搜集到的情報回到基地能夠進一步利用就好。

鮑勃肌肉抽動。差不多該走了。

問題是有機大腦不斷要求重新檢視任務內容，像是有個小孩在旁邊哭鬧，哀求的聲音沿著電線進入迴路中。

別丟下他。

鮑勃覺得頭疼。人工智能很難處理矛盾訊息。一個毫無情感充滿權威的聲音朝內心的孩子回答：

〔**任務目標：搜集情報並帶回基地**〕

但是……他們到目前為止根本沒有搜集到多少情報。的確，不論死活，只要鮑勃將晶片返回基地，這段期間所見所聞全部都能下載分析。然而裡頭大半就是硝煙槍戰，具實際意義、可以運用的東西很少，尤其不可能精確鎖定時間線遭受污染的起點在哪裡。任務團隊需要的資料遠遠不只如此，特別應該要取得的是美國遭到侵略之前的史料。位在一九五六的話，比起回到二〇〇一年已經被篡改的新世界，顯然要更容易有收穫。

腦袋鼓脹緊繃，撥動安全扣的手指越來越用力。

**〔任務條件需要**重新編排**〕**

生化人的思維脫離舒適圈。人工智能可以針對所處情境做出細膩迅速的分析，但決策終究還是普通人類的強項。他忽然從記憶體內讀取到幾天前佛斯特說的話。

「……廉姆，時空局的編制是人類特工加上支援生化人，主要原因在於機器無法進行直覺判斷……至少很難像人類大腦一樣……」

鮑勃顱骨內那小小一球皺褶——也就是尚未發育的自然大腦——非常能體會這番話背後的道理。身為人的他認為應該伸出援手，但機器程式碼卻執著在不惜一切代價也要符合字面上的命令。

得、救、他。

**〔行動建議：更新任務條件〕**

鮑勃手指停下來，身體變得僵硬、沒有分毫顫抖。電腦運算集中在一點，所有細小電流朝同一方向湧去。

他要重新編排任務優先順序。

也做了決定。

〔任務更新：搜尋與援救特工廉姆．歐康納〕

# 47

## 二〇〇一年，紐約

佛斯特和麥蒂注視電腦螢幕上的倒數計時。「三十秒……」他說。

麥蒂點點頭，她當然看得見。「要是這次再錯過呢？」

「要是真的走到那一步再來處理。」

麥蒂回頭望向地板上刻意排開纜線與雜物的區塊，粉筆的痕跡模糊勾勒出廉姆和鮑勃消失、希望待會兒能重現的位置。佛斯特刻意要莎莎去時代廣場繼續觀察，她覺得這是睿智的決定。小女孩在場的話會太過擔憂而躁動不安……然後氣氛更低迷。現在連佛斯特看起來也已經很難沉住氣，即使面對麥蒂還是反覆安撫，口口聲聲說廉姆和鮑勃一定沒事。

*要是回來的時候廉姆受了傷……或者更慘的話？*

莎莎還是別目睹那種畫面比較好。

「他們會錯過之前的傳送，」麥蒂開口：「其實就代表有狀況吧？」

「沒辦法肯定。以前我也滿常錯過的，」佛斯特回答：「任務途中總是有些未知數——否則我們也不用設定這些後備機制。」

「問題在於，如果*這一次*還是錯過的話……？」

老人盯著螢幕。

十秒。

「真的這次也錯過，我們就要主動通知新的時間地點了。」

她望著老人：「到底要怎麼通知？」

「有點複雜，之後再詳細解釋。」

麥蒂呼了口氣：「還有藥可救就對了？我還以為……你懂的。以為就再也見不到他們兩個了。」

佛斯特望向時空干擾偵測，這回傳送門預定位置周邊沒有重力波動封包。好跡象，德軍應該已經離開了。

「很好……啟動吧。」他說。

時光機嗡嗡叫，電燈應聲熄滅，所有電力集中於傳送。地板上出現了一個發光球體，裡面像是空氣扭曲晃動，但麥蒂覺得自己看得見像是樹幹的東西正在跳舞。

「快啊，廉姆……」麥蒂低語：「快進來。」

佛斯特緊張地吞了口口水：「對啊，別拖拖拉拉。」

要是兩人在場早就該出現了。沒有適當理由，傳送門就不該開著不關，因為連接到混沌次元，會跑進什麼很難預料……所以開啟時間越短越好。

「快啊！」老人忍不住大叫。

球體持續散發微弱的淺藍色光暈照亮室內。佛斯特瞟了電腦一眼，傳送門已經開啟十秒鐘，螢幕上閃著紅色警告訊息。

「得關閉了，」佛斯特說：「再開著有可能吸引尋者。他們兩個沒趕上。」

「別關！」麥蒂叫道：「再一下下——」

「他們沒趕上。」佛斯特斬釘截鐵道，接著就按下螢幕上的中斷選項，光球消失、發電機不再嗡嗡響，天花板上掛的燈泡又亮了起來。

「怎麼這樣，佛斯特！他們可能正在趕路啊！」

「麥德琳，趕路不是任務計劃的一環，特工只有在場和不在場兩種選擇。傳送門開啟以後，他們得立刻回來，否則就是別回來。我們沒有開著等等看的餘裕。」

兩人沉默坐著好一會兒，視線凝聚在地板上的粉筆圈，彷彿期待廉姆與鮑勃能夠奇蹟似地出現在面前，少年臉上滿懷歉意為遲到說句對不起。

「嗯……好吧。反正不是世界末日。」麥蒂逼著自己振作起來、公事公辦：「你剛才不是說過可以聯絡他們嗎？」

佛斯特點點頭：「沒錯，我們得準備將新的時空坐標發送過去……得另覓適合地點，不能離原本的位置太遠，但要更隱密、更不容易被發現比較妥當。」

麥蒂嘟嘴：「到底要怎麼送信？」

「迅子[12]傳遞，」老人回答：「技術說明慢慢來吧……很複雜。」

她聳肩：「我不介意。」

---

⑫ 物理理論預測的超光速次原子粒子，由相對論衍生，其速度超過光速。

# 48
## 一九五六年，華盛頓哥倫比亞特區上空指揮艇內

奎瑪一個人用晚餐。大元帥卡爾．哈斯召集高階師級將領和其副官設宴慶功，但他沒有心情參加。拿下白宮之後幾天，儘管西部某幾州還有零星抵抗，原則上美國已經是大德意志國的一部分。

因此官員們才敢開心慶賀，想必換上了帥氣軍服朝不在現場的元首舉杯致意，之後大家坐在國宴廳內討論往後如何治理這片廣大土地。他相信卡爾能夠管好那些各懷鬼胎的將軍和地方官，感覺上那些傢伙畏懼元帥不比畏懼自己來得少。

但是今天晚上奎瑪想要獨處。他內心躁動。

屍體。可惡的肉塊……挑起太多不安。就算卡爾那麼說，奎瑪也沒辦法相信自己親眼所見會是焚燒兵器造成的結果。時空傳送門如何蹂躪人體他們是見過的，奎瑪無法忘記骨肉臟器扭曲翻轉卻持續活動的慘況……即便生命機能維持不了多久。

「有人從未來追過來了，」他自言自語。

而且彷彿身體能感覺得到有人正在探查歷史，一步一步接近、尾隨。或許什麼時候桌子旁邊空氣就微微發亮，接著刺客現身，往自己腦袋一槍斃命。奎瑪始終害怕這種情節。過去十五年幾

乎每天晚上都做類似噩夢——夜深人靜獨自驚醒就看到有人站在床邊，宣讀穿越時空的罪狀並即刻處刑。

肉塊……肉塊……使得他的噩夢惡化千倍不止。奎瑪連醒著的每一分每一秒都提心吊膽，而且還得在卡爾面前強作鎮定、裝得胸有成竹。有時候他不免自問是否有更簡單的出路。

腦袋裡有個細微聲音回答了。

你明知道還有別的辦法。

自戕？

不對。有其他手段。

奎瑪望向窗外，昏暗的城市還是偶爾竄出一些火光。母艦不斷往底下投射強光照耀。

好好思考。

那個微弱聲音一直存在，自奎瑪有記憶以來就沒有消失。聲音來自於……野心，催促他前進、逼迫他做出原本難以堅定心志的抉擇。小時候，這個聲音幫他得到學業上的好成績，青年時期成為取得量子物理學博士學位的動力並因此進入瓦德斯坦研究院工作。最後，這聲音說服自己著手計劃，改變歷史，將世界納入掌中。

你可以毀滅世界，不是嗎，保羅？反正這世界已經是你的了。你愛怎麼做就怎麼做。

「瘋了才會毀滅世界……」他喃喃自語，忽然放下叉子，敲在餐盤上匡啷作響，聲音在偌大的房間裡蕩漾。

發瘋，是嗎？

穿越時間，說服希特勒讓自己擔任參謀，然後繼承了元首的位置，這麼長一段時間內心的聲音靜默了，因為他不需要。那聲音像個孩子嘔氣不說話，可是現在——因為看見那肉塊——它似乎重獲新生、精神奕奕。

發瘋，真的嗎？要是有人從未來到了你面前，直接往腦袋開一槍呢？

奎瑪閉上眼睛。這種想像令他忍不住顫抖。答案顯而易見，自己努力許久建立的新歷史又要轉彎。

又或者，有人得知你們扭轉歷史的確切起點怎麼辦？不就是一九四一年的巴伐利亞森林嗎？回去那邊殺掉你不就好了？這樣你根本就見不到希特勒呀？

「世界會回復原樣，」他大聲回應內心的質疑：「未來會回到我們啟程之前那種黑暗絕望。」

沒錯。奄奄一息的世界。大氣、海洋都充滿毒素，人類陷入饑荒。其實早點結束比較仁慈，不是嗎？

仁慈？奎瑪很久沒有想起自己捨棄的偽世界。暖化效應太過強大，無法控制，二〇五〇年地球上已經完全沒有冰山，非洲全土化為如同火星地表寸草不生毫無生機的荒野。膨脹到九十億的人口瑟縮在勉強還能居住的地區，但遷徙之後多半被倖存的大都會拒於門外，在郊區建立破爛的貧民窟。地球失去大多數物種，奎瑪懷疑那個未來的結局是人類自己也終將滅絕。

「仁慈，」他複述一次：「或許沒錯。」

仁慈得多。

真的沒有胃口了。

你很信任我的，保羅。不是嗎？

他的確一直相信心裡這個聲音。那是他的直覺。比起生命中任何教師、導師、前輩或朋友都更能指引他正確道路。「如果連自己的心都不相信，」曾經有人這麼對他說：「那一開始就誤入歧途了吧。」

你很清楚吧？有什麼人、什麼東西開始行動了，不論你用什麼手段、多努力擦拭歷史和隱藏行蹤，被對方逮到只是早晚的問題。那個畸形肉塊是給你的警告。

奎瑪內心深處明白事實如此。或許應該說噁心扭曲的屍體被送到他和卡爾面前那一刻就已經醒悟，只不過遲遲不願意面對。

我想你應該懂了……運氣再好也總會風水輪流轉。

「十五年……」他感慨。

沒錯。十五年。後面的十二年，你是地球上最偉大的領袖。這段期間你成就了太多太多，但已經沒時間了。再不趕快，對方就會抓到你。

「時間旅人嗎？」

或許是。也可能更危險。

「更危險？」

你操弄時間，你跨越次元，你進入混沌後又離去。會被什麼東西纏上，誰也不知道。

焦慮湧現，奎瑪覺得腸子好像打了個結，不安情緒從內部啃噬身心。

未來的使者只要一枚子彈就能奪走你的世界。何況還有更糟的可能，那些我們永遠無法理解的存在說不定也來了……也許它們就在地下黯淡無光的城市遊蕩……

他頭皮發麻，渾身冰涼。

你能夠阻止悲劇。

「毀滅世界？」

是的，保羅……只要你毀滅世界。

他推開椅子，不知道為什麼心裡逐漸有股踏實。一個沉靜、沒有生命、永不改變的世界。保羅．奎瑪為地球建立的永恆紀念碑。所有生命在一閃之中消逝，不必苟延殘喘忍受未來的種種苦痛。

的確，他有辦法。閒暇之餘奎瑪構思過末日兵器。

我們都知道很可能有這麼一天，對不對？或許這才是你真正的使命。

奎瑪閉著眼睛，似乎能感覺到命運微乎其微地換了軌道，未來再度改寫。他的信念漸漸清晰堅實。

「看來別無他途。」

自己的聲音和直覺都贊同這個結論。

這是必然，保羅。人類本就傾向自滅，天性會毀掉自己的造物。你也一樣。

而且，這樣不是與上帝更相仿？

# 49

## 二〇〇一年，紐約

「莎莎一個人在外面沒關係嗎？」麥蒂問。

佛斯特捲動歷史資料庫的頁面：「沒問題的。」

先前他們替莎莎找了一件樸素黑色T恤和灰色牛仔褲，是以前團隊成員的人留下的，對小女孩而言尺寸大了點兒，感覺像是衣服吞了她，不過總比之前的樂團T恤要低調。

「通常不會有人特別注意小女孩，」老人補充：「她看起來一點威脅性也沒有。」

麥蒂還是微微發抖說：「但是外頭狀況好奇怪，氣氛陰森、有秩序得過頭了。」

她陪著莎莎出去晃了一下，看看紐約究竟變成什麼模樣。街道乾淨卻沒有生氣，樓房都是同樣形狀顏色，屋頂飄揚著大大小小鮮紅色旗幟是僅有的妝點。

佛斯特點頭：「是個死氣沉沉的都市，但對於剛下課或幫媽媽買東西的小孩子來說，在外頭散步反而比起原本要安心得多吧。」

「什麼意思？」

他望向螢幕：「我猜這個新的紐約犯罪率應該非常低？因為是個法西斯國家。我想在這裡偷拐搶騙可不是小罪，也不可能領個行為命令就了事。」

麥蒂點頭：「我想也是。」

「回到正題，」他繼續說：「我覺得下一次傳送門還是要在白宮附近，不要太遠、但是得避開周圍的防禦。因此也得確認有沒有納粹統治下的華盛頓特區地圖，免得道路分佈不同，說不定有些地區經過重建。」

「好。」

「地點解決之後還得考慮時間，我的提議是就直接拉到最後一刻，鮑勃出任務的極限是——」

麥蒂感覺到了。頭重腳輕、失去平衡。

螢幕暗了一下，接著頭頂上的燈泡發出滋滋聲熄滅，拱道內陷入黑暗。

「怎麼——？」

「時間波動，」佛斯特聲音隔著黑暗傳來：「而且很大，我也感覺到了。」

「沒電了，」麥蒂低聲問：「這狀況很糟吧？」

「無論時空場泡泡外的世界變成什麼狀況，總之我們無法自外界獲得電力。」佛斯特也很挫折，握著拳頭說：「而且連發電機都沒辦法運作了，這代表我們失去四十八小時重置一次的功能，卡在現在這個世界的時間……和空間。」

「聽起來很不妙。」

「我們出去看看。」他靜靜道。

麥蒂聽見椅腳在混凝土地板摩擦的聲音。「走吧。」

她跟著起身，雙手在前面摸索。

「這邊。」

少女跟著老人聲音移動。

「再往前。」

幾秒之後手指摸到斑駁的磚牆。佛斯特輕聲嘀咕：「又要轉這鬼東西。」

「我來幫你。」麥蒂的手循著牆壁找到轉盤，在佛斯特年邁孱弱的手掌邊找到可以握住的空位。

「那就一起來吧，」他輕輕說。

兩人拉動把手，旋轉時嘎吱嘎吱地叫，鐵捲門也發出噪音、緩緩升起。

微弱的午後陽光射進室內，身後漆黑逐漸散開。

捲門提升到腰際高度。

「這樣就好，麥德琳。」佛斯特囑咐：「妳蹲下來看看？」

少女點頭：「好。」

麥蒂蹲在門前向外張望，後街散落大量瓦礫與生鏽金屬，似乎很多很多年前就從大橋上滾落。空地生著一叢叢野草，大自然奪回被侵佔的土地。

她鑽出去，站在門外。

「妳看到什麼？」

少女抬頭，明明應該橫跨在哈德遜河上面的大橋居然只剩下幾條生鏽鋼筋像蜘蛛絲那樣垂掛在天空。上回放莎莎出來時她也見識了納粹版曼哈頓，那時就注意到的灰色大樓依舊在遠處，但此刻傾頹大半，形狀像顆尖牙。隔著大河，麥蒂注意到對岸建築物只有鋼鐵骨架留存，市區化為廢墟。太陽懸得很低，彷彿沉重充血的眼球自急促的褐色湧雲後面偷窺大地。那片天空看起來十分駭人、彷彿充滿毒素。

紐約死透了。已是一片末日廢土。

不知道究竟發生什麼慘劇，但根據外觀可以判斷那是數十年前的事情，否則不會連植物都從斷垣殘壁中探頭繁衍。

「我的天吶，佛斯特……這……這是世界末日。」她聽得見自己聲音哽咽，情緒全卡在喉嚨。

世界毀滅了。

# 50

## 二〇〇一年，紐約

莎莎很害怕。非常非常害怕。

抬頭看著周圍那些陰暗死寂又面目全非的建築物，巨大高聳的廢墟傳出低吼呻吟，塵埃風沙如同一縷縷幽魂在其間飄蕩。

時代廣場變得不是時代廣場了——像個大墳場，凋零的姿態悼念早已滅絕的文明。她無法想像究竟出了什麼事，只能聽著輕風拍打敞開的窗如泣如訴，那惆悵彷彿有個飽受折磨的靈魂不斷催促她速速離去別再耽擱。

莎莎覺得那是個好主意，轉頭朝著基地方向前進，但心裡忍不住擔憂大橋、底下的拱道和巷子……是否還存在。

才一轉身，她就注意到有東西在動。

窗戶後面的陰暗裡，有很淺的白色影子快速穿梭。

*應該只是垃圾……吧。*

她趕快在廢墟中找到路，邁步以後踢到碎石在路面噠噠作響，一片寂靜之中顯得特別刺耳。

但是莎莎又看到建築物裡面有物體閃過。

白色橢圓形……還有兩個洞，像是眼睛凝視自己，但一瞬間就躲進室內那片黑暗。

這裡不是只有我在。

莎莎加快腳步，但並不拔腿飛奔，以免刺激到裡面不知到底是什麼的東西，說不定會直接衝出來追逐。但若要她只是慢慢散步也辦不到。

她哼起小調，從她媽媽小時候就流傳的寶萊塢歌謠，旋律歡樂得有點蠢。這種曲子聽過一次就離不開腦袋。

女孩漫步穿越時代廣場，哼唱聲繚繞在歷經爆炸的焦黑牆壁間。過了鏽蝕的車輛骨架，她回到本來是百老匯的地方，就在前方幾十碼處有個生物。

它停下動作，瞪著莎莎。那雙眼睛一片木然似乎沒有靈魂，鑲在膚色死灰的光頭上。

她哼不下去了。

莎莎想起很久以前老電影裡有類似的怪物。故事有什麼精靈、矮人和魔法戒指之類。裡面有個角色她印象很深，叫做咕嚕，現在面前那東西就跟咕嚕很像，盯著自己一動不動。片刻之後那怪物終於張開嘴巴，牙齦都是血，剩下一兩顆利牙。

它發出尖叫。

叫聲在高樓廢墟中迴盪，很快傳出許多同樣尖銳的聲音回應。

莎莎惶恐地四下張望，果然冒出好多蒼白的橢圓形面孔，同樣渾濁的眼珠、滲血的口腔裡沒什麼牙齒。它們從幾百扇窗戶後面竄出，彷彿白蟻窩遭到侵擾。

女孩只能跟著一起大叫。

佛斯特隨麥蒂出來，看見荒蕪破碎的城市。「徹底毀滅啊，」他低聲嘆道：「看來是很久以前就發生什麼劇變。如果紐約是這德行，我想其他地方也不會好到哪兒，」他看著麥蒂，「也許是核戰？」

少女點頭。「唉，天吶，人類到底有什麼毛病？不炸掉別人家就不開心。」

「我們兩個也算是人類這個物種喔。」

的確是，她暗忖，不過有時候麥蒂確實覺得身為人類很噁心。

「莎莎還在外頭。」佛斯特小聲道。

麥蒂看著老人：「她一定嚇壞了，而且未必找得到回來的路，外面風景相差很大。」

「我進去拿點工具。」佛斯特又鑽回去。

幾分鐘後他才又從鐵捲門下面出來，帶了幾支手電筒、一個水瓶，腋下夾著一把霰彈槍。

看見霰彈槍麥蒂瞪大眼睛：「會用到嗎？」

「有備無患，對吧？」

她緊張地吞嚥口水以後點點頭回答：「OK，快點去帶她回來吧。」

# 51

## 二〇〇一年，紐約

早被遺忘的街道上，莎莎用最快速度翻越坍塌的磚瓦和石塊，可是一路跌跌撞撞、手腳磨破了好多處。

後頭那些怪物——已經聚集幾十隻——它們追上來似乎不費力，明明肢體枯瘦、膚色暗沉卻意外敏捷。怪物體型不大，像是營養不良的小孩，可是面部一層層皺紋看來極其蒼老……也極其哀傷。而且它們就只是保持一段距離跟在後面，並沒有接近，但也不肯遠離……只是對她非常好奇。

現在只是好奇。

她看著前面，碎裂的混凝土一塊一塊堆積在地上形成丘陵起伏，生鏽的金屬像是長矛從地面伸出，只有左右兩側大樓骨架能看得出來這兒曾經是街道。

假設這裡是百老匯……以前的百老匯，莎莎知道接下來要在某個街角左轉。本來是東十四街的路口。如此一來就可以往東邊抵達河畔與威廉斯堡大橋。

前提是橋沒塌。

匆匆回頭輕瞥，女孩這才發覺怪異生物之中有一個湊近到自己背後。光溜溜的腦袋歪向一側，它伸出細長慘白的手，眼睛注視莎莎的烏黑長髮。

「噢，天吶！」她尖叫：「別碰我！」

女孩驟然停下腳步轉身面對那東西。

怪物的手凝結在半空，其他同夥從它背後往左右散開，圍著莎莎沒發出聲音但瞪大眼睛，臉上寫滿了好奇。

她從地上抓了一根金屬管，鏽得嚴重，才舉起就飄下很多碎屑。莎莎不免擔心真的拿來當武器，可能一下就會斷掉了，但手裡有個重物總是安心些。

「後退！」她咆哮的聲音又高又尖。

最接近的那個沒再上前，身子壓低，像是猿猴那樣蹲下來。陷入沉默，只聽得見莎莎斷斷續續的呼吸，以及像是哀歌一樣的風嗚。因為如此，她也有了機會將這怪異生物打量清楚。

其實眼珠還是表達出很多情感思緒，看得出本來應該是人類，不過從來沒見過模樣這麼不堪的人。要不是莎莎心裡慌得要命，也許就會開始同情。

它很小心地朝女孩跨出一步，伸出手掌。

「停！退後！」她一邊吼叫一邊揮動並不結實的管子。

然後聽見對方發出哭啼。銳利刺耳，像是被關在收容所內的可憐小狗。它四肢枯瘦，看得見肋骨形狀與特別突出的骨盆骨，身上包裹一層死白色皮膚薄得彷彿透明，依稀能夠看到下面紫色的靜脈，同時口中、眼窩、鼻孔不斷流出血似的黏液。

對方非常想靠近，手臂一直沒放下，希望可以碰觸她。

「別過來，我會打下去！」她又吼了一次。

怪物仰起頭，打開那張幾乎沒有牙齒的嘴，然後又啪地一聲闔上，感覺裡面很多液體。

「巴——嘎！喔——達啊咿……」

聽著聲音，怪物似乎在學她說話。

「你……你……你們會講話嗎？」莎莎擠出句子。

「泥……泥……泥姆欸咂哇？」怪物又模仿。

她在怪物臉上看到了什麼。是智能。或許魚肚白的眼球後面有什麼褪色的記憶被挑起，它是人類，至少曾經是人類。莎莎很肯定這一點。

「我……我叫莎莎。」她故意提高音量，讓後頭其他怪物也聽見，並且舉起手指向自己。當初向鮑勃自我介紹的時候，他的反應是好奇抬頭，嘴唇生硬地試圖重複聽見的聲音。這些生物就不同，它們聽見女孩的話語竟然畏畏縮縮，眼睛沒什麼生氣，不像鮑勃那麼有興趣，只是彼此低聲咕嚕、嗚叫了幾聲。

那是它們的語言？像是呻吟的聲音？

「莎莎。」她再重複一遍，至少看起來自己說話以後這群生物比較穩定。「我叫莎莎。」

「啊——啊——」

「對，」她微笑：「莎莎。」

怪物伸長的手沒有收回去，距離只剩下幾吋。女孩猶豫要拍掉還是要讓它觸摸，目前很難判斷對方究竟是要溝通，還是單純測試自己造成多大威脅。

要是我打它……？

莎莎認為那時候它們會受到原始本能驅使，一轉眼全部撲上來。

只能讓它碰，讓它接觸。

雖然緊張，但她吞口口水忍著。怪物見狀，指尖立刻探上去，輕輕撥過她髮梢。

「頭髮，」她說。

怪物的手指又撥又纏，玩弄起女孩的髮絲。

「是頭髮。」她再說一次，語調盡量放軟，免得顯露內心恐懼。

怪物嘴巴好像朝兩邊延展、拉伸，露出滲血牙齦上的幾顆爛牙。

我的天……那是微笑嗎？

它纖細的胸腔發出鼓動，像是歌曲的聲音向上傳進喉嚨，聽起來簡直是個孩子牙牙學語、或者嬰兒滿足地吸吮奶瓶。

莎莎不由自主朝對方伸手，因為在這當下似乎就應該有所回應、一樣試著瞭解它。於是女孩的手擦過它的前臂，本來以為會冰冷黏滑……結果卻溫暖乾爽，和普通人類的皮膚相同。

她報以微笑。

「很……很高興認識你，」她擠出這句話。

「嗯……嗯哦嗯嗯……」

然後莎莎聽到自己背後地上傳出碰撞聲。

「妳先別動！」

是麥蒂。她沒有大叫，只是耳語聲劃破寂靜。

「不要忽然有什麼大動作，懂嗎？」佛斯特說話了：「而且要一直盯著那玩意兒哦，莎莎。千萬不要別過臉，知道嗎？」

她點點頭。

「好，莎莎，妳現在慢慢向後退一步。」

女孩本想回頭確認朋友的位置和距離。

「別轉頭！」佛斯特急促地說：「退後過程中眼睛要一直注視它！」

「為——什麼？」她勉強擠出悄悄話。

「照做就是！」

女孩照辦了，一步一步後退，腳底感覺得到地面的不平整，但眼睛牢牢鎖定面前那生物。

像咕嚕的怪人皺起眉頭，喉嚨的哼唱轉變為挫折的低吼。它緩緩前進，又朝莎莎頭髮伸手。

「它——它不想放我走，」莎莎低聲說：「噢！它又抓我頭髮！」

「繼續走，莎莎……不要停。」麥蒂的聲音聽起來近了一點兒。

怪物掐住女孩一綹頭髮，爪子似的手指故意蜷曲起來扣得更牢。而莎莎此時終於看到了：它臉上浮現新的情緒，原先那種單純的好奇被覆蓋，只剩下獸性本能運作。怪物張嘴狂叫，那聲音倒很像人類，不過完全不像是語言。

它的同伴紛紛上前。

「噢，糟糕！」麥蒂驚呼。

槍聲震耳欲聾。糾纏莎莎的怪物往後一躺，地上多了灘濃稠血液。

「莎莎，快跑！」

女孩轉頭一看，麥蒂和佛斯特在十碼外，老人面前有一團煙霧，他正在給霰彈槍換子彈。莎莎慌得手腳並用爬過去，地上的磚瓦石塊滾來滾去咚咚作響。她擔心隨時會有爪子扣上自己頭髮、將整個人扯到後面。幸好很快地，女孩鑽進麥蒂敞開的雙臂。

「啊，天吶！莎莎，妳沒事吧？」

小女孩嚇得不知怎麼回應。

「快跑！」她低聲泣訴：「我們快點逃啊！」

但是麥蒂留在原地，只是緊緊抱住她。「沒事的，莎莎……沒事了，妳看。」

女孩回頭才發現那些怪物鳥獸散了，只留下剛才抓她頭髮的那一個倒在地面抽搐……才幾下心跳的時間居然全部無影無蹤，彷彿一切都像隨風而逝的硝煙。

「槍聲嚇跑它們了。」佛斯特解釋。

麥蒂一臉焦慮望向左右兩邊樓房殘存的陰森遺跡：「可是還躲在裡面，我們最好趁它們沒膽出來之前趕回去。」

佛斯特點頭，招手要兩人跟上：「走吧。」

兩個女孩掉頭快步前進。佛斯特尾隨，持著霰彈槍隨時可以開火。

# 52

## 一九五六年，紐澤西州

費德威貝爾．約翰．肯斯特摩擦手掌取暖，看著遠方一臺卡車接近東側入口，準備進入Gefangenenlager 63——六十三號拘留營。可是從這距離看來，那車子的速度似乎太快了。

「大夥兒，清醒囉！」他朝路障後頭的警備兵大叫。

鋪有礫石的轍印兩旁地面積雪反光，他伸手遮著眼睛觀察，直覺知道狀況不對勁。

「準備好M96。」他趕緊下令。

兩名衛兵將卡賓槍掛回肩膀後上去操作重型步哨機槍——堅固三腳架加上沙包穩定住四挺高速槍管，沒有裝甲的車輛只消幾秒鐘就會化為廢鐵。

卡車還是沒有減速跡象，已經駛上中間兩條轍痕，揚起泥巴濺在兩旁雪地上。

肯斯特走到擋車路障前頭高舉雙臂揮舞，意思自然是要司機減速停車、出示文件，否則就會開槍掃射。

他倒抽一口氣低聲咒罵，因為聽見引擎隆隆更加響亮。

*那傢伙居然還加速。*

德軍中士趕快從泥巴路閃到一旁，點頭示意部下對卡車展開一輪短促的威嚇射擊。機槍噠噠叫了一秒鐘，發出如瀑布般的彈幕轟在地面，雪水與泥濘在卡車前方蕩到半空幾十碼。

但卡車還是沒有停下來的意思。

肯斯特搖搖頭，猜想開車的一定是美國小夥子，腦充血了以為這麼做就能闖進來，目的不外乎是援救親人或愛人。也罷，這白癡自尋死路。

卡車衝刺最後一段，只剩下五十碼了卻再次提高速度。肯斯特又朝部下點頭，這回M96槍管直接瞄準擋風玻璃。

開火了。

玻璃炸裂，卡車正面金屬結構在無數火光中變形解體，然而慣性帶著四噸重車體繼續推進。

肯斯特千鈞一髮之際撲進深雪中。卡車沒撞死他，但拖著機槍座騰越路障，翻倒之後滑行十碼，拉扯足足五十碼長度的鐵鏈圍籬，最後停在白雪覆蓋的廣場、第一排囚犯小屋的前方。

他從及腰高度積雪中爬出，立刻取出卡賓槍謹慎小心靠近那輛車。乍看之下沒有任何動靜……就一個輪胎還轉個不停，煙霧與蒸汽從扭曲斷裂的前方車框噴出。

駕駛座車門竟猝然甩開，一個男人跳出、落地，速度快得不可思議，瞬間向旁邊閃開。

肯斯特開了十幾槍，大多數落空，但（至少當天下午他被要求描述所見所聞時這麼堅稱）正中胸膛至少有兩發才對。

男子極其高大魁梧，而且勇猛無匹，完全沒有放慢速度，也不伸手按住傷口，只是冷淡地回頭瞟了肯斯特一眼，然後雙手舉起——兩手各一把沉重的脈衝卡賓槍朝中士射擊。

中士不得已又將臉撲進雪中，子彈從頭頂上幾吋處掠過。他暗忖自己還是不要輕舉妄動比較保險。

壯漢大步穿過空地，眼睛快速掃過前面一長排矮木屋。半晌後門都打開來，室內很昏暗，幾十張臉從裡頭探出來張望。

〔進行掃描〕

焦點鎖定每張臉約一微秒。

沒有發現。

找不到廉姆．歐康納。

鮑勃往最接近的小屋移動時，整個拘留營響起刺耳警報，有人透過廣播以德語發佈命令。

他踹開房門闖入，光線黯淡，但鮑勃的眼睛立刻就能適應。

〔進行掃描〕

許多蒼白驚恐的面容，不過依舊沒有他尋找的任務特工。

「你……你是來救我們出去的嗎？」囚犯們個個發抖瑟縮在一起，裡頭有人發出孱弱的聲音詢問。

鮑勃如有所思仰起頭：「否定。」

「拜託……請你幫忙，救救我們。」

〔戰略評估〕

鮑勃分析後發現犯人逃脫造成混亂，對自己其實有利無害。一個人行動會被敵人集火攻擊，即便身體經過基因改造也很難修補那樣嚴重的損傷。他知道自己是人造人，但同時也清楚既然還是血、肉與骨骼就有其極限。

不過若是同時間有數百人往四面八方分散，衛兵也會不知所措，火力分散到逃犯身上去。

鮑勃低頭看著他們。「你們可以離開，」他語調平板。

共有五十四間小屋。鮑勃一間一間搜查，開口要那些還有勇氣逃亡的人朝卡車撞壞的那段鐵鏈圍籬移動，過程中眼珠迅速規律地掃描每個囚犯的五官。

外頭拘留營廣場陷入混亂，人潮往毀壞的封鎖線湧過去，雪地上到處是腳印、也到處是粉紅色血水，慘叫哭喊此起彼落。德軍毫不留情，見一個殺一個，軍官發號施令的語氣十分凶惡。

但鮑勃也觀察到有五六個守衛被逃犯奇襲制伏、痛毆一頓以後遭到槍殺。他自己也已經親手殺死三十六個敵人，矽晶片會持續計算這數字，以供日後評估任務表現之用。

隨逃犯人潮要脫離拘留營的途中，鮑勃視線仍舊掃描每一張臉，注意到有個並非廉姆的矮小瘦削男子在雪地上小跑步跟上。

「喂，你！」

鮑勃轉身望向他。

「對、對，就是你，大個子！」

槍聲響起，幾顆子彈從腦袋旁邊飛過。鮑勃轉身持卡賓槍瞬間反擊，五十碼外的德軍士兵身子一翻爆出血花。

矮個兒男子下巴合不攏，露出滿口因抽菸而泛黃的牙齒。

「我的天，老兄……剛剛……那也太厲害了吧！」

鮑勃繼續快步往傾倒的圍籬前進。「資訊提示：此武器標準有效距離為一百碼。」他俐落解釋。

對方聳聳肩：「喔，這樣啊……問題是你手一甩過去根本沒有瞄準就發射——」

「目前戰術情境高度危險，敵方即將派遣援軍。」鮑勃說完穿過歪七扭八、散在地上的鐵鏈圍籬。「請立即離開此地區。」

「說得好，」那人回答：「人家可不會心平氣和地過來，我沒傻到留在這兒等死！」

鮑勃已經在外頭雪地上慢跑行進。矮個兒又追上來，跑得氣喘吁吁。

「喂！我叫帕奈里，雷蒙．帕奈里。」他斷斷續續說：「朋友都叫我阿雷，因為……噢！」他被積雪下面的石頭絆倒，跳起來以後捧著腳掌，然後再快步追上鮑勃。

「那……那你呢？」他上氣不接下氣：「你叫什麼名字？」

「我叫做鮑勃。」

「鮑勃？……鮑勃？就這樣？」

之後一段時間兩人沒講話，靜靜在原野上移動，朝著樹林邊緣靠近。帕奈里在旁邊呼吸急促，像是老人家氣喘發作。

「呃，鮑勃？」

鮑勃默不作聲繼續向前，視線掃過雪原上奔走的每個逃犯，腦袋裡面則積極計算自己的任務表現評分並繼續評估戰術情境。同時他察覺方才硬闖營地受了五處槍傷，身體正積極修補：傷口周圍凝血加速、白血球集中起來預防感染。

「喂，鮑勃！」

矮個子一直跟在後頭造成干擾。鮑勃轉身低頭瞪著他：「你要做什麼？」

「呃……我可不可以……先和你搭檔？你剛才那一手太厲害了，可真的是搞得人家灰頭土臉啊。佩服。」帕奈里聳聳肩：「所以我覺得你是絕佳的夥伴。」

鮑勃衡量一陣，認為這矮小男子或許有機會提供協助。

「你自便。」他毫無起伏地回答。

# 53

## 二〇〇一年，紐約

星期四／還是星期五？（我也不確定）

過了三天。應該是三天吧——現在很難判斷。櫥櫃裡吃的東西快要沒了，之後我們得挨餓。

佛斯特和麥蒂出去幾次試著找補給品，但還沒有任何收穫，只有廢墟和骨骸。也發現外頭那些怪物類似食人族。

佛斯特找到一具被啃了大半的遺體，看來是它們同胞相殘……而且旁邊還有很多類似的骨頭。它們似乎會聚集為小部落彼此爭戰為食。回想起來，我差一點就被捉走……那時候的怪物撥我頭髮恐怕只是想研究我能不能吃！

我可不想那樣子死翹翹。隨便怎麼死都好多了。後來一直擔心會聽到它們跑到門口拚命抓、拚命想進來。

活到現在第一次這麼害怕。

「我……我不要再出去了，」莎莎低聲道：「不要。絕對不要。」

隔著桌上蠟燭搖曳火光，佛斯特看得見小女孩楚楚可憐的眼神充滿驚慌。除了這片角落，基地其餘地方一片漆黑。

「一定得去。」他態度堅定。

「可是……可是有那些怪物……」

它們曾經是人類，但不知道發生什麼事。佛斯特假定是核戰，因為外界看來到處有爆炸痕跡，斷垣殘壁也都焦黑，想必曾經出現瞬間的極高溫。數十年輻射也能夠解釋人類為什麼淪為此種悲慘狀態，貧血導致膚色蒼白，身上容易潰瘍，牙齒幾乎掉光。

「佛斯特說得對，」麥蒂附和：「我們沒辦法永遠躲在這裡。」

「可是……它們……那些怪物……會吃人。」

「嗯，已經瞭解它們的行為。」麥蒂有些不耐煩。

「說不定有辦法與它們溝通。」佛斯特又說：「如果一九五六年發生核戰，而我們位於二〇〇一年，那些怪物就是當年倖存者的孫子孫女了。但是它們在浩劫後的世界成長，從小到大看見的就是一片廢墟。要是能找到它們族群裡的長者，或許還記得一些人類語言。」

「你是開玩笑的吧？」麥蒂問：「那些傢伙一直滴口水哪裡講過話，在它們眼中我們就是可以吃的肉。」

也許她說得對。佛斯特也擔心有可能在成功溝通之前就被殺死。

他嘆息：「唉，好吧……我們浪費太多時間，本來期待會有第三次時空波動，也許狀況就會有點進展，現在看來我們是被卡住了，別無選擇。得先設法回復電力，至少要能啟動電腦……有機會的話也得打開傳送門讓廉姆和鮑勃回得來。」

麥蒂皺眉：「聽起來需求的電力很高。」

「就算只能讓一個回來，或許也就能確認時間線從何時何地起了變化。」

少女摘下眼鏡擦拭沾了灰塵的鏡片：「不過也就代表要有足夠電力將他們傳送過去，才有辦法解決問題，不是嗎？」

「嗯。」佛斯特苦笑：「但到時候再煩惱吧，一步一步來。」

「噢，Jahulla，我們真的真的真的死定了……」莎莎低語。

「沒的事，」佛斯特語氣堅定：「這幾年為時空局工作的經驗裡，要說我學到什麼，那就是宇宙裡萬事萬物都有流動性……沒有什麼註定不變。我們可以、也能夠、我們一定會……將世界恢復原狀。妳們明白嗎？沒有失敗這種選項。」

兩個女孩盯著他不說話。

「沒有別人能幫忙，得靠我們自己。如果我們一直坐在這裡直到餓死，那……世界就維持這樣了，外面不會再有任何變化。」

他這番話在空氣中發酵，燭光映照三張臉，都失去表情。

「總之……在後面擺複製人的地方有發電機，找得到柴油就能發動。」

「怎麼沒有儲備？」麥蒂問：「有發電機，但是沒有燃料，這有什麼意義？」

佛斯特搖搖頭：「以前嘗試過儲藏柴油，但……應該是時空泡泡引發了特殊效應，化學成分會產生變化。」

「什麼變化？」

「降解。也就是說後頭有柴油，但根本沒辦法用。所以還是得出去找。」

麥蒂點頭：「好吧。」

莎莎嘟嘴思考半晌，最後點了頭：「那就走吧。」

佛斯特牢牢握住兩人的手，臉上露出驕傲的笑容：「我一直覺得妳們兩個加上廉姆總有一天能成為無堅不摧的團隊。說不定會是時空局最頂尖的成員。」

兩個女孩勉強擠出勇敢的笑。

# 54

## 一九五七年，紐澤西第七十九號囚營

廉姆拉著粗糙灰色毯子裹緊身體，希望盡可能保存身體本就所剩不多的熱度。他已經不確定自己在這兒待了幾星期、還是幾個月。

說不定已經四、五個月了吧。

視線飄到周圍，有幾百、不對，是幾千人和自己一樣蓋著灰色毯子，癡癡望著鐵鏈圍籬那頭，囚營外是荒蕪的冬天景色。

「唉，真難面對……真難相信，」站在旁邊的華萊士開口。先前他沉默好一陣子，只是兩手交握、一直吹氣然後思考。「我說啊……嗯，我分明看見了你那個朋友，叫鮑勃對吧，他在白宮中了那麼多子彈，竟然一副沒事樣子走來走去。從來沒看過這麼誇張的事情。」

「那，你願意相信我了嗎？」

華萊士下顎已經長了一叢短短鬍碴，他搔癢反問：「意思是要我相信你們從未來來的？」

「對。」廉姆聳肩：「呃，其實我是一九一二年的人啦。但是——」他疲憊地笑了笑，「反正是從未來回到這裡……」

「你說回到今天……回到一九五六年，是為了修正歷史，原本德軍應該在第二次世界大戰落敗嗎？」

「對。我們要矯正歷史。」

華萊士搖搖頭笑了，口中噴出的白霧一下就消散在冰冷晨風中。

「說什麼傻話。你聽好，納粹從頭到尾都沒有落敗過，他們一路拿下波蘭、比利時、法國、英國……只花兩年時間就打下歐洲大陸其餘部分。你說他們本來應該戰敗？笑話。」

廉姆聳肩：「唔。我原本那邊他們輸了，人家是這麼告訴我啦。而且說納粹輸得很慘，那個帶頭的，叫希特勒吧，犯了什麼天大的錯誤，好像是一邊打俄羅斯一邊又跟——」

華萊士又抓抓下巴：「唔……之前那個元首希特勒確實瘋瘋癲癲倒是沒錯，所以才會在四四年那時候換了個人。後來德國就由奎瑪領導了。」

廉姆望向他：「多跟我說說關於希特勒和那個奎瑪的事情，我需要瞭解。其實這些事情都是我死了以後四十年才發生，我根本搞不清楚狀況。」

「死了？喔，對，你說你原本在鐵達尼號上面？」華萊士一臉狐疑。

「嗯，就是那艘自吹自擂說絕對不會沉的破船。」

華萊士鼻子一哼：「你是認真的？」

廉姆嘆氣：「反正你和我說說吧？希特勒與奎瑪是誰？」

他深呼吸一口氣。

「阿道夫．希特勒是納粹黨的領袖，他們在一九三二年掌權，當時德國破產，希特勒向人民承諾自己可以扭轉局勢。剛開始他真的做到了，國家步上正軌，獲得國民愛戴。但後來……他腦袋變得不太正常，我猜是被權力蒙蔽了眼睛。希特勒傾全國力量發展軍備，後來可想而知，一九三九年侵略波蘭，引爆第二次世界大戰。」

「第二次世界大戰？所以真的有第一次？」

「第一次世界大戰？喔，對啊，要連那個也解釋一遍嗎？就發生在你……嗯，死掉以後不久。」

廉姆搖搖頭：「算了……我聽得已經夠混亂，還是先說清楚希特勒和奎瑪吧。」

「好。那，剛才說到第二次世界大戰開打，德國攻佔波蘭、比利時還有法國，之後又花了一整年時間徹底鞏固防禦。美國這邊，羅斯福總統想要參戰，但國會不願意，始終不放行。當初大部分美國人應該都覺得不要多管閒事才對，以為那是歐洲人的問題，與自己無關。

「接下來，」華萊士繼續：「傳出風聲說希特勒要攻打俄羅斯，似乎背地裡有什麼盤算，我看到一些給總統的情報說德國人將坦克和步兵集中在東邊。可是後來很奇怪，希特勒好像忽然變了個人。」

「什麼意思？」

「就是他莫名其妙又決定不要進攻俄羅斯了，反而在一九四一年剛入夏的時候兩國忽然簽了和平協議，同一年保羅．奎瑪擔任希特勒副手的事情曝光。整個轉變太突兀，大家都知道希特勒很厭惡俄羅斯、史達林還有共產黨，怎麼想都覺得他們會是下一個目標。」

「你覺得是受到奎瑪影響嗎？」

華萊士點頭：「對……肯定是。我認為他們兩個見面以後，奎瑪就完全掌握了希特勒這個人，成了他的親信和心腹。才三年時間，老奸巨猾的奎瑪就立刻將年紀大了腦袋不清楚的希特勒趕下臺。」

廉姆對華萊士說：「唔，我過來之前——在未來，聽到的故事不是這樣子。希特勒應該一直是老大，繼續戰爭，最後輸了。沒記錯的話他死在什麼碉堡裡面，而且還是自殺的。根本沒有奎瑪這個名字出現過。」

華萊士不可置信地瞪著少年：「你的意思是，你們的歷史課本上面沒有保羅．奎瑪這個人？」

廉姆點頭：「據我所知沒有。」

華萊士目瞪口呆很努力轉動腦筋思考。「我的天，假設你說的是真的，」他搖頭嘆道：「他的確是個令全世界暫停呼吸的高手，每步棋都精準得無懈可擊，是天才、也是狂人。大家眼睜睜看著他的帝國一天一天壯大，軍事科技完全把其他國家拋開了。過去十五年，德國就是美國最大的威脅。」

他朝自己發冷的手掌呼氣：「但我們以為——我們奢望——他不會想要跨海攻擊美國。聽到奎瑪決定讓大德意志國與美國之間簽訂和平條約的時候大家都鬆了口氣，雙方冷戰終於告一段落。」華萊士嘆氣，「結果就是我們太愚蠢。」

廉姆看見兩個持槍士兵巡邏到附近圍籬下，身上是黑色軍服，大斗篷上有骷髏標記。

奎瑪……就是他嗎？從未來回去的？

他在毯子底下發抖：「你聽我說，也許奎瑪和我一樣……也穿越了時間。」

華萊士笑道：「呵，你這故事越來越不可思議啦，小朋友。連我都聽不下去了。」

「呃，我很認真的。」

對方眉頭一皺：「之前在白宮裡面，我以為你和你那個朋友是特務，身上是不是藏著什麼祕密。現在嘛——」他搖頭，「抱歉啊。但我覺得你應該只是想像力太豐富、有點神經病的小孩子。」

「我都說了，時間旅行真的辦得到。」

「那，簡單啊？你就搭時光機回去把奎瑪殺掉好了？」華萊士那抹冷笑透露出他真的覺得自己正在和瘋子講話。

廉姆嘆口氣：「我只是個餐勤員，至少之前啦，腦袋能多好。何況就算我真的能做出時光機，也得知道時間地點……也就是奎瑪怎麼進入你們歷史。」

華萊士搖搖頭：「啊，大家都知道——除了你。」

「呃？什麼意思？」

「他和希特勒初次見面的過程都被詳細記錄下來了，就在希特勒第二本自傳裡面，叫做*Mein Sieg*……就是《我的勝利》[13]，一九四四年被奎瑪鬥下來之前出版的。」

「說給我聽。」

「事情發生在一九四一年四月，這事情很有名。希特勒把奎瑪說成上帝的信差、天使之類的角色。他說是『神的旨意』。自傳裡面說奎瑪在月黑風高的夜晚闖進惡名昭彰的鷹巢。正確日期是四月十五，如果我沒記錯的話。」

廉姆聽了心頭一震。

啊……說不定就是這一天。我們要回到那個時間地點看看才行。

華萊士轉身要走開，卻又停下腳步。那張瘦削的臉咧嘴而笑、看得到鬍鬚後頭的牙齒：「小子，其實我也很想相信你的故事，希望真的有另一種更美好的歷史。」

「真的有！」

他又笑了，呼出一陣陣煙霧：「好。那等你找到了，記得通知一聲喔？」

廉姆目送他走開。華萊士也裹緊灰色毯子踩碎積雪，模樣甚是憔悴落魄。等他過去和其他囚犯挨在一塊兒取暖，廉姆心中卻有了一絲希望、一個可能性。只要他能將情報告訴佛斯特和麥蒂……通知他們正確的日期與地點。

又或者他們也透過別的辦法找到線索了——只要知道奎瑪與希特勒初次相遇造成歷史脫軌就好。說不定鮑勃已經按照計劃進入脫出傳送門，他和佛斯特正在準備修正歷史，前往一九四一年找到奎瑪。

然後殺掉他。

可以心存希望，不是嗎？這樣才能夠支撐下去。

⓭原本希特勒的自傳是《我的奮鬥》（Mein Kampf）。

# 55

## 一九五六年，華盛頓哥倫比亞特區上空指揮艇內

卡爾．哈斯向守在元首觀測甲板門口的兩個警衛旗隊隊員行禮，動作帥氣。他們也俐落地立正站好，接著轉身為他推開兩片大門。

他向前直走，穿過鑲嵌橡木飾板的走廊，到了裡面另一扇門前，過去就是奎瑪裝潢華麗的大套房。在這一區黑色皮革軍靴不再發出刺耳聲響，因為腳下不是金屬板，而是昂貴的厚地毯。

保羅到底怎麼了？

卡爾開始為德意志國領導人感到憂心。攻入華盛頓、拿下白宮以後，奎瑪反而漸漸心不在焉、連請他參加每週例會聽取地方官員或者艦隊高階指揮階層的簡報都沒辦法。就算偶爾露臉了，很明顯根本都把一切當作耳邊風。

而且想要私下會面也越來越困難。奎瑪越來越常說自己很忙，誰也不接見。

到底怎麼回事？該不會是那具屍體的緣故？

最糟糕的情節是未來人想要除掉奎瑪但沒成功。也就是失敗的刺殺行動，這沒什麼。撇開奎瑪不談，大德意志國一切順遂。家鄉歐洲大陸上大德意志國的子民在戲院觀看最新戰況時，看到了侵略部隊趾高氣揚行軍於紐約、華盛頓、波士頓街頭的畫面他們喜極而泣。類似的

歡欣鼓舞甚至蔓延到英法等地……雖然十多年前他們也是被征服的一方，後來漸漸理解元首善良的本質，他想要團結世人，而不是奴役眾人。

宣佈即將透過團結日慶典促進西方各國團結，大德意志國人民欣喜若狂。卡爾相信往後團結日就代表各地街頭的派對、奎瑪統治區域下的每座城市都樂意為兩千年的血腥歷史劃下終止符。戰爭、宗教排他、異端審判、嚴刑拷打、種族清算、大屠殺——各種文明黑暗面將一去不返。

他伸手用指節敲敲厚重木門，等了很久才聽到奎瑪出聲喚自己進去。推開門、跨進去，第一件事情是與領導人敬禮。

奎瑪坐在窗戶凹龕望向霧氣繚繞的清晨，能夠看見的也只有白宮圓頂從覆蓋華盛頓特區的那片蒼白中探頭出來。賓夕法尼亞大道被街燈橘色光芒照亮，車輛移動緩慢，在這距離看來頭燈只是小光點，上班的隊列看來懶洋洋。

片刻後他轉身露出溫暖笑容：「早安，卡爾。最近過得如何？」

卡爾這才放鬆本來僵硬的姿勢，朝著國家領導人、同時也是摯友靠近一步：「還不錯。」

奎瑪搖搖頭：「一切這麼快就回歸寧靜，很不可思議，對不對？外頭……大家上班的上班，上課的上課，依舊與親朋好友度過尋常的每一天。即便換人統治、換新國旗……生活並不因此中斷。」

「嗯……」

「看起來，」奎瑪又說：「美國人很快就接受了現實。」

卡爾一聽有點不安。但事實上有些麻煩人物不斷攻擊囚營。

「那，」奎瑪繼續：「快點進行今天的報告吧？我還有事情要處理。」

「好的。依照慣例有些文件需要你簽名，大部分都是州長的任命同意書——人選都是認同理念的官員。」卡爾探身將文件擺在辦公桌上，奎瑪從窗邊起身回到座位，漫不經心翻著，看也不看就簽下名字。

「最近文書工作也太多了點兒。」他嘆息。

「駐紮在德州的美軍殘存勢力已經非正式同意了投降條件，負責人應該是麥克阿瑟將軍。」

「好……很好。何苦無謂掙扎。」

「他要求赦免高階將官，容許所有人返家。」

奎瑪一邊講話一邊草率簽名：「不過說真的，就是高階將官讓人不放心。告訴麥克阿瑟，軍隊可以放棄武裝就地解散，士兵都回家，但很可惜他自己和將領必須接受留置，比照其他政治犯的待遇。」他不耐煩地一張一張翻過去，「直到我覺得他們不會再起心動念想作亂為止。」

卡爾又不安起來：「說到這個……最近華盛頓特區不是很安寧。」

「唔？」

「有反叛團體一直對俘虜營發動奇襲。」

奎瑪終於停下筆，抬頭望向他。

「目前有五個營地被攻擊，」卡爾繼續：「營地遭到壓制，每次都有些人犯逃走。」

「叛軍應該原本是美軍？人數多少？」

「唔，元首，這部分資訊一直有矛盾。」卡爾語氣尷尬：「目擊報告指出一開始突擊人數非常少。」

「少到什麼程度？」

「嗯，事實上，一個人而已。」

「啊？」

「當然理論上不可能憑一己之力攻進去，太荒謬了。但後來重新捉回去的囚犯之間有傳言說……是一個超人出手救人。他們形容對方身材高大，刀槍不入——」

「超人？」

卡爾嘴角揚起：「應該是他們幻想出來的吧。美國人本來就愛看漫畫書，故事主角都是穿著滑稽服裝的英雄，所以祈求那種形象的人物跑出來也不足為奇。」

不過他才說完就注意到元首表情驟變，好像有一半心思飄到別的地方，聆聽某個幽微旋律、又或者是隔著牆壁傳來的耳語。

「最有可能的假設是一小群精英士兵組成游擊隊，大概是美軍陸戰隊、或者空降兵，非常愛國、裝備精良，加上截至目前為止運氣很好。」

奎瑪點頭：「嗯……嗯，大概是你講的這樣。」

「無論如何，我建議本地其他俘虜營加派一倍人力防守。這種突擊行動成功次數一多，就容易號召更多有心人士加入。」

奎瑪沒講話，臉上蒙著一層陰霾，眉心緊蹙的模樣依舊彷彿聽著某個不在場的聲音。卡爾進一步察覺他今早沒有刮鬍子，下巴多了一層淺淺銀灰鬍碴，而且下顎隱隱約約時不時抖動。這些小細節只有真正親近的人才會注意到。

而這些小細節令人非常擔心。

他是不是受到什麼嚴重打擊？

「保羅？你還好嗎？」

「嗯……嗯，沒事啊。」奎瑪回答時還是不專心，視覺焦點從虛空慢慢回到卡爾身上：「針對叛軍突襲，你覺得怎樣處理妥當就怎麼辦吧。」

說完之後他簽署了最後幾份文件遞給卡爾，嘴角上揚了一下：「謝謝，卡爾，你去忙吧。」

「是，閣下。」

他迅速敬禮、轉身離開。

奎瑪等待腳步聲遠去。

去忙吧。

「去忙吧。」他附和那個聲音，快步踏過拋光地板朝書房走去，扭動銅製把手以後開啟了僅屬於自己的聖域：一面面牆壁都是擺滿的書櫃，中間有幾張扶手皮椅，大工作桌上散落許多草稿。這兒和柏林德國總理府內是一樣陳列，適合思考、發展武器設計、規劃整個德意志國的未來。

他從抽屜取出黑色筆記本，角落皺了，過了這麼多年上頭筆記泛黃。裡頭記載寶貴的創意、理論和祕密，而他年輕時的字跡就是那樣凌亂、沒有耐性。

二〇五六年他才剛滿二十，十分崇拜神祕發明家羅奧德．瓦德斯坦，也就是世界上唯一一個經過數學演算找到轉移場並成功實現時空旅行、唯一製造出原型機並且親身實驗理論的人。瓦德斯坦成為國際量子研究所、美國自然歷史博物館的榮譽理事，同時也是極為富有的實業家，各國高層爭相拉攏的科技顧問……但也是徹底的謎。

奎瑪有天分也全心投入，終於進入瓦德斯坦在紐澤西的頂尖研究中心擔任實習生，好幾個月時間都跟在那位偉人身旁。瓦德斯坦喜歡年輕聰明的人，所以對奎瑪也特別友善，其他眼紅的實習生總認為老人家一定是寄情於保羅．奎瑪以紓解多年前喪子之痛。

美好的往日記憶令奎瑪微笑。那段時間與卓越的心靈相伴、取得老人家的信任，也聽了對方提出理論：瓦德斯坦認為有看不見的高次元將宇宙萬物加以連結，其實際機制遠非人類心智能夠理解。當年奎瑪沒辦法完全聽懂，但畢竟年輕，將零碎片段拼湊之後也略知一二。

但是老人最激烈的情緒，也是能使他夜半驚醒、或者忽然開始嚴厲說教的話題，居然是要埋葬他自己創造的科技——時間旅行的可能性。他全力嚇阻任何人踏上同樣道路。那時候奎瑪過得戰戰兢兢，因為想要與瓦德斯坦討論他最尖端的理論架構，卻又不敢讓老人意識到自己透露了轉移場理論。

那時候瓦德斯坦年紀不小，六十前後，但看起來卻更為衰弱蒼老，手總是顫抖，眼珠子有點渾濁，總喜歡望向陰暗角落。此外，老人家有個很詭異的習慣——每天早餐之後，奎瑪就會看到他走到牆壁前面注視玻璃裱框的一張泛黃剪報，每天都要瞪著好幾分鐘，清淚滑過凹陷雙頰。

奎瑪偷看過一次。只是舊報紙上面的分類廣告，內容是寂寞男子尋找寂寞女子。

老人神智越來越不清楚……後來兩人在壁爐前面獨處的僻靜時刻，他終於說漏了嘴。或許是年紀大了，也或許是以為奎瑪值得信賴，總之瓦德斯坦透露了不肯公開的祕密。

心思回到現實，奎瑪手指撫過老舊筆記本，上面的數學符號與方程式就是瓦德斯坦不小心洩露的謎語。一頁又一頁，奎瑪鑽研幾十年卻總是劃掉公式沒有結論。他努力試著將所有環節串起來，重現瓦德斯坦巧奪天工的成就……但無法得償所願。

他望向桌子上散落的草稿，擠出一個微笑。

這下子不就都拼湊起來了嗎，保羅？

其中一部分確實是：「瓦德斯坦轉移場」。斷斷續續利用閒暇思索探究成了奎瑪這十五年來的嗜好、甚至像是癮頭。

轉移場、也有人稱之為瓦德斯坦場——就理論描述而言只是在時空連續體撬開一道裂縫的手段，即使能做到這一點也無法製作時光機，頂多更深入理解時空結構一點點。奎瑪需要強大的計算能力才有辦法完成時光機，精準勘察人類本不該進入的混沌漩渦。一九五六年還沒有所謂的PC或麥金塔，遑論掌上型、連結形可以自由調配的電腦。

桌子上藍圖畫了一臺機器，功能是在時空結構鑿洞，自混沌漩渦內引導出無窮盡的能量。瓦德斯坦曾經對他說過一句話：「打開時空結構，就是開啟地獄之門。」

而你穿越那道門。

「嗯，」他輕聲自言自語：「踏進了地獄，」語氣摻雜恐懼與興奮。瓦德斯坦還對年輕的他說過別的，當時奎瑪聽了內心惴慄，此刻亦然。

「保羅，想像一下……假如有人一腳踩進地獄了，那是不是地獄裡面的東西也可以從同一扇門進入我們的世界呢。」

這句話在他心上陰魂不散，因為奎瑪意識到自己真正害怕的並不是有人自未來追殺，而是更加恐怖的事物。

「該開始忙了嗎。」他將一口也沒吃的餐點推到桌子角落。

# 56

## 一九五七年，紐澤西

鮑勃看著面前的地圖，上面插了很多圖釘標示位在華盛頓特區與紐約的其餘囚營，最簡單的邏輯推論可以得出廉姆在其中之一的結論。截至目前為止他已經突破九個，進去探查之後留下一片狼藉，許多俘虜會沿著他的侵入路線往外逃亡，此外也會放火，守衛和倒霉平民死傷慘重。

但運氣很差。九個營地了……卻沒找到廉姆的下落。

**〔任務評估：成功或然率降低至百分之三十一〕**

而且囚營越來越難侵入了。駐軍人數提高、也更加戒備，他們已經預期隨時可能遭受攻擊。上一回行動中鮑勃帶著十多處槍傷離開，花了五天才痊癒。五天裡他躺著不動，肉體所有能量都用在自癒機制。

決定跟來的雷蒙．帕奈里在一旁看顧，照料彷彿時間暫停的鮑勃。生化人尚不明白這種行為的動機為何，也未能理解為什麼奇襲囚營以後會有一群人尾隨自己。隨著行動次數增加，追隨者人數越來越多，當然就戰術而言這些人很有用，可以吸引敵人的炮火。

胃咕嚕咕嚕叫了起來，電子腦也提醒他應該補充蛋白質。追隨者主動提供食物，有各式燉菜肉與湯水——與時空局基地生化艙的蛋白質水溶液相比效率當然差了很多，但湊合著用沒問題。

他小心摺疊好地圖然後走出帳篷，蹲低穿越低矮的石楠木、灌木叢，篝火就在對面。

「這是給你的，鮑勃隊長。」

他接過碗，在營火邊沉默人群內找到空位。每個人都瞪大眼睛注意鮑勃的一舉一動。他重重坐下盤起腿，凝視搖曳火舌，機械般地開始將湯一匙一匙送進口中。

雷蒙．帕奈里探身過來：「鮑勃隊長，我們又爭取到一批人認同了，今天晚上剛加入。」

鮑勃的湯匙停在半空，視線從火焰移向他。

「就在那邊。」帕奈里指著坐在火堆旁一群人，他們不講話一臉崇拜盯著鮑勃，似乎無法想像世界上真有如此高大魁梧的英雄。

鮑勃目光掃過他們每個人，察覺其中七個身上是破爛的美軍軍服，身體健康，還在能夠上前線的年齡範圍。換言之就是更多肉盾去分散敵人子彈，不會全部集中在自己身上。

**〔任務評估：成功或然率提高百分之一〕**

鮑勃點點頭：「很好。人數越多，任務成功機率越高。」

他嗓音低沉富有威嚴。一人發出低呼之後像漣漪般擴散。

有個年輕下士朝著帕奈里開口：「我……我可以向鮑勃隊長發問嗎？」

帕奈里想了想，一副不情願模樣點頭說：「就一個問題可以嗎？英雄也需要休息，還得策劃明天的攻擊行動。」

年輕人很緊張，吞了口口水才發言：「抱歉，長……長官？」

鮑勃鐵灰色眸子緩緩飄過去。

「風聲已經傳到全國各地……聽說您是個超人，就算一直被子彈打中，好像也都不會死。」

鮑勃瞪著他不講話，臉上沒有任何情緒反應。

年輕人焦慮地嘴唇抖動：「我……我……我相信上帝，所以——」

「唉，小夥子，」帕奈里打斷他：「有信仰很好，但是隊長可沒空聽你聊聖經。」

「我必須請教，鮑勃隊長，」中士不肯放棄：「請問您是上帝派來解救我們的使者嗎？」

鮑勃的矽晶片頭腦暫時將運算能力從任務內容轉移到年輕人這個有趣的問題上面，並且得到了一系列適合的回應選項。

四下寂靜，只有篝火啪嚓作響。遠方樹林間夜梟啼叫，彷彿催促鮑勃趕緊給個好答案。

結果他從資料庫找出看似最適合現在情況的聖經經文。

「上帝在患難的日子為人的保障，認得投靠他的人，必以漲溢的洪水淹沒仇敵。」[14]他答覆的聲音如同雷鳴，雖然自己並不確定經文的真實意義，看來對聚集在篝火周圍這群人起了適當的作用。

「阿門。」片刻後傳出一聲低語。

---

[14] 舊約聖經那鴻書第一章第七、第八節。

# 57

## 二〇〇一年，紐約近郊

佛斯特拿手電筒探照地鐵站，經由光束看到月臺左邊兩條金屬軌道，中間積滿死水。沿著鐵軌望去，莎莎還看到一臺舊嬰兒車翻倒了，一半在水上、一半沉進去。

很多細微聲音從鐵道內外、腐爛的枕木底下傳來，除了蟲鼠亂竄之外還有車站弧形屋頂一直滴水，滴答、滴答、滴答迴盪在耳邊。

月臺瓷磚牆壁的佈告欄還貼著褪色已久的廣告，莎莎覺得十分新奇，其中有張圖畫是一家人快快樂樂圍在橡木餐桌邊，臉上掛著微笑、兩頰微微泛紅，享用一盒「莊士敦中校燕麥餅乾」。

「在這底下你覺得可以找到什麼？」麥蒂問。

明明是帶著顫抖的悄悄話，但聲音卻彷彿在車站牆壁與拱頂不停迴盪，鑽進隧道深處。

「危難時期物資儲藏室之類的地方。」佛斯特低聲回應：「我以前讀到過，二次大戰時期紐約地鐵站就都預備好發電機。只要能找到，應該也會有儲備的燃料。」他回頭看著兩個女孩，「我知道聽起來可能像是亂槍打鳥。」

「我倒是不知道原來紐約有地下鐵。」莎莎說。

「嗯，當然有啊。」麥蒂回答：「以前我在學校還做過這個主題的報告，印象中從一九〇四年就開挖了。」

佛斯特點點頭：「沒錯。當時從愛爾蘭引進數萬名勞工……」他似乎還想說下去，卻忽然停住了。

截至目前為止運氣還不錯，完全沒有遇上那些變種人，但是街道上有很多它們生活留下的痕跡，像是一堆又一堆體型明顯較小的骨骸、老鼠以至於貓狗的屍體等等。令人觸目驚心的是也有比較大型的骨頭，甚至有時候特別依據大小來整理。莎莎看了以後內心惶恐，忍不住想像一群變種人坐下來，將自己吃剩的骨頭分門別類排整齊。

女孩身子一抖。

先前在第五大道上，她覺得看見了百貨公司窗框後面有張白臉探出頭，看見自己以後又縮回陰影內。還有在百老匯，莎莎也注意到櫥窗裡人偶身上有多處灼燒焦痕、手指部分都熔解了，更重要的是後頭有些影子移動。女孩說服自己只是看錯，她寧願相信是自己看錯。

或者安慰自己：假如變種人躲在暗處窺視，也就代表它們不敢妄動，很提防佛斯特手上那把槍。問題就在於對方會忌憚多久？看見三人相對多肉的身體，它們能壓抑食慾多久，遲早還是會衝動才對。

「前面，」佛斯特小聲說：「妳們看！」他將光打在月臺最後面那裡，一扇小門上面牌子褪色了但看得到是職員室，下面另一個牌子警告要注意用電安全。

他加快腳步，鞋底在月臺地面敲打得啪噠啪噠，還踢起幾塊脫落的瓷磚，彈了幾下很響亮，後來掉進下面水池。在地下，每個聲音都刺耳，莎莎皺起了眉頭。

老人上前試了一下門把，用力扭動幾次以後鬆開，鏽粉掉得滿地。

「這下可好。」他沒好氣道。

「我試試看。」麥蒂說。

少女腳一舉就往生鏽門把踹下去。隨著很大的斷裂聲，門版鉸鏈轉動、朝內側陷進去，鎖頭的鏽渣與裂開的木屑唏哩嘩啦散了一地。

佛斯特揮手撥開飄到面前的塵埃。「進去囉？」

「敬老尊賢。」麥蒂回答。

他擠出苦笑、眉頭一緊，帶頭走進房間內，光束迅速掃過各個角落，看得到所有東西覆蓋了半世紀的灰塵。

麥蒂跟在後頭、莎莎最後一個但不忘回頭望向空蕩蕩的月臺。佛斯特進去以後就沒了照明。女孩趕緊追上。

老人放慢光束移動，所以莎莎能看清楚房間不大、中間有些桌椅。桌子上還有幾個瓷杯，一份泛黃、碎裂的紐約時報翻開在漫畫版面，上頭沾了老鼠屎。牆壁有外套掛鉤、置物櫃，也釘著幾張美女明星海報，這些早被遺忘的面孔可能要她父母才說得出名字。

「看起來都沒動過，大概……嗯，反正就那件事情以後，沒人進來。」麥蒂說。

佛斯特點點頭：「世界末日啊。」

他走到桌子旁邊，手電筒照著報紙：「一九五七年三月十三日，星期三。」他抬頭，「難怪我也一直不喜歡星期三。」

麥蒂悶哼一聲，莎莎微笑了，她也覺得佛斯特這笑話有點糟糕，但感受得到他想振奮士氣的用心。女孩也湊過去，看了看頭條。

恐怖分子持續攻擊安置營。

教師教授滙整前歷史遭到逮捕。

團結日遊行元首未露面，消息指出身患重疾。

有心人士散播「超人」謠言。

房間裡頭也掛著注意電氣安全的牌子，下面多了一句「未經授權不得入內」。

「也許可以在裡面找到什麼有用的東西，」佛斯特說。他繞過桌子去試試門把，這次不必大費周章就直接打開，只是鉸鏈發出很難聽的聲音。推開門板之後佛斯特再次拿起手電筒四處觀察。

「看到什麼了沒？」麥蒂問。

「兩邊有架子……然後電線……一些工具……咦。」

他沉默了。

「怎麼回事？」莎莎問。

「對啊，」麥蒂音量提高了些：「找到什麼啦？」

「等我一下。」佛斯特朝裡面進去，而且就放開了門，麥蒂趕緊接手，擔心它自動關上會發出巨響。

「佛斯特你在幹嘛？」

隔著麥蒂的肩膀，莎莎看得見老人身體輪廓和影子在手電筒光束下跳來跳去。內室天花板很低矮、空間狹窄窒悶，許多管線被灰塵覆蓋。佛斯特從中間走道深入，左右是高達頂端的鐵架。

「這邊有些不錯的補給品，我過去看一看，妳們留在原地。」他回頭這麼說了以後就走到底然後右轉消失。

莎莎挺想要他回來、覺得三個人一起行動才安全，但最後還是沒開口。畢竟還有麥蒂在旁邊。

光線從鐵架上頭飄過，低矮的天花板上能看見佛斯特在架子後面四處移動投射的影子，還可以聽到他雙腳在冰冷混凝土地板摩擦的聲響。

「喂，佛斯特，裡頭到底有沒有要用的東西呀？」麥蒂喚道。

腳步聲停下來，光束也定在一點。「稍等喔。」老人回答。

結果好一會兒無聲無息。「他究竟在幹嘛？」莎莎悄悄問。

「大概找到什麼了吧。」

小女孩咬嘴唇強作鎮定。

沒關係的，就在轉角而已，有什麼好慌呢，莎莉娜．維克蘭。

偏偏這時她想起一個重點：唯一一把槍也跟著佛斯特過去了。假如隧道和車站裡面其實有怪物藏身，虎視眈眈很久了呢？它們逐漸按捺不住、膽子越來越大，或許已經從月臺走到這間職員室的門口，正窺探三人在裡頭是什麼情況，測試可以接近到什麼程度不會被發現……

女孩不禁焦慮，回頭望向小房間，現在近乎徹底黑暗，佛斯特那邊晃動手電筒時透過來一點點光線，勉強在一個馬克杯上面反射，所以知道桌子邊緣在哪兒、也勉強找得到旁邊一兩張椅子。其他什麼也看不到。莎莎回頭，想知道老人到底好了沒。

「佛斯特？」麥蒂壓低聲音：「要不要先告訴我們裡頭有什麼？」

光束稍微動了一下像是回應她。之後有腳步聲，加上光影變化，他終於要過來會合。

「有什麼收穫？」麥蒂叫道。

鐵架轉角射過來一道光，照在兩人臉上並且慢慢接近。

「佛斯特？」

「運氣不錯，」沙啞聲音回答：「後面有發電機……代表這邊架子上應該有柴──」

他聲音斷掉了。

一定看見了什麼。

女孩渾身發冷。

迅速轉頭，立刻找到兩顆顏色很淺的眼珠，像是煮熟的魚眼睛鑲嵌在鬼似的臉上。距離才幾呎，正從桌子旁邊快速靠近。

「**蹲下！**」佛斯特高呼。

麥蒂本能拉著莎莎往旁邊竄開。

小房間承受不起霰彈槍，槍聲震耳欲聾。剎那間火光照亮四周，一幕一幕像是靜止畫面浮現眼前：變種人原本伏低隱匿，伸出長而細的手臂，只差幾吋就能碰到了。它後頭還有十幾個夥伴，開槍同時他們湧進來正要攻擊三人。

之後一片黑暗。

女孩聽見物體壓在桌子上，什麼東西抽動敲打，然後許多腳步聲亂竄。馬克杯掉在地上又彈起來，接著一陣恐慌哀嚎。

**砰！**

第二次火光閃爍，一個怪物躺在桌上抽搐不已，胸前開了不規則形的黑色大洞，黏滑液體汩汩冒出。門口許多白色肢體、瘦削身軀糾纏，爭先恐後要擠出狹窄門框逃命去。

又陷入黑暗。

赤腳逃竄的聲音變遠了。他們逃到月臺低吼低泣，又害怕又生氣。

片刻後除了麥蒂的呼吸聲什麼也聽不到。上頭某處的水滴聲、馬克杯在地板上滾來滾去的聲音也是後來才傳進耳朵。

「我的天吶……」麥蒂呼出一口氣。

「千鈞一髮。」手電筒在佛斯特腳邊，為了開槍只好直接拋下，他彎腰撿起趕快確認周圍情況。

「妳們——妳們都還好嗎？」他喘著氣問。

「嗯，」莎莎聲音有氣無力。

麥蒂與她目光交會。「就在我們背後！」她用力吸一口氣：「在我們背後而已啊！」

「快走吧，」佛斯特催促：「免得它們折返。」

# 58

## 二〇〇一年，紐約

三人在儲藏室後面一個上鎖櫃子找到需要的東西：三大桶柴油。液體晃動的觸感，麥蒂將它們搬出來以後趕緊先安置在地上。

「太重了，我連挪出來都很吃力，怎麼可能有辦法帶回基地。」她說。

佛斯特臉一沉：「的確。」他思考這狀況，視線在儲藏櫃上游移尋找靈感。「有了，找些小容器分裝，然後每個人都拿一點。」

「需要用多少？」

麻煩在於他也不知道。目前為止佛斯特沒有真的動用過發電機，上次實驗了一下有運轉幾分鐘，可是他不瞭解柴油發電機的設計原理，本身也欠缺機械知識，所以很難推估究竟需要多少燃料。

此時此刻……他知道的就只有時空轉移需要機器持續蓄電。既然電力已經斷了這麼久，恐怕蓄電量也會歸零，換言之發電機說不定要運轉十幾、二十多個小時才能生效。然而還是不知道要維持這麼長時間需要的燃料分量。應該不少吧。

兩個女孩望向他，希望他能有答案。

快啊……想想看，到底要多少呢？

可是這又取決於行動順序。看來第一步是與鮑勃聯繫，安排回程傳送。時間地點兩個要素也影響到開啟轉移場所需要的能量大小。

接下來，廉姆和鮑勃都平安返回的話，還需要足夠能源將兩人送回目標時空修正歷史。變數太多，佛斯特一下子很難計算到底需要多少。

「佛斯特？我們要帶多少走？」麥蒂又問了一回。

「能帶多少帶多少，」他這麼回答。如果不夠，也就只能再下來一趟，當然風險很高，兩個女孩更是不會樂意。

他又左右張望，看到架子上有六個兩加侖汽油罐。把裡頭倒乾淨、全部裝滿柴油，一共就是十二加侖。

夠嗎？

不夠也得夠。

「看到那些汽油罐了沒？」他指著說：「用它們裝，這樣有十二加侖。」

「夠用嗎？」

希望夠。

「佛斯特？」

「嗯，」他回答：「應該夠了。」

麥蒂點點頭，看來並不質疑他的回應。

「再來還有個問題，」他補充：「就是怎麼把小罐帶回去。裝滿以後也很重，三人合力，每次兩罐也要六趟。」

莎莎轉身：「等一下，我有辦法。」

三人抬著塞滿罐子的嬰兒車，爬上最後幾級階梯出了地鐵站回到凌亂人行道上。早期嬰兒車用傳統輪軸，在這種到處垃圾、高低起伏的路面上比起後期推車的靈活小輪要耐用穩定得多。

天快黑了。本來陽光就昏暗，但佛斯特一開始預計要趁還有光線時回去。在地鐵裡面花費時間比計劃的久。

無所謂，至少回到地表了。就算黑暗即將籠罩失去生命的城市，氣氛總是比起深暗地底好得太多。他們推著嬰兒車穿越殘破混亂的街道，一路都能感覺到背後有視線……它們仍在窺伺、等待。

「很快就到家了。」佛斯特淡淡道。

莎莎點頭。的確不遠，沿著東十四街、然後第四大道右轉，順著地蘭西街到底，左轉上橋就差不多了。

麥蒂緊張地笑了笑。

「帶寶寶出來散個步，」她發出顫抖聲音好像哼著歌：「嗯哼……什麼也別管，快快回家去。沒錯就這樣……」但是眼珠子轉來轉去。

「我們是不是應該低調一點？」佛斯特問。

麥蒂笑了兩聲安靜下來。

氣氛太緊繃了。

剩下輪子輾過瓦礫的聲音。

「但其實不管怎麼樣都是被監視吧，」後來少女又小聲道：「所以我覺得，倒不如表現出不怕它們的態度。」

佛斯特點點頭。也許她說得沒錯。

「嗯，反正忙了一天，」他跟著大聲說：「我想最糟糕的部分也該結束了。」

莎莎抬頭：「真的嗎？」

「當然，這些罐子運回去以後我就啟動發電機蓄電，之後邊喝咖啡邊等，聽起來如何？」

「很棒。」女孩說。

「要多久才能把他們接回來？」麥蒂問。

佛斯特裝作若無其事聳了下肩膀，眼睛卻注視街道兩側越來越長的影子。「我估計要二十四小時才能開啟傳送門。」

「二十四小時！」麥蒂驚呼，聲音打在周圍牆壁，迴盪於東十四街廢墟間。

「不過——」他微笑：「好消息是，要發送訊息給支援生化人和廉姆，倒是不用那麼久。」

「是鮑勃，」莎莎說：「我們講好了，要叫他鮑勃。」

「對，抱歉……是鮑勃。」

「所以那個跨時間傳送訊息到底是什麼原理？」

「麥德琳，我又不是物理學家，所以別對我追問太詳細呀。我自己得到的解釋就是和迅子有關，這種例子速度超過光，所以能穿越時間。只要將迅子束投射到預期廉姆和鮑勃會經過的時空點，鮑勃的硬體能夠偵測到並加以解碼。」

「可是他們無法回應？」

佛斯特搖搖頭：「不行。粒子束只能往後，不能往前。」他打開手電筒，光束打在昏暗街道。「我們只知道他們應該在華盛頓特區一帶，也就只能朝大概的方向射出粒子陣列。」

「也就是說並不需要非常精準囉，」莎莎說：「瞄準的部分？」

「嗯……越精準的話需要的粒子數越少，也就能節省能量。假設可以掌握他們的確實位置，就用不到太多能源。反過來說，訊息本身簡單扼要的話，擴展粒子束也不會負擔太大……可以節省消耗的總能量。」

麥蒂點頭：「我懂了。與長訊息但窄範圍的粒子束一樣。」

「沒錯。」

他們無語行走一段時間，只有嬰兒車上罐子裡液體晃動以及車輪磨過地上各種碎塊礫石的聲響。

「不知道廉姆怎麼樣了，」莎莎說：「其實只離開幾天，卻感覺好幾年沒見。」

「他……對他而言，已經過了六個月。」

女孩皺眉：「怎麼會這樣？」

三人又沉默不語。女孩想像廉姆在危機中度過近半年不知道是什麼滋味。「那……你自己當時空行者多久時間了呢？」莎莎問：「看起來上了年紀，應該資歷很深吧？」

「夠久了，莎莎。」他回答：「夠久了。」

「那你覺得自己真的能理解時空局的工作嗎？」

佛斯特搖搖頭，悶哼一聲說：「能的話才怪。認真思考起來腦袋還是一團漿糊。」

# 59

## 一九五七年，紐澤西第七十九號囚營

廉姆精疲力盡。不到一小時之前他輪早班，出去沿著營地周圍鐵絲網挖壕溝，但其實覺得自己連舉起鏟子的力氣也沒有。這半年期間吃得很不營養、多半挨餓，所以沒有體力長時間勞動。

他靠在鏟子上喘息，希望爭取一點時間放鬆肌肉。汗珠滾落到腰際，整件衣服都濕了。一開口，呼出的熱氣在冬天冷風中化作白煙散開。

「別讓寇爾看到。」華萊士從旁邊壕溝內悄悄提醒。

寇爾是衛兵裡頭比較凶狠的，上週將一個囚犯從壕溝抓出去拖行示眾，以卡賓槍托反覆痛毆臀部，只因為那人稍微休息一下。據說被打的人犯幾天以後傷勢嚴重死亡了。

廉姆還從別的衛兵口中瞭解到為什麼要求囚犯開挖壕溝。這幾個月裡有一小群人四處突襲俘虜營，而且都成功了，幾個營地陷入混亂，犯人脫逃，駐軍傷亡慘重。德軍內部風聲說帶頭者是個惡魔般的人物，描述有好幾種版本，例如八、九呎高的巨人，或者頭上長了角。還有自稱目擊者的人說惡魔有鋼鐵身軀，但行動速度之迅捷靈敏不下於猛虎。

後來還給這惡魔取了個外號。

*Der Eisenmann*。意思是「鐵人」。

一個衛兵經過，看到廉姆倚著鏟子偷懶便厲聲警告。

「*Weiterarbeiten, Du Amerikanischer Haufen Scheiße!*」

他趕快繼續工作，慶幸至少沒遇上寇爾。

「歐康納老弟，下一次你未必能保住小命啊。」華萊士低聲道。

說得沒錯。

德軍士兵很緊繃。他們望著樹林的眼神充滿恐懼，特別是走到營地鐵網外頭時。

鐵人。

過了這麼長的時間，廉姆幾乎說服自己所謂的時空行者只是短暫的幻覺、一個美好的童話故事……或許連過去的人生，在愛爾蘭度過的童年，鐵達尼號上的工作經驗，一切的一切都是夢。俘虜營內枯燥的每一天，挨餓受凍的囚犯，長條形低矮的小木屋——這才是現實，是真實世界。

直到他聽見關於鐵人的傳言。埋藏心底的希望又湧現了，即便他早就捨棄那個可能性。廉姆覺得鐵人的故事，背後真相一定與鮑勃有關。他很不願意自己重燃希望之火，懷疑鐵人形象只是德軍難得處在劣勢、士氣低迷於是產生妄想。

你得在這裡待到死呀，廉姆。趁早習慣吧。

好難受。少年還是忍不住希望某一天毫無預兆地身旁出現散發微光的球體傳送門，佛斯特、鮑勃和兩個女孩會迎接他回去。

停！不會有人來救你！都半年了，要來早就來了！

五個月、三星期。一百七十五天。他算得很清楚……因為有個俘虜分配到清潔指揮官辦公室，辦公桌上有日曆，於是所有人都知道日期——透過他，大家一起數著沒有盡頭的戰俘生涯。

「你還好吧？」華萊士又小聲問：「小夥子，別放棄希望。沒辦法堅持下去……你會死在這裡。」

說得沒錯。就是偷聽到士兵交談、從他們耳語之中尋獲的那一線希望推動所有囚犯繼續前進、等待生機。

廉姆轉身對華萊士擠出疲憊虛弱的微笑：「沒事。」

「你知道嗎，小子……情況會好轉的。」他淡淡道，嘴邊濃密深色鬍子分開露出了笑臉：「美國人民不會坐以待斃，一定會展開反擊。我很肯定。」

廉姆倒是很懷疑。他聽到的是俘虜營之所以存在，就是為了收容任何有可能組織反抗活動的人，例如軍官、公民領袖階層、國會議員、律師、教師、教授、報紙編輯異類。外頭的人……他們幸運逃過囹圄，繼續看似普通的生活，為了自己和家人的性命安全不會妄想推翻新主。能安穩度日最重要。

他已經非常明白那個元首打什麼算盤——只要將所有有可能引發問題的人都關起來，或者餓死、或者累死，總之不要放出去外界就好。值此同時一般民眾漸漸習慣新政權、習慣了服從新主子們，最後忘記自由是什麼感受。只要新統治者，也就是元首閣下，能夠持續保障食物、飲水、電力就好。昨天晚上在宿舍裡面好像也聽見有人咕噥了什麼？

「……只要德國佬讓火車能走、店裡有貨、電影院繼續放牛仔片，大聯盟能照賽程表上場、看球賽的時候也能和攤販買到芥末和番茄醬口味的熱狗，誰還真的在意別的事情呢，連我們還關在裡頭大概也不記得了吧……」

活在外界的人就算不滿威權，只要社會穩定、生活舒適，就不會有人起義造反。

而困在裡面的我們……永遠出不去。

**砰！**

幾碼外塵土揚起好幾碼高，濺灑到廉姆身上。

「啊？」

# 60

## 一九五七年，紐澤西第七十九號囚營

與其說聽見，廉姆是靠觸覺知道的。第二次砰響就在身邊，他胸口抽了一下。土雪如噴泉激射上半空十幾碼高。第三次巨響在比較遠的地方，然後來了第四次。

「是迫擊炮！」壕溝裡面有人大叫。

原野對面樹林邊緣，灌木叢下一陣閃光，片刻以後遠方傳來槍戰聲。衛兵立刻反應，跳進壕溝和囚犯們躲在一起，朝著樹林那頭開火還擊。有個軍官趕緊下命令，要求部下將人犯們盡速趕回屋內。

於是士兵對著囚犯吼叫，持卡賓槍推打。「犯人立刻回房！」一人吼道：「快點……**快**！*Schnell!*」

廉姆不得不從，低著頭快步竄過壕溝，到了俘虜營前方大門處。泥巴從他頭頂飛過，另一頭不斷有子彈射來。

又有五六次砰響落在壕溝兩旁，泥水潑得他們滿身。穿著破爛橄欖綠陸戰隊軍服，站在華萊士前面的囚犯高呼：「是美軍的迫擊炮彈！」

德軍士兵咆哮著要他們加快動作。不消多久廉姆爬出壕溝，從大門進入營地內，有六七個士兵在後面催促。

跟在後頭的華萊士拍了少年的肩膀，又笑又喘地說：「小夥子，不就和你說了嗎？」幾名衛兵視線來來回回，一邊是愈發密集的雙方交火，另一邊是情緒忽然亢奮的囚犯，他們臉上不禁露出擔憂。廉姆不難察覺他們的焦慮——樹林那邊有敵人，營地裡面有萌生戰意的俘虜，他們可謂前後兩難。

「哈！」華萊士得意叫道：「你們這些敗類，等著受死吧！」

幾個士兵轉頭，先瞪著華萊士，然後注意到小屋裡面越來越多人探頭想知道外面怎麼回事。

「快來呀！」華萊士為遠方的突擊隊打氣：「過來收拾這些臭德國佬！」

廉姆抓著他手臂：「欸，華萊士，趴下！」

迫擊炮打在外頭壕溝，幾個士兵被炸得血肉模糊，華萊士和一些俘虜興高采烈、手舞足蹈。營地指揮官小跑步衝出來，左右跟著十二名士兵。周圍巨響不斷，他扯著嗓門下令，比手勢指了指滿臉竊喜的犯人們。那些士兵點頭受命以後，緩緩執起槍枝。

廉姆從指揮官臉上那種毫無情感波動的神情猜想得到：他的命令是要士兵將所有犯人就地處決。但其餘犯人似乎都沒有意識到這一點，眼睛盯著外頭槍戰什麼也不管。

要跑的話……就是現在！

廉姆推擠進入人群中，囚犯們猖狂笑鬧，竟沒人注意到脈衝卡賓槍對準自己。

Jayzus。

直到解開保險的喀嚓聲傳來，看戲的囚犯才驚覺處境危險，視線轉到那排士兵身上。可惜在反應之前，指揮官已經說出一個字：「*Feuer!*」

他們開槍了。

廉姆身邊空氣忽然瀰漫子彈掠過的嗡嗡聲，擊中人體的咚咚聲，倒地、死亡者發出不完整的哀嚎，傷者和生者銳利的尖叫。

他在慌亂群眾間穿梭，擔心自己肩膀隨時也會傳來一陣劇痛，肺部空氣瞬間都吐了出來，然後往前重重倒在雪地與泥濘中。

第一波屠殺結束在彈匣耗盡、士兵開始重新上膛。短暫的空檔，四處是呻吟、哭喊、抽噎，營地外的戰線慢慢往這一頭靠近。

廉姆回神時發覺自己停下來了。他忍不住跪在地上，泥地上堆滿抽搐抖動的人。

快跑呀！

他趕緊起身，顧不得禮貌，踩過那些人往前狂奔。回頭看見士兵上膛完畢，槍口又對準了站在原地的那些囚犯，很多人太過震驚不知道該躲該逃，還有判斷力的人已經設法鑽到後側想要離開，急急忙忙要回到小屋裡面。

這一次士兵開槍是自由瞄準、快速射擊。瞄準、發射、瞄準、發射……像是機械人一樣規律的動作，毫無自由意志只知道遵守命令。

廉姆蹲著躲了一會兒，隨後起來也朝著最靠近的小屋跑過去。但是這個動作引起一個士兵注意，於是瞄準他的方向。好幾發子彈飛竄而過——很近，太近了——少年一個飛撲，頭顱險些就要爆開，手腳並用翻過一堆已死和將死之人到了小屋前面。

裡頭昏暗，他又迅速翻滾，閃進旁邊木頭小床底下。

外頭士兵沒有停火，槍聲斷斷續續、一陣接著一陣，短連射、長連射和單發交替，他們已經走進屍堆中搜尋還沒斷氣的人給予致命一擊。隔著牆壁，廉姆聽到炮彈也繼續落下，已經攻打到營地內。

德軍那邊也有人驚惶呼救。

他用力禱告。很少這麼做，幾乎沒有過。雖然父母、老師全部都是天主教徒，他卻一直都不很虔誠。但此時此刻他很專注，祈求聖母與基督別讓士兵探頭進來看見他下毒手。

外頭有重靴踏過的腳步聲，從敞開的門口經過了，看樣子守軍注意力轉移到進攻的敵人身上。槍聲更加密集也更加逼近，他們趕緊就定位佈下防線。

片刻後似乎被突擊隊攻破。

小屋的夾板牆壁很薄，猝然開了幾個凹凸不平的洞。木屑灑得滿地，幾道蒼白陽光射下來。又是一陣爆炸，就在外頭那些屍體中間所以聲音大得他幾乎耳聾。門口彈進一大團濕泥巴。

士兵操著德語大叫，語調已經不是訓練有素的軍人，而是恐慌得無法自已。

「*Der Eisenmann! Das ist der Eisenmann!*」（鐵人！是鐵人！）

「*Töten Sie ihn! Töten Sie ihn!*」（殺了他！殺了他！）

接著廉姆又聽見一聲慘叫延續得特別長，最後像是忽然被人斬斷般戛然而止。但附近還有很多叫聲，其中一些聽起來隱隱約約能判斷是美國人。

「收拾衛兵！一個不留。」

又是槍響與腳步聲交錯。「你們！去追那些士兵……他們要逃了，快處理掉！不必俘擄那些人渣，聽懂了嗎？殺他們個片甲不留！」

廉姆覺得自己該爬出來了，但是恐懼太過強烈，他的身體動彈不得，只能繼續縮在黑暗裡。外面還是槍聲不斷，同時許多人看見囚犯遭到屠殺的慘況破口大罵。

「老天……噢，耶穌基督，」屋外有人叫道：「居然殺光囚犯，不給我們機會救援。那些敗類下得了手……從來沒見過……唉，天吶。」

有個德國人的聲音隔牆傳來，他哀求著：「*Nein! Nein! Ich... ich habe niemanden erschossen*—」（不！不！我沒有開槍——）但句子後半隨著槍聲迴盪、飄散在小屋間。營地另一頭同樣有求饒的德軍被槍決。更遠的地方槍戰還沒有結束。

「廉姆．歐康納在嗎？」

低沉平板的聲音，沒有一點情緒。

「廉姆．歐康納在嗎？」

更宏亮，更接近，可是就像船隻上的霧角⑮一樣，音色毫無變化。

「廉姆．歐康納在嗎？」

有人重重踩在門外泥巴上。屋內忽然暗下來，一個魁梧身形站在門口，本就稀薄的光線幾乎

⑮大霧時用以警告其他船隻的號角或喇叭。

完全被遮蔽。

「廉姆．歐康納在嗎？」屋子不大，這聲音顯得刺耳。

少年太過激動，反而來不及回應。他一直告訴自己別再奢望能見到這隻機器大猩猩，但事實擺在眼前。

鮑勃停留一秒以後轉身離去。

「鮑勃！」他開口發出孱弱聲音，手腳並用自床下鑽出。「鮑勃！等一下，我在這裡！」

寬厚肩膀和栗子色頭髮的小臉探進來：「廉姆．歐康納？」

他抬起頭：「噢，Jayzuz、聖母瑪利亞在上！還能見到面真是太好了，鮑勃。真是太好了。」

支援生化人走進來蹲在他面前，仔細打量癱在地板的廉姆。那雙灰色眼珠瞬間就能適應屋內的昏暗。

廉姆發誓那一瞬間，鮑勃的電子腦透過五官與聲紋辨識自己的同時，那雙不帶情感、平靜無波的眼睛噙了一滴淚。

但不出所料，下一刻大塊頭立刻毀了溫馨感人的重逢。他不為所動開口：「目標獲取成功。」

「我也很開心喔，鮑勃。」廉姆有氣無力地說著，吞下了淚水，勉強咧嘴一笑。

# 61

## 二〇〇一年，紐約

「裡面味道好臭。」莎莎埋怨：「噁，好像什麼東西壞掉了。」

佛斯特拿著手電筒到處照。幾天前沒電以後他們就沒有進來後面房間，光束照亮了靠在牆邊那一排大型塑膠玻璃缸。

「它們造成的。」老人說：「裡面的胚胎死掉了。」

莎莎走到裡面仔細觀察，隔著模糊玻璃表面看得到裡面朦朧身影處在不同階段，有胎兒、嬰兒、小男孩，也有十幾歲大男孩。

「都死了嗎？」

佛斯特點點頭：「過濾系統沒辦法運轉，生理廢棄物在裡面囤積，營養液就遭到污染。」

「什麼意思？」

「被自己的屎尿噎死。」麥蒂一邊說著一邊將柴油倒進發電機組：「喂，佛斯特，你確定倒進這裡面沒問題嗎？我們怎麼知道這玩意兒到底靠什麼發動，搞不好不是柴油而是汽油？」

老人走到她旁邊：「是柴油。種類合不合用，等一會兒就知道了。」

「以前我祖父家裡地下室也有一臺發電機，」麥蒂說：「他說油不能亂加，得用什麼……」

行程之類的。好像是如果用了不對的油，化油器會慢慢阻塞的樣子，之後修理很貴。」

佛斯特搖搖頭：「現在只要發電機能撐到狀況好轉我就心滿意足了。就算塞住了之後再換就好，別擔心。」

麥蒂聳肩：「OK。」

佛斯特將手上最後一罐也倒光以後轉緊油箱蓋子。「好，」他舔舔嘴巴：「接下來……祈禱吧。」

他悶哼著用力扳動發電機側面的把手好幾回，最後看了麥蒂一眼才按下前方的紅色按鈕。起初發電機叫了幾聲、似乎運轉了，但一下子就嗚嗚叫然後熄火。

「呃，聽起來不太妙。」麥蒂說。

「它清一下喉嚨而已。」佛斯特點著頭但自己也沒什麼把握。又拉了幾次把手，需要的力氣不小，他呼吸變得急促，之後再度按下按鈕。發電機咚隆咚隆運轉了，這回聽起來正常了點，雖然有幾秒鐘又像是快要卡住，但隨後馬達漸漸有力。一開始緩慢沉重如同巨人心跳，接著逐漸加快、最後持續不斷地嘟嚕嘟嚕作響，音量非常大，在後面房間迴盪不休。

佛斯特到旁邊撥動配電板上的幾個斷路器，天花板上包覆了蜘蛛絲的燈泡重返光明，室內籠罩一片搖曳紅光。

「耶！」麥蒂叫道：「成功了！」

佛斯特點頭一笑，心情也輕鬆不少。「總算回復電力了，」他扯著嗓子說話，不然敵不過發電機的噪音。

回頭一看，莎莎卻還盯著大型試管內的遺體。「嘿，莎莎，開心點！我們可以把人帶回來了。」

女孩轉頭時眼眶很紅很濕：「但是對他們來說已經太遲了。」

他用力搖搖頭：「雖然看起來是人類，但妳不要這麼想。它們就是肉做的機器人而已，莎莎。來吧，」佛斯特指著回去前面的門，「我們還得啟動時光機。」

兩人被他催著出去，可是莎莎最後又探頭看了一下試管。

「它們怎麼辦呢？」女孩問。

「我會處理，妳別操心。」

「怎麼處理？」

佛斯特搖搖頭：「現在有更重要的事情，別去想那些。」

關上門隔絕了後面的腐臭與發電機的嘈雜，佛斯特暗忖之後要趁莎莎睡熟了再去處理遺體。這種節骨眼，最好別讓小女孩看到自己拖著肉塊出門。

他走到大水缸旁邊的機器前面拉了開關，一長排紅色小型LED燈亮了起來，頭一個馬上轉為綠色。

「嗯，開始充電了，」他說。

佛斯特走到餐桌旁邊和兩個女孩一起癱在椅子上：「大家辛苦了，不過還有很多事情要忙。等到充電完畢，就要發送訊息給鮑勃。當然還要先決定下一次傳送門的時間和地點才行。不過，現在呢——」他嘆了口氣，「現在……我想喝咖啡。」

兩個女孩又髒又累抬起頭。「有益身心健康。」麥蒂回答。

佛斯特倒在椅背，覺得一把老骨頭要散了。「好啦，那今天是輪到誰負責煮咖啡呀？」

# 62

## 二〇〇一年，紐約

「訊息內容越短，消耗能量越少。」佛斯特說：「所以簡單扼要，將能量用在擴大迅子傳遞的面積上。」

莎莎臉一皺：「我還是聽不懂。」

佛斯特搔搔下巴，這麼幾天沒刮鬍子已經一大片灰白雜毛。等事情告一段落，首先就是仔細梳洗一番。

剛成為時空行者，聽到次原子粒子在時光中逆行的概念，他也同樣腦筋轉不過來。應該說時空局很多科技、很多工具都太過陌生，年輕的他無法一下子全部吸收，只能盡力而為。

「嗯……」他試著解釋：「我們要做的呢，就是對著美國一塊區域的過去五十年裡發送無數細小粒子——它們叫做迅子。假如我們可以精準地知道某個特定時間點鮑勃究竟站在哪兒，發送裝置就能瞄準得很好，那麼只要很少的粒子就能命中了，花費的能量也就不會很多。只可惜我們現在沒辦法確定鮑勃位置，所以粒子束的範圍就必須擴大。」

「那為什麼不瞄準一開始送他們過去的地方呢？就是……白宮前面的草坪？時間可以設定在他們到達的三十秒之後啊？才半分鐘，他們總不可能跑太遠？」麥蒂問。

「理論上是如此，」佛斯特回答：「問題在於三十秒時間也不夠他們得到任何有意義的情報，那麼我們就回到原點，手上什麼線索也沒有。」

他掉頭看著塑膠玻璃水缸和旁邊的機器。充電指示燈距離可以運轉還有很長一段距離。

「老實說吧，就算要拉他們之中一個回來我都不算有把握，更別說是兩個都能找到。可是重點——我們真正的目標——是希望他們已經掌握情報，足夠明確判斷歷史從何時何地開始脫軌。畢竟，」他抬頭很嚴肅地望著兩個女孩：「也許燃料只足夠再做一次傳送，就一次機會而已。」

他端著馬克杯喝了一口。

「必須一次成功，修正歷史。」

「沒錯。」麥蒂靜靜道。

「目前確定的就是他們已經錯過標準回程、一小時後的備用回程……以及經過二十四小時的最後一次回程傳送。可以推測是碰上了什麼麻煩。但，未必是壞事。」

莎莎皺眉：「不是壞事？」

「嗯。根據我這麼多年當特工的經驗來看，遇上麻煩反而保證會得到重要資訊。」佛斯特微笑：「他們兩個遇上的狀況越棘手，就代表對於一九五六年的世界瞭解越多。」

「前提是他們還活著。」麥蒂補充。

「廉姆很機靈、學習速度快，加上有支援生化人跟著，唔……生化人機能很強，要殺死可不容易。兩人合作應該能找到辦法保全自己，同時搜集情報，然後等待我們聯絡。」

「那麼……我們到底要送什麼訊息過去呢？」莎莎又問。

佛斯特看著她：「一個時空標籤，請他們在特定時間抵達特定地點。」

「嗯。」

「先假設他們還在華盛頓特區內。」

「確定？」麥蒂打斷：「這能肯定嗎？」

「可以，這樣合理。鮑勃預設我們在大致同樣區域內開啟傳送門，所以為求保險會盡量停留在距離白宮沒有那麼遠的地方。」

「感覺臆測的成分有點過高。」麥蒂聲音裡有一絲懷疑。

「可惜現在只能用猜的。」

兩個女孩神情不是很高興。

「總之，計劃是這樣的，」他繼續說：「我們先開電腦，從華盛頓特區地圖找一條離白宮沒有很遠的僻靜小巷……距離在一兩英里內，設定為回程傳送門開啟的位置。抄下坐標以後就先關電腦，免得浪費電力。」

「好。」

「另一個要決定的因素是時間，而且這個不能猜得偏差太多。」

「設定在二十四小時那個傳送門的一天之後如何？」莎莎提議。

「不是不行……既然二十四小時那一次他們沒趕上，恐怕就是有什麼意外狀況，我想多給一點時間比較保險。」

「他們為什麼會被耽擱呢？」

佛斯特聳肩：「可能原因很多，例如受傷、無法動彈……沒辦法移動之類。又或者遭到逮捕。還有那個區域也許遭到封鎖、或者處在特別危險的態勢。」

「那，到底給多久時間好？」莎莎問：「兩天？三天？」

老人嘴一抿：「越久越好。我們無法確定他們處境，也就很難估算他們需要籌備或療養多久才能到達指定位置。」

「這說的時間範圍是多大？」麥蒂問：「一星期嗎？」

「任務時間極限。六個月。」他回答。

麥蒂摘下眼鏡漫不經心擦拭，瞇起眼睛問：「任務時間極限？你好像之前也提到一次。」

「任務極限，」佛斯特重複一次：「是二十六週，約為六個月。支援單位的活動期限就這麼長。」

「活動期限？」麥蒂追問：「聽起來很不妙。」

「支援單位，也就是鮑勃，內建程式設定是六個月回不來就會自動報銷。」

「為什麼？」莎莎問。

「避免落入有心人手中……他可以成為非常強大的武器。」

「武器？」

「生化人的人工智慧具有強大適應能力與學習軟體。想像一下，如果鮑勃被壞人控制了怎麼辦？或者跟在奇怪的人身邊，開始以偏差、邪惡的角度理解世界，比方說遇上羅馬皇帝卡利古拉那種狂人？還是被拿破崙、成吉思汗當成工具？」

兩個女孩想到後果都沒講話。

「更糟糕的是，」佛斯特繼續說明：「生化人的有機部分並不會老化，而且也能透過進食補充養分，加上要殺死極其困難，所以是近乎不老不死的個體。這種情況下，要是在充滿迷信的時代，是不是很容易受到崇拜，被當成……嗯，神明？」

「唔，」麥蒂小聲說：「那呆瓜搞不好會很開心。」

「總之重點在於將支援生化人留在過去歷史是個很糟糕的主意，因此才事前設定六個月一到就會自動報銷。」

莎莎又蹙眉：「鮑勃會怎麼樣？爆炸？」

「沒有那麼誇張。電子腦會自動短路燒毀，裡面就成了廢鐵，這樣對誰都沒用處。」

「電腦自毀，」麥蒂喝光咖啡：「鮑勃也就等同死亡了？」

「不全然如此。少了電腦，生化人就空有一身肌肉，心智卻像是沒有發育的小娃娃。」

「變成只會流口水的智障嗎，」麥蒂嘆道：「很好。」

「不，正常情況下會死。因為缺乏思考能力，就無法照顧自己，和一般人體一樣幾週之內就餓死了。甚至有可能因為失去飲水本能，所以幾天都撐不過。」

「可憐的鮑勃。」莎莎說。

佛斯特探身搭著她肩膀：「肉做的機器人……懂嗎？他只是肉做的機器人。」

小女孩緩緩點頭。「肉做的機器人……」她告訴自己：「是機器人。」

「那麼，」麥蒂戴好眼鏡：「訊號時間也決定好了對不對？要他們距離第一次開門六個月以後趕到白宮附近，等待這次的傳送門？」

「可能要提早，比自動銷毀程序早幾天，不要抓得剛剛好。但大致上，」他回答：「這就是現在最好的辦法了。」

「嗯，」麥蒂點頭以後走向電腦螢幕：「我想可以開機了，先看看能不能調出華盛頓特區的地圖再說。」

「真是乖孩子。」

# 63

## 一九五七年，巴爾的摩郊外森林

「呃……這些人到底是誰啊，鮑勃？」廉姆要追上有點吃力，大步跨在雪地上朝著樹林接近。周圍有幾十人跟著，他們高舉武器、對空鳴槍，口裡不斷歡呼。

「跟著我的人。」鮑勃語氣依舊平板。

廉姆回頭看了看，注意到他們衣衫襤褸，有軍人也有平民。後頭白茫茫雪原上同樣邋遢的逃犯朝四面八方散開。

「隊長又打了勝仗！」身邊一個戰士大叫。

「跟著鮑勃隊長就對了……哈哈！」

很多人高呼「萬歲」，然後又有人開始搶著附和。

廉姆湊近壓低聲音問：「鮑勃隊長？你說自己是軍官？Jayzus……挺聰明的嘛。」他真的覺得鮑勃這招很高明，「佩服！」他拍了生化人寬厚的背部。

「我什麼也沒說，」鮑勃回答：「是他們自己決定的稱呼。」

「喂！你！」

廉姆轉身看到十幾碼外一個長相猥瑣又矮小的男人追上來。那外形讓少年想起以前媽媽警告過要提防放高利貸的人。

「喂，小子！你憑什麼擠在隊長身邊呀，想和他講話要先來跟我報備，懂不懂呀？他可沒空應付你這種想要簽名的小鬼。」

廉姆看看四周，大家還興高采烈，在冰天雪地裡呼著白煙，望向鮑勃的眼神卻那樣熾烈……是什麼情緒？喜歡？愛？不對，不一樣……更深刻。那是崇拜。

「喂，小子！」猥瑣男人又小跑步追上：「你是不是想加入鮑勃隊長的解放軍團？沒說錯吧？那一樣，等一會兒到營地再來找我報名。我叫帕奈里，副隊長帕奈里，是這裡的第二號人物，會給你準備吃的和一把槍——」

「呃……不必了。我沒打算進什麼解放軍團，是要——」

「沒要加入的話，小子你就趕快滾吧。我們還有很多仗要打，這是戰爭啊。鮑勃隊長需要休息，還得繼續帶領我們對抗那些德國佬呢。」

廉姆轉頭看著鮑勃：「那不是我們的目的吧？跟奎瑪打仗？」他沒繼續搭理帕奈里。

「正確。」鮑勃回應：「任務優先事項為攜帶情報返回基地。」

「但要怎麼做？」

鮑勃思考一陣：「目前沒有適當計劃。建議為等待局內訊號提供進一步指示。」

「只能等他們通知嗎？」

「正確。」

「喂！」帕奈里打斷他們，還抓住廉姆手臂：「給我停下來！你到底在和隊長胡說八道什麼鬼東西？」

廉姆氣憤轉身甩掉他手掌：「可以請你先走開嗎？我們有正事要談！」

帕奈里狐疑地瞪著他們：「剛才聽到你們說什麼局的訊號？難道是間諜？想要通風報信？」

「什麼呀？才不是！」

「你這傢伙講話也怪怪的，有個口音在。大夥兒，你們覺得呢？」

「啊？太誇張了，我是愛爾蘭人！」廉姆叫道：「才不是什麼德國間諜！」

他抬頭望著生化人：「鮑勃，告訴他們，我是你朋友。」

「他是我朋友。」

帕奈里大吃一驚：「你……你認識這小鬼？」

「正確。我認識他。」

「那……到底什麼關係？你的家人嗎？還是？」

廉姆聳肩。「嗯……是吧。我們是家人，對吧，鮑勃？」

鮑勃揚起一側眉毛，不太確定自己如何回答好。片刻後他開口：「這是我一直在尋找的人。」嗓音渾厚，大家都聽得清楚。

帕奈里馬上露出很落寞的表情。一直以來他自詡為鮑勃的左右手，沒想到莫名其妙就被個乾巴巴的小孩給取代。

「意思就是，鮑勃隊長……你一直在找這個小孩，今天終於找到了。那麼我……我們呢？」

他臉上浮現出濃濃的憂心：「我們……我們還要繼續追隨你嗎？」

鮑勃皺眉，望向廉姆希望有個指示。他不知道該怎麼回答才妥當。

這種痛心疾首……他們真的將鮑勃當成上天的使者。

少年覺得荒謬，幾乎笑出聲。

「鮑勃，你就直接說出來吧，告訴大家我們在做什麼。」

「我們正在等待訊號。」

「是說預兆嗎？」之前那個年輕中士就站在帕奈里背後。

「嗯……沒錯，」廉姆回答：「是在等一個預兆。」

這番話在周圍人群發酵，他們興奮敬畏、竊竊私語。

預兆。是預兆。

「你……你們是說，」中士繼續問：「來自主的預兆？」

「是來自基——」鮑勃本想解釋，但廉姆手肘撞了一下，他將話吞回去。

「來自什麼？」帕奈里問。

「預兆，」廉姆回應。「來自……你們懂得的。來自彼方。」

耳語如漣漪擴大，廉姆看到好幾個人已經伸手在胸前畫了十字。

「彼方……」中士瞪大眼睛。

「沒錯。」廉姆努力保持語調平靜、嘴唇不抖動：「來自……你們知道的。」

反抗軍陷入沉默。

恰巧雲層散開、太陽露臉照在白雪覆蓋的大地，籠罩在鮑勃身上時他的栗色頭髮、椰子一樣的腦袋瓜彷彿發亮，形成光輪。

群眾莫不驚呼，一個一個跪下來，連模樣猥瑣的帕奈里也伏在地上。廉姆可不覺得他是星期日會上教堂的那種人。

喔，好極了，還有什麼事情我們遇不上呢。

# 64

## 一九五七年，巴爾的摩郊外森林

湯進了碗，但是那根勺子的外觀氣味令人很沒有食慾，和廉姆在俘虜營吃的粥是同樣等級。他抬頭望向為自己舀湯的人：「謝謝。」

對方尷尬地笑了，客氣地拉正帽子說：「鮑勃隊長要不要吃點什麼？」

廉姆想了想，鮑勃到現在還不太會用湯匙，喝湯的話大概會灑得滿身都是。

不太振奮人心，不太像是神的使者。

「還有麵包嗎，我給領袖拿一些過去。」

男人能服務到鮑勃就很開心，立刻從背包裡面掏出一條已經乾硬的麵包。廉姆點頭道謝、夾在腋下要朝帳篷走回去，可是猶豫之後又轉身。

「呃……領袖說他會為大家的飲食做祝禱。」

男人笑開懷。「謝謝，謝謝，」他比了十字手勢：「上帝會眷顧他。」

廉姆穿過營地，除了啪嚓作響的篝火之外就剩下月光從枝葉縫隙灑下來。一路上他禮貌對大家點頭，代替鮑勃表達祝福。幾天下來氣氛不變，原本是祕密組織、愛國和自由的鬥士，如今反倒像是修道院，以前老愛講黃色笑話的人也態度虔誠時常冥思。

他們真的相信鮑勃是上帝派來的戰鬥天使，當然就變成這樣啦。

好不容易回到小帳篷前面，他從布簾下面鑽進去。「給你拿了點麵包來，和你在基地那種味道很噁心的高蛋白質溶液差很多就是了。」

「之前吸收過同樣類型食物。」鮑勃伸手接過麵包張口咬，嚼了幾口經過唾液分解，電腦對蛋白質成分進行分析。

他點點頭：「可用。」

廉姆坐在他對面的木箱上：「話說我本來以為自己會被困在俘虜營一輩子，都預備好死在裡頭了。」

回想之前幾個月的經驗還是餘悸猶存，許多後來認識的面孔從腦海閃過。不知道混亂之中華萊士怎麼了？有沒有逃過大屠殺？有沒有逃出囚營？廉姆為他祈禱。

他唏哩呼嚕喝湯：「有時候想說會不會死在鐵達尼號上比較好。溺死比餓死快很多，對吧？」

「正確。」鮑勃回應：「缺氧死亡耗時約在三到五分鐘。」

真會安慰人。

廉姆放下湯匙伸手拍拍鮑勃結實的肩膀。「或許對你而言不算什麼，佛斯特總說你只是什麼程式碼組合起來的機器，但是……怎麼說呢……總之，很謝謝你，鮑勃。謝謝你特地來救我。」

他看見生化人平常僵硬的面部閃過一絲變化，是非自主的肌肉跳動，還是一抹微笑？無論如何，看來很動人。

兩人靜靜用餐。說安靜也不大對，廉姆喉嚨咕嚕咕嚕、鮑勃則是牙齒一直摩擦——廉姆想起以前達米德叔叔養的牛，冬天吃玉蜀黍的時候也會這樣。

「你的建議是，我們就這麼等下去，直到有訊息過來？」

「否定。」

「鮑勃，這時候說『不是』就好了，聽起來比較自然。」

「不是。」

「那預計等多久？」

「還有七十八小時五十七分鐘。」

「嗯？」七十八小時五十七分鐘，聽起來未免過分精確。「鮑勃，這時間怎麼算出來的？」

「時間到了，我的自毀機制就會啟動。」

廉姆的湯匙掉進碗裡。「你說什麼？自毀……那是什麼意思？」

鮑勃也不繼續嚼麵包了，那雙淡漠的灰色眼睛停在少年臉上。「基本任務規範：外出活動限期六個月。若六個月內無法脫離任務，必須自我摧毀。基地人員知道此一原則，故發送訊息不會晚於六個月。若有訊息前來，必定會在六個月內。」

「六個月？那……那你意思是說，沒收到訊息的話，你會把自己毀掉，時間只剩下……？」

「三天又六小時五十七分鐘。」鮑勃提醒：「之後就會自毀。」

「為什麼？」

「避免我體內電腦科技遭到利用。」

廉姆忽然意識到自己對眼前魁梧生化人是有感情的。算是疼愛嗎？然而他明知道這只是肉包著什麼厲害機器的武器而已。或許因為兩人都是第一次時間旅行，都是新人。又或者是因為很難想像要怎麼在本不該存在的世界裡頭少了鮑勃的看顧守護獨自生存下去。

「鮑勃，你不能選擇不要自我摧毀嗎？」

「否定。」

「如果是我直接下令呢？既然我是特工，出來以後就是我負責指揮，對吧？」

「正確。」

「那麼如果我命令你取消——」

「此設定為韌體機能，無法更改。」

「韌體？」

「電腦設計的一部分，無法覆寫。」

廉姆看著那張沒表情的臉：「這太蠢了吧！」

「不可避免。」

少年低頭看著漸漸涼了的湯：「難道死掉這種事情……你都不害怕嗎？」

「否定。」

「鮑勃，說『不會』就好了……別再『否定』。」

「不會。」

「對於結束自己……你都沒什麼強烈情緒嗎？」

「我的思考由程式組成，記憶儲藏於內部硬碟，身體只需單一細胞就能重建，並無限制複製。就我而言並不存在死亡以及恐懼的概念。」

「沒有恐懼，」廉姆輕輕嗯了一聲：「Jayzus，真希望我也能那麼說。這幾個月只要醒來就是擔心害怕，不曉得會不會被士兵抓出去殺雞儆猴、或者把大家都殺光。再不然──」

「我希望……」鮑勃忽然低聲說。

廉姆自怨自艾到一半停了下來，湯匙放進碗裡，抬起頭看見生化人的眼睛居然矇矓地望著虛空裡某個無法實現的願望。

他剛剛說了「希望」……？

廉姆想起來了。佛斯特說過，電腦仍舊和人體一小塊有機腦部連結。或許鮑勃顱骨裡那小小的皺褶、沒有完全發育的腦細胞依舊有著難以解釋的期盼與渴望？

「說說看，」廉姆輕聲鼓勵：「鮑勃，你……剛剛說希望什麼呢？」

「我希望……自己……像你一樣，廉姆．歐康納。」

廉姆仰著頭：「像我？天吶，你看看我！弱不禁風，都十六歲了還沒鬍子可以刮，然後本來該死掉的，死掉之前唯一的成就也不過是上船當餐勤。就服務生而已啊，有什麼了不起的嗎？」

「你受到徵召，因為具備核心技能。」

「核心技能？你開什麼玩笑啊？打掃船艙、泡茶送給客人時不要灑在餐巾上之類的，有什麼用處呢。」

「資料顯示你智商極高、思考反應速度快，具有創造性認知能力。」

「真的？」

「根據你的個人檔案。」

「那是什麼？」

「我的硬碟裡有你的完整資料，包括白星航運的員工紀錄，你的族譜和故鄉，學校成績——」

「你的腦袋裡面有我的學校成績？」

「正確。」鮑勃眼珠子轉了轉，又在讀取資料。

「廉姆．歐康納是個很聰明的小孩，」鮑勃像是唸誦什麼文章，廉姆知道這是之前學校老師歐賀利神父寫的：「也許是同年級裡最聰明的孩子。不過他喜歡盯著窗戶外面，閒下來就做白日夢，不像其他有潛力的學生那麼認真。廉姆比較獨來獨往，下課時間獨處居多，較少和——」

說到一半他忽然停下來，像是凍結了似地。

「鮑勃，你還好嗎？」

「稍等……稍等。」

鮑勃面部肌肉跳動、繃緊，以極快頻率眨眼，腦部所有思維運作都一時中斷。

**〔發現粒子束訊號〕**

次原子粒子可以穿越固體物質像是在空氣中移動，生化人的電腦展開神經網絡接收，如同蜘蛛網捕捉飛蟲般，累積到足夠數量以後已經可以解讀一部分內容。

**〔時間污……徹底滅……**能量不……一人……如下：北緯**三十八度五十四分二十四點……〕**

「鮑勃，你究竟怎麼了？」

「等一下……等一下。」他語氣毫無起伏。

更多粒子到達，訊息片段終於拼湊起來。鮑勃等待粒子波動結束，還又沉默一分鐘以免出現第二波迅子波要接收。看來目前告一段落了，來自未來的粒子束匆匆穿越這個時間地點。

「我收到來自基地的微弱訊號，」他開口。

「什麼？」廉姆臉一亮：「剛才嗎？」

「正確。」

「喔……感謝聖母瑪利亞，他們總算來了？應該沒事吧？嗯……他們當然沒事……」

鮑勃回復動作，又啃了一口麵包。

「別吊我胃口啊，鮑勃。他們說了什麼？」

生化人眼瞼抽動。「來自基地的訊息：時間污染擴及現今，人類徹底滅絕。能量不足，無法確定傳送限制，或許僅一人、一次機會。時空坐標如下：北緯三十八度五十四分二十四點三五秒，西經七十七度二分三十三點九四秒，時間刻度二十三點五〇、〇三-〇三-五七。」

廉姆瞪著鮑勃：「我……我想我是聽不懂。你應該懂吧？」

鮑勃點頭：「他們所處時空受到波動影響，世界受到劇烈破壞，因此外部電源供給中斷。」

廉姆張大眼睛：「什麼意思？時光機不能動了嗎？」

「不正確。可以運轉，但電力有限。」

「僅一人……這意思是說……？」

「電力只足夠一個人回去，」鮑勃回答：「以你為優先。」

廉姆搖搖頭：「可以兩個人都帶回去才對吧？不是按按鈕就好了嗎？」

「否定。時間傳送所需能量受到身體質量影響。你體型小，耗費能量相對輕微很多。」

廉姆坐著一會兒沒說話，最後用力搖頭：「我……我不能讓你留下來，不然……你會銷毀自己啊。鮑勃，不可以——」

「此評估不合乎邏輯。」

「總有什麼辦法可以增加他們那邊的動力，還是從我們這邊降低負荷？應該有辦法吧？」

「必要處理事項，」鮑勃回答：「本時間線資料儲藏於內建硬碟，必須與你一同傳送。」

「呃……聽起來有點可怕。」廉姆緊張地吞了口口水：「是我以為的那個意思嗎？」

「擊碎我的顱骨，除去包括有機腦的軟組織後可以取得電腦元件。切斷連線與取出過程將由我進行逐步引導，避免行動失誤觸發韌體銷毀機制。」

「呃……天吶……鮑勃我覺得我做不到。真的，我——」

「別無選擇，此為任務要求。」

廉姆拚命搖頭，光想到要把鮑勃的頭給敲碎就覺得噁心。「那……我什麼時候得進行那種行動？」

「傳送門預計在二十五小時之後開啟。」

「位置呢？」

鮑勃眨眨眼讀取資料：「地理坐標位在傑佛遜廣場周邊街道，屬於華盛頓哥倫比亞特區，距離最初的傳送門約一英里。」

廉姆眼睛越瞪越大：「距離白宮一英里？選得也太差了吧！那邊到處都是巡邏士兵，天上還有嗡嗡叫的噴射什麼機。」

「必須在時限內抵達，之後你要從我顱骨中取出電腦，或者將我整顆頭帶回去。」

「砍頭？」廉姆的臉變得慘白：「做不到，鮑勃。我……我沒辦法應付血液那些黏糊糊的東西，會昏過去……真的。腿一軟就暈了，真的會。到時候我錯過傳送門，兩個人都回不了家。」

低頭看著冷掉以後結塊的湯，廉姆將碗推到一旁，肚子半點也不餓了。「難道沒有別的辦法？」

「除非你和我可以縮小體型，或者傳送門就地理和歷史與基地的坐標更接近。這些因素會影響消耗的總能量。」

鮑勃望著少年，灰色瞳孔平靜無波。不知道為什麼，他忽然擠出從莎莎那兒學來的微笑。然而對廉姆而言這個表情一點安慰也沒有，完全沒有。鮑勃看起來好無辜，像是裝錯身體的嬰兒。

「你得找骨鋸，或者其他有鋸齒的刀刃，才容易摘除我的頭部。」鮑勃繼續說：「也需要電鑽和——」

「Jayzus！」廉姆脫口而出：「夠了！我現在需要的是呼吸新鮮空氣——不然一定會嘔吐！」

# 65

## 一九五七年，巴爾的摩郊外森林

廉姆到了外頭深呼吸，冰涼空氣灌滿身體以後嘔吐感稍微消散，之後進了灌木叢稍微遠離鮑勃的帳篷。他需要想清楚自己該怎麼辦。

隔著細而矮的樹幹樹枝能夠看見空地中間篝火晃動，周圍就是追隨鮑勃而來的小軍隊。經過最後一次突襲，已經累積將近百人。廉姆不難想像一旦宣佈鮑勃將與自己離開此地，得去處理更重要的事情，這些人內心的挫折、憤怒會有多巨大。

人類很難輕言放棄自己信仰的神或是領導者。

場面會很難看。追隨者一定全怪在他頭上，指控是他分化離間、動搖了領袖意志。然而若鮑勃解讀訊息無誤，兩人所剩時間不多。雖然華盛頓特區距離不遠，開車一小時多就能抵達，但途中會有大量路障、警備，不是想過去就能過去。

*為什麼要挑距離白宮這麼近的地方呢？*

廉姆思索為什麼留在基地的三人會得出這種結論、而且認為是個辦法，於是意識到佛斯特、麥蒂、莎莎根本不知道自己這邊的情況。他們只能依據最簡單的邏輯判斷，假設兩個人會留在這附近。

這假設實在很隨便。

六個月時間不算短，能發生的事情非常多，他和鮑勃就算到了美國、甚至地球的另一頭也並不奇怪。

他忍不住大搖其頭。鮑勃和自己沒辦法聯絡基地實在是個太蠢太瘋狂的行動前提，廉姆第一次內心詛咒這種莫名其妙的時間旅行技術。每次覺得自己好像掌握訣竅了，結果都只是引發更多更棘手的問題。

知道時間地點是個開始。衝進敵人佔據的華盛頓特區簡直是自殺……但眼前似乎別無他途。

「唉，也罷。」他自言自語，同時暗忖至少鮑勃大殺四方的時候可能很爽快。那可是他的專長。

越快動身越好。他們必須早點離開這片森林……離開死心塌地的信徒。

廉姆計劃看見第一道曙光就走。目前全美實施宵禁，夜間經過哨點反而啟人疑竇，還不如白天上路來得穩當。

而且他覺得該設計一套說辭讓鮑勃可以正式公開地與信徒們訣別，否則讓人覺得自己誘拐了救世主可不成。少年腦海總是浮現自己被暴民凌遲的可怕光景。

# 66

## 二〇〇一年，紐約

第五天（停電以來）。

我們繼續等待。等著時光機儲備足夠電力，才能開啟傳送門。

可是我們根本無法確定廉姆和鮑勃有沒有收到訊息，只能開門以後直接看結果。如果他們收到了，應該就會立刻出現在我們面前。但如果他們沒收到……電力就白費了。

其他東西都沒電了，包括燈泡在內。

麥蒂提議乾脆先重置所謂的「轉移場泡泡」，我們就能進入四十八小時一次的時間循環，如此一來只要外面的怪物沒來得及追過來……那我們就能安全無虞，反正它們的搜索進度會隨著泡泡「重置」。可是佛斯特說啟動轉移場需要的能量太大，現在最重要的還是時光機。

Jahulla…我個人是傾向先有泡泡，在裡面多等一會兒。現在外頭一點點風吹草動我都會起雞皮疙瘩。

「還要多久，你看得出來嗎？」麥蒂問。

佛斯特望向機器上面那排充電指示燈：「我猜應該再四五個鐘頭。」

「要這麼久？」

「四、五個小時而已……打開傳送門，他們應該就回來了。」老人露出笑容鼓勵她：「很簡單的。」

事實上沒有這麼簡單……對吧？

佛斯特並不能肯定後面咚隆咚隆叫個不停的發電機真的能夠製造出足夠電力，開啟至少足夠廉姆通過的時空門。裡頭太多因素要考慮：兩地距離、門的大小、進入的質量——這些條件決定耗費的能量。以前連接著整個紐約的電網，所以幾乎不曾有過顧慮。如今依賴少量燃油來發電……每個變因都得審慎思量。將廉姆和鮑勃帶回基地並不是唯一一次時空門，還得想辦法開啟第二次，讓他們能回去矯正歷史。佛斯特不得不想方設法，確保殘存電力充足。

他忍不住低聲感慨。現在存在太多未知數。

「佛斯特，先假設他們收到訊息了，」麥蒂繼續問：「可是他們不一定能抵達我們指定的地點吧？如果根本做不到呢？」她指著面前顯示華盛頓特區地圖的螢幕。「地形說不定和我們所知完全不同，會不會那時候這邊還沒有開路都難說。有可能被德軍蓋了建築物，又或者反過來整個城市被夷平……有可能覆蓋在廢墟底下什麼的，還是——」

「必須賭賭看，」佛斯特語氣疲憊往後一靠。老舊辦公椅輪子吱吱作響，墊子褪色脫線。「廉姆很機靈，他們一定能想到辦法的，麥德琳。要相信他們。」

「前提是他們還活著啊。」她語氣陰沉。

佛斯特是很想反唇相譏，告訴她這種態度並不會使現況好轉，但問題是自己也知道麥蒂沒說錯，從很多層面來看目前的策略只是亂槍打鳥。倘若失敗了……

也沒救了。

地球就永遠是這種狀態——一片荒蕪。廢墟裡只有那些可悲變種人爭奪彼此血肉，像鼠輩般食腐維生。他們三個也一樣，幾天之後罐頭食物和飲水都沒了，必須出去和變種人競爭。還要擔心對方多久會找上門、發現基地？雖然它們嘴裡嗚嗚啊啊像是嬰兒，但眼神顯示出有足夠智能，不難想像正在地毯式搜索，慢慢縮小範圍、鎖定三人位置。想到後果，他前臂的灰色寒毛也豎了起來。

被找到的話……那些怪物遲早會想出辦法攻進來。說是基地，外牆也不過是灰泥與磚塊，而且歷盡風霜，談不上多堅固。

進來只是時間問題……進來以後更是撐不了多久。

佛斯特當然不會將自己這些盤算說給兩個女孩聽。他不敢告訴麥蒂和莎莎：其實自己對這計劃一點信心也沒有。光是要鮑勃接收到訊息的機率就已經微乎其微，還要廉姆與鮑勃能夠及時趕到傳送門前。後面發電機冒出嘎嘎聲……聽起來也快要挺不住了。最糟糕的狀況就是根本連開一次門的電力都不夠。

「你還好嗎，佛斯特？」麥蒂悄悄問，壓低聲音不讓莎莎聽見。「看起來氣色很差。」

他擠出微笑。「沒事……有點累罷了。」

「計劃會成功吧？」她又問。

此時此刻，他只能勇敢。

「當然，會成功的。沒問題。」

沒問題？

假如沒辦法將廉姆與鮑勃帶回基地，三個人就只能在廢土上苟延殘喘。佛斯特在心中發了誓，他必須做到。霰彈槍裡有十二發子彈，前面九發用於自衛，打在想闖進來的畸形人身上。

剩下三發呢？三個人一人一發。

# 67

## 一九五七年，華盛頓哥倫比亞特區上空指揮艇內

「保羅？這是什麼？」

工作桌前奎瑪抬頭，看見朋友站在實驗室門口臉上露出微笑。

「卡爾，你來啦。」

卡爾走進實驗室，視線在組合起來的機器上面來來回回，想知道這些電線、零件、鐵籠為什麼要組合起來。

這到底是什麼？

「保羅，你已經兩星期沒有參與每日匯報了，聽助理說你人不舒服……所有會議都不參加。」

奎瑪低頭看著手繪藍圖：「我很忙，卡爾。太忙了。」

「看得出來。」元帥回答完搖搖頭，那張瘦削、充滿軍人氣息的臉上浮現好奇神情：「你現在這是在忙什麼？」

奎瑪的回應是個不以為意的聳肩。

卡爾靠近些，低頭避過一圈纜線：「這邊有些東西需要你簽名，保羅。有些重要的事情得討

論。現在紐澤西、馬里蘭兩州狀況越來越不穩定……俘虜營受到攻擊越來越嚴重。」

他從一架裝滿乙炔的圓筒旁邊擠過去，到了工作桌前方奎瑪身旁。

「美國本地報紙開始報導超級英雄率軍反抗。這狀況很不妙，保羅，有可能激發美國人的叛亂心。」

「那關掉報社就好了。」奎瑪漫不經心繼續做自己的事情，在藍圖上面畫了些修正。

「我已經在職權內先做了。但是美國這裡還有地下報社，不只華盛頓這邊……紐約、波士頓，其他都市到處都是。」

奎瑪默不作聲繼續畫圖。

「保羅？放任不管的話，局面很快就變得難看了。我們在美國沒有足夠人力對抗全國性叛亂，假如反抗軍持續活動，需要約三到四倍的軍力才能應付。」

奎瑪目光停留在桌上：「你覺得該怎麼辦就怎麼辦吧，卡爾……我這裡太忙，已經沒空過問。」

卡爾盯著他沒出聲。*根本沒在聽我講話。*

心裡挫折，卡爾忍不住上前，伸手搭著奎瑪手臂。「保羅，你得——」

奎瑪猛然抬頭，緊扣他手掌然後用力甩掉。「卡爾你忘記分寸了嗎……*我是元首！*」

「抱歉……我只是——」

「住嘴！」

卡爾膽怯了，從奎瑪眼神裡面看到一股鋼鐵般堅硬的決心，過去數年累積出的暖意、情誼蕩然無存。

保羅變了個人。

奎瑪開口本要說些什麼，但又不耐煩搖搖頭，眼睛再度回到桌面上散亂的紙張。

卡爾立正站好不敢妄動，等待奎瑪正式下令准他離開。這段期間他偷看四周，實驗室就是奎瑪在指揮艇上思考發想的空間，通常和元首的思維一樣整齊乾淨、充滿秩序冷靜氛圍，可以從細節改善武器科技。此時此刻，這個空間反映出他內心的混沌，桌子上有吃了一半就忘記的餐點，涼了的茶表面上凝固一層奶油。卡爾視線沿著纜線在地板蜿蜒，最後找到一個鐵絲籠籠。

他腦海浮現在博物館地下室的那一幕……已經是十五年前的事情。經過近乎絕望的槍戰，大夥兒急忙衝進一個類似的鐵籠子，然後是靜電、火花、恐怖的墜落感。

「我的天……你在製作時光機嗎？」

奎瑪咕噥了什麼。

卡爾繼續觀察，看到許多粗厚的電纜從鐵絲籠繼續延伸到實驗室另一頭，那邊有個像是小啤酒桶的物體，藉由一串大彈簧固定在保護用的金屬支架內。外面支架看來很陌生，但注意到啤酒桶的設計以後他恍然大悟。

「保羅！你擺了一顆原子彈在這裡！」

奎瑪嘆口氣抬頭：「對啊。」

「應該……應該不能引爆吧？」

「不，卡爾，完全可以正常運作。」

卡爾聽得頭皮發麻。「你懂的吧……這種東西放在指揮艇上太危險了，要是一個不小心——」

奎瑪臉上笑意太過冰冷，一點生氣也沒有。但眼神之中的空洞更加令人膽寒。卡爾感受得到：元首、曾經的朋友，此刻視線穿過自己凝聚在虛空，對他視而不見。如同幾週前，奎瑪面部肌肉又微微跳動了一下，下顎顫抖變得明顯，黑眼圈之深可見這陣子根本沒有好好休息。

「保羅，究竟怎麼回事？可不可以和我解釋清楚？」

奎瑪的注意力似乎緩緩回到他身上。「老朋友，」那張瘦削臉上總算湧出一絲熟悉的友好。「我想我們都完蛋了。」

「完蛋了？什麼意思？」

「有人來找我了，卡爾。」

「你在說什麼？」

「你看過那個屍體，還記得才對？打下白宮那一天？」

卡爾試著回想。沒錯，還記得幾個士兵莫名其妙融合起來成了大肉塊，自己也有幾個晚上心神不寧。但是軍隊裡面各種高火力槍炮、燒夷彈等等都能造成奇形怪狀的死狀，所以後來他也沒有再多想，精力放在治理剛征服的國家。

「老朋友，你懂了嗎……那是它們幹的。」

「它們？」

「它們知道我們在哪裡……也知道我們在何時。它們要來了。」

「它們到底是誰？」

奎瑪搖頭，下顎抖動到了令人極不自在的程度。卡爾這才意識到保羅一定是精神崩潰了。

「卡爾，我們改變歷史的行動觸怒了它們，所以它們來討債了，要我們用血肉償還。」

卡爾皺眉：「你是說其他的時間行者嗎？」

奎瑪那雙泛紅泛淚的眼睛瞪大：「我在噩夢裡面看見了！說不定我穿越時空縫隙的時候就已經和它面對面過了啊，卡爾。回到一九四一那次，我一定是……在過去和現在中間那團混沌裡面看見它的面孔。」

「面孔？誰的面孔？」

「惡魔啊，卡爾……撒旦、死神、混沌。」

卡爾看著元首，什麼話也說不出來。

他發瘋了。

「保羅，根本沒有什麼惡魔。」

「噢，有的。你和我穿入了時空的縫隙，那是物理定律之間的夾縫……也就是說，你和我很短暫很短暫地，踏進過地獄。」

得阻止他。保羅腦袋不正常。

「地獄也記住我們的氣味了，卡爾。正在追捕我們，想要處罰我們。」

卡爾視線從奎瑪激動的表情偷偷挪向金屬支架內的原子彈。他啟動裝置的話會害死我們兩個，害死船上所有人。

奎瑪隨著他眼睛轉過頭：「沒錯，卡爾。那個裝置……你想知道它是什麼？」

「將原子彈和時光機連接在一起？」

奎瑪搖頭。「這不是時光機，我沒辦法用一九五七年的東西做出時光機。它……是個末日炸彈，透過瓦德斯坦轉移場將原子彈威力擴大，」他指著鐵絲籠：「爆炸威力和釋放出的伽馬輻射能保證滅絕所有生物。」

「天吶！」卡爾忍不住驚呼。

奎瑪嘴角揚起，帶著戲謔：「的確是和天神匹配的武器，對不對？」

隔著炭灰色軍服、左胸口的銀鷹勛章，卡爾感覺得到心跳。

「保羅……你瘋了嗎？」

「老友，我認為這是慈悲。」

「什麼？」

「你沒聽錯……是慈悲。我們無意間製造出破綻，那股黑暗力量，邪惡……混沌自身……它來了，來找你和我，來找這世界上所有的生靈。我已經知道後果。」

「保羅……聽我說，根本沒有什麼天使、惡魔或者——」

「它會摧殘所有生命……因為這是原本不應該存在的世界。現在所有人過的並不是原本該有的生活。」

卡爾察覺自己的手已經下意識緩緩伸向腰帶上的槍。其實只是裝飾用，並沒有裝子彈，可是奎瑪應該不知道。

要用槍口瞄準他？

對。必須將保羅帶走，遠離這些機器，否則沒辦法好好講話、重建他的理智。若有必要，恐怕得找醫師給元首施打鎮靜劑。得先控制他的情緒和補充睡眠。

「你也知道，卡爾，我的目的是建立更好的世界、美好的未來。」奎瑪疲憊的眼睛湧出淚水。「結果——」他用力搖頭：「我想我害整個世界面對比死還慘的下場。」

「保羅，你淨說些怪力亂神的東西。什麼惡魔、天使、神、撒旦——那是中世紀的觀念，你是科學家，不是發神經的……僧侶。」

「你怎麼知道科學之外有什麼？它就在時空夾縫裡頭。」淚珠滾落奎瑪消瘦的臉頰：「我很清楚……我們一邊講話，惡魔就一邊正在接近。」

越來越離譜。

「我還是得問清楚。保羅……這東西真的能動？」

奎瑪點頭：「對。」

那麼別無選擇。卡爾迅速抽出手槍對準奎瑪，姿勢很穩但聲音不然：「保羅，很……抱歉。你應該明白，我不可能放任你胡來。」

奎瑪看似鎮定，注視槍口。他嘴角漾起微笑，但笑意並不友善。「可惜我不得不。」

卡爾扣下保險：「跟我走吧，保羅，到你寢室再說。你和我——」

奎瑪卻若無其事從桌子上拿起對講機。

「保羅，住手！別逼我開槍！」

「我相信你不會的，老朋友。」奎瑪輕聲答道，接著按下按鈕：「請安全人員立刻到我私人實驗室。盡速。」

夾雜雜訊的回話聲從桌上喇叭傳出。

奎瑪抬頭望過去：「本來我是希望，以我們那麼多年同甘共苦的交情，能夠一起面對這件事。」

「你自己真的沒感覺？你病了，也累了，思考不清楚。叫守衛回去，我們好好談談。」

但是卡爾聽得到腳步聲就在實驗室外。「叫他們回去，保羅，別發神經了。」

短促敲門聲之後隔著對開門傳來詢問：「閣下，安全人員報到！」

「進來！」

卡爾趕緊放下手槍。就算身為大元帥，警衛旗隊看到自己那武器瞄準世人敬愛的元首也同樣會出手。門打開，五名護衛進來，帶隊中尉瞟了卡爾一眼，似乎注意到他手裡握著槍，只是對著地板。

「元首，還好嗎？」

奎瑪嘆氣，肩膀一垂。「抱歉，卡爾。」他起身繞過地上纜線來到朋友面前，接過手槍擱在桌子上。

「保羅，」卡爾小聲說：「聽我——」

奎瑪一根手指抵住他的唇不讓他說下去，然後感情濃厚地扣上肩膀：「我將你視為摯友……

或許是唯一的朋友。可惜這件事情更重要。」

可惡，他打算把我關起來。

卡爾咬著唇，暗忖這節骨眼怎麼逼他也不會有用，只能日後透過自己一人之下、軍隊統帥的身分尋求士兵和高階將官的認同……此時此地是無計可施了。

奎瑪退後一步。「相信我，」他聲音輕得只有卡爾能夠聽見：「這對你也是慈悲。」

「保羅，你想——？」

「中尉？」

「閣下？」

「就地處死哈斯大元帥。」

年輕軍官張大眼睛，一下子反應不過來。

「現在就動手。」

什麼，他居然……！

卡爾轉頭要下令阻止時被兩顆子彈結束生命，血液、組織濺灑在奎瑪的工作桌上。

# 68

## 一九五七年，巴爾的摩郊外森林

「可以嗎，鮑勃？你知道要怎麼和他們說？」

「肯定——」

廉姆立刻比出一根手指，揚起眉毛很不滿。

「是……我知道了，廉姆．歐康納。」

「好多了。你要想說服他們，最好語氣像是舊約聖經裡的先知，別把自己當成什麼機器人啊！」

「我懂了。」

「都記清楚了嗎？」

鮑勃低頭看著手裡那張有點破爛的紙條，上面有廉姆亂糟糟的筆跡，其中有些地方還劃掉重寫再重寫。

「已經儲藏在記憶體內。」

「好，那也差不多該走了。」

「正確。」鮑勃低沉嗓音回答：「華盛頓位於西南方五十七英里處，需要加快速度。」

廉姆帶著鮑勃走出帳篷，清晨陽光透過枝葉、松針刺得他猛眨眼，也在本就被踏得斑駁的雪地上留下一泓泓明亮溫暖的光池。營地裡面已經很熱鬧，起床的人正在生火好煮早餐、熱咖啡。

他看見帕奈里正在約談一些想參戰的新面孔，很多人希望一睹鮑勃隊長在戰場上的神勇風采。

唉，糟透了，待會兒怎麼開口。

「過來，」他對鮑勃說悄悄話：「你走前面吧。」

鮑勃穿過廉姆身側走向空地中間，鑽過低矮枝葉露面的瞬間整個營地所有人停止動作，滿懷期望、一臉敬畏注視偉大的領袖。

約莫三十名新人立刻興奮衝過來，想要近距離看清楚。

「噓！」帕奈里叫道：「看起來隊長有話要說！」

鮑勃站在篝火邊，兩腿打開、雙手置於腰間——如同廉姆先前的示範。那雙冰冷灰眸緩慢、嚴肅地掃過在場所有人。

「凡人們，聽好了！我離去的時刻已然到來。」

廉姆聽著他極度平板的語調說出這麼一句話，五官不禁皺了起來。寫稿子、自己唸的時候明明覺得很妥當，怎麼給鮑勃單調的口吻說出來就尷尬得令人難受。

「來自上界的訊息告知我，此地工作已經完成，該是交付你們的時候……我應當前往這國度的其他地方，召集更多志士對抗邪惡入侵者，也就是黑暗勢力、撒旦的爪牙，以及它們製作的兵器。」

廉姆知道自己臉發燙。

早知道就刪掉這一段。

「但你們要再次繼續奮戰，繼續上帝的工作。我，鮑勃隊長，天國軍隊的領導，之後還會回歸。我會回來……和你們並肩摧毀敵人，將自由還給這個偉大國家。」鮑勃這番演講在早上老師點名的乏味鋪陳中結束。

森林就這麼沉靜了好一段時間。對廉姆來說太久了，他心想是不是自己的創意文筆加上鮑勃毫無情感的演出真的就是那麼荒腔走板。

可是人群之中，那個最為虔誠的中士忽然跪在地上，聲音沙啞地叫了句「阿門」。其他人開始照做。

連帕奈里看看四周以後也深怕落於人後，趕緊跪下唸道：「阿門。」

樹林各處還站著的人一個接著一個神情肅穆地跪下禱告。

上帝保佑，我們真的可以走了？

「聽從領袖之言，並——」

廉姆手肘輕輕頂他一下。「差不多該走了，」他微微動嘴發著氣聲說：「盡快吧。」

鮑勃點點頭，依照廉姆在帳篷裡教過的方式開始移動。「主賜福於你，」他伸手觸碰最接近一人的肩膀，「主賜福於你，」也碰了下一個人肩膀。每一句聲音都同樣渾厚。

廉姆跟在後面，對著兩側跪著的人露出難為情的笑容。「我們……唔，我們得走了，要……你們懂的，要去傳遞善。」

鮑勃繼續走，來到今天那群新人前面。他們都不敢起身，只能抬頭瞪大眼睛。

「主賜福你們所有人！」他沒有抑揚頓挫，只是很大聲地說了出來，不過一步一步朝著迷彩卡車靠近。

廉姆點頭道：「嗯，你們一定要加油。」說完以後內心覺得這話聽起來好蠢。

鮑勃上了卡車，發動引擎，隨著轟隆聲排氣管噴出黑煙。廉姆趕緊跟著跳上，接著鮑勃毫不猶豫撥動排檔，車子從樹林邊緣進入林間的兩條轍痕。

「唉……氣氛還真是彆扭，」廉姆從後照鏡看得到道路旁樹林裡冒出一張張好奇的白臉目送兩人離去。

心裡有股難以言喻的情緒。悲哀？還是罪惡？那些人真的會繼續作戰吧，不過少了鮑勃會有很多人喪命。而且追尋的未來恐怕根本無法存續。

只要能回家，回到二〇〇一年，廉姆告訴佛斯特關鍵的時間地點，就能夠導正歷史軌跡——必須在奎瑪扭轉希特勒命運之前解決掉——如此一來錯誤的歷史不復存在，就這麼消失了。這些人過去和接下來的犧牲……完全沒有意義。

廉姆不會親眼看見就是了。整個世界會被時空扭曲引發的微光波動覆蓋，一轉眼——啪——回復了一九五七應有的風貌。

鮑勃轉頭：「時間足夠到達位於華盛頓特區的會合點，尚有十四小時五十二分鐘。」

「太好了。謝謝，鮑勃。」

「然而有極高機率在抵達之前遭遇敵方部隊，因此預估行動成功率由——」

「鮑勃，別說了，就停在這兒吧……可以的話。」

生化人面無表情看著少年：「你不想知道成功機率？」

廉姆搖頭：「唔……應該不想吧。」

# 69

## 一九五七年，華盛頓哥倫比亞特區

天黑了之後他們才進入華盛頓特區，目前實施宵禁因此街道一片寂靜，路燈在雪雨裡發出微弱的滋滋聲。看到前方有路障，兩人將軍用卡車先放在郊區，之後利用下水道網絡來接近目的地。

鮑勃帶路，動作非常有效率。廉姆跟在後面，廢水臭氣刺鼻，磚道上老鼠來回奔跑、好奇望著他，少年忍不住五官皺成一團。

好不容易鮑勃抬起頭眼瞼不停抖動，接著從主水道左轉。「從那道階梯上去，根據坐標判斷目的地在五十碼外。」

生化人爬上去，在頂端很小心地將圓形人孔蓋推開，探頭出去先查看以後又縮回來。

廉姆也上了梯子就在鮑勃下面：「安全嗎？」

「視線內沒有敵人。請跟好。」

「距離傳送門開啟還有多久？」

「十七分鐘。」鮑勃說完就爬出去。

廉姆點點頭，心想雖然有點太剛好，但只要能趕上就沒關係。

他往上爬，頭也鑽出人孔，看到四線道路上沒有任何車輛，不過左右各三排的四層樓平房都有人，窗簾後面透出鵝黃色光線，依稀有個肩膀以上的人影自床頭燈前面走過。

原來這兒還有人住。

只是遭到鎮壓……活在恐懼裡。

夜空上奎瑪的指揮艇像烏雲懸掛於白宮頂端，船身下方數十盞探照燈不停來回梭巡，照亮無聲無息的城市，獵捕膽敢違反禁令半夜出門的人。

「來！」鮑勃低聲吩咐。

廉姆爬出去以後快步跑過馬路，與鮑勃在陰暗凌亂的後巷會合。

「就在前面，」鮑勃說：「二十碼外。」他指著巷子盡頭，幾個垃圾桶與巷子堆在木板圍籬下面。

兩人提高警戒走過去，很仔細地小心不踢到地上任何東西。

「到了。」鮑勃蹲下來，伸手挪動幾個被雨雪打濕、裡面裝滿廢棄物的紙箱。「行動建議：應先清理障礙物，避免干擾密度偵測，導致傳送門無法開啟。」

廉姆點點頭也動手幫忙。打從傳送回一九五六、局勢在白宮草坪急轉直下以來，這是第一次他真的覺得還有機會回到二〇〇一。

「你救了我的命呢，鮑勃。」他拍拍生化人的背：「能平安回去都是靠你。」

鮑勃又捧著幾個裝了垃圾的軟爛紙箱搬到旁邊。「為滿足任務條件，必須將你和資料成功送回基地進行分析。」

廉姆咧嘴一笑：「好啦，鮑勃。我只是向你道聲謝。」

「道謝？」

「對啊，你懂吧……謝謝。你救了我。我覺得你本來不應該那麼做的，是吧？以為你六個月之前就會直接進去傳送門了，那樣才對啊。」

鮑勃眉心一鎖，嘴巴開了又合。「任務順序經過……重新編排。」

「重新編排任務條件是嗎？」廉姆笑開懷：「意思根本就是你選擇去救援……朋友。」

鮑勃的表情從迷惘蹙眉變成板起臉不贊同：「否定。我沒有朋友。身分是生物兵器平臺，現場支援單位。」

廉姆嘟著嘴點頭：「嗯、嗯，好……隨你高興——」

鮑勃眼瞼抖動：「此地點正接受密度封包掃描。」

「是他們，對吧？佛斯特和麥蒂？」

「正確。」

廉姆揉揉自己手掌：「喔耶！聖母聖子在上，終於能回家了！」

「再一分鐘傳送門即將開啟。」鮑勃提醒：「請不要太靠近。」

廉姆乖乖隨鮑勃退後，兩人在黑暗中等待那道光。

「十秒。」

他握住鮑勃的手：「我們搭檔還不錯，對吧？」

鮑勃低頭看著少年手掌被自己粗壯手指包起來，一開始似乎無法理解，但後來擠出了不算可愛的微笑。

「好搭檔，」他回答。

半空中冒出白色火花像是螢火蟲，片刻後廉姆感覺彷彿微風吹拂臉頰，那股氣流颳起幾張舊報紙在後街飄揚，空罐叮叮咚咚滾動。

灰塵朝臉上拍打——廉姆眨眨眼睛，抹抹流淚的眼，但鮑勃又發出渾厚嗓音。

「狀況不對。」

他手背一揚，將灰塵和眼淚撥掉，注視傳送門以後發現表面起伏不定的淺藍色光球大小不超過一顆橄欖球，躍動在離地幾呎的空中。

「怎麼——？」

「電力不足。」鮑勃說。

「啊？所以他們沒辦法把門開大一點嗎？」

「電力不足。」鮑勃重複一次。

「喔，別這樣。」廉姆叫道：「拜託、拜託……怎麼會這樣！」

鮑勃轉頭看著他：「廉姆．歐康納，你必須動作非常迅速。」

「迅速？要幹嘛？」

鮑勃從腰帶抽出長刀。「我們兩個都回不去了，廉姆．歐康納。但資料必須送回去。」

鮑勃將刀塞在廉姆顫抖的手上。「動作要快，」他又說了一次，然後跪下來讓廉姆可以碰到自己頭顱。

「我……我辦不到。」刀刃在廉姆手上抖動，「鮑勃……我辦不到！」

「我沒有痛覺。將刀從我頸部頂端插到顱骨，這個部位骨骼最脆弱，用力壓下去——」

廉姆點了頭，站到鮑勃背後，舉起刀子抵在生化人後頸那叢濃密毛髮上。

「得動手了。」鮑勃催促。

「我……我……」廉姆知道自己整個身體都在顫抖，肚子翻攪得太厲害，最後吃進去的東西全要噴出來了。

「**現在**就得動手。」

半空中那股藍光開始搖晃、無法維持穩定形態。透過球體中央，廉姆似乎看得見模糊的身影……是三個人……他們焦急等待、招手，希望有誰、有什麼東西……什麼都好……能夠穿越過去。

光芒褪去。

巷子回歸昏暗寂靜，只剩下雨水輕輕灑落。

「對不起，」廉姆咕噥：「對不起，鮑勃。我真的做不到。」

# 70

## 二〇〇一年，紐約

拱道內麥蒂與莎莎瞪著一片空無。方才氣流鼓動、空間扭曲，就像隔著一層烤肉架或柏油路曝曬後的熱氣。

但佛斯特將時空轉移關閉了。

「抱歉。」他開口，然後無力地倚著電腦桌，終於坦然露出給不了答案的神情。「我以為電力至少足夠廉姆過來，但我錯了。」

莎莎又望向離地三呎的位置，剛剛那顆閃亮、冒著熱氣的球體只晃動了不到一分鐘就消失。然而女孩肯定透過光球，看見了廉姆與鮑勃的面孔也看著這一頭。

「就這樣了嗎？」她淡淡道。

佛斯特點點頭。

「等等，不是還有一點電力嗎！」麥蒂指著指示燈，上面還有些LED是綠色、一個是橘色，剩下的都紅了。

「嗯。」老人回應。

「那……為什麼不用那些電力擴大傳送門？」她語氣夾雜尖銳的絕望無奈。

佛斯特深呼吸：「已經開到極限，這個計劃行不通。我很抱歉。」

「我們不能……」麥蒂試圖尋求可能性：「不能將門維持久一點？也許就能和他們取得聯繫？」

「麥德琳，那麼做是浪費電力，沒用的。很明顯，他們過不來。」

「所以你就關門？」

他點頭：「這樣還能保留一點電力。」

少女搖頭，口裡發出令人心寒的冷笑：「留著電力要幹嘛呢，佛斯特？有什麼用？」

他沒回話。

「或許……」莎莎打斷：「或許發電機裡頭的柴油還足夠——」

麥蒂悶哼：「足夠什麼？再開一次不夠大的傳送門？」

只剩下後面房間裡發電機冒出微弱隆隆聲。

最後佛斯特往機器上的電源指示燈撇了頭說：「趁著還有電，我們先考慮自己……」

「反正沒辦法矯正歷史了是嗎？」麥蒂問。

佛斯特淒然苦笑：「嗯。剩下的電力至少能用來照明。」

「還可以煮咖啡。」莎莎說。

老人輕聲一笑：「嗯，咖啡……可以煮到沒電。」

麥蒂抬頭看著燈泡。「等電燈也不亮了，」她看著兩人：「接下來我們和外頭那些東西同樣處境……要在廢墟裡面自己找東西來吃。」

話一說出口她自己也後悔。任誰都看得出已經沒有活路，實在沒必要不留餘地點破。

莎莎一屁股坐在早餐桌邊椅子上：「我想就是這樣吧。」

「抱歉，」佛斯特說：「似乎真的就這樣了。」

# 71

## 一九五七年，華盛頓哥倫比亞特區

就這樣了。我們走投無路了。

廉姆看著身旁支援生化人雄壯魁梧的形體。他依舊鎮定冷靜——完全沒有懷疑，也不懂得絕望。

雪少了但雨沒有停，輕輕打在身上。隨著探照燈移動、光線從屋頂到地面甚至這條後巷上不停滑行，黑暗也彷彿有生命四處游移。

「你必須重新設定任務目標。」鮑勃沉聲道。

重新設定任務目標？

廉姆只想冷笑。現在還能做什麼，尤其都離開小軍隊了。再過兩天不到，鮑勃腦袋裡的小炸彈就會引爆，他陷入昏迷、沒有思考，成了不斷流口水的植物人，到時候自己還得像照顧特大號嬰兒一樣找蛋白質和飲水來餵食。但，能夠持續多久？鮑勃不可能撐下去……而且也沒辦法保護他。

「我不知道該怎麼辦，鮑勃，」廉姆低聲說：「你有建議嗎？」

鮑勃沉默一陣。「否定。」

再回去找自由鬥士？

廉姆抿著嘴苦笑。反抗軍心目中的超人——鮑勃隊長——靠著樹幹倒下，拖著一條長長唾液，眼神空無盯著營火。他們會作何反應？這可不是什麼傳奇英雄該有的模樣。

之前他聽過那些人縮在帳篷裡面偷偷談論鮑勃，語氣都很崇敬，真的近似膜拜。其中一個對新成員誇大其詞，提到救援廉姆那次作戰過程裡，他親眼看見鮑勃身體散發出「如同天神」的光芒，單槍匹馬進出囚營竟毫髮無傷、刀槍不入……雲層裡頭有天使的身影不斷看顧。

廉姆不禁懷疑歷史傳奇都是這麼開始的，首先是篝火邊的小故事，一傳十十傳百、父傳子再傳孫子，經過無數加油添醋。

接著他生出一個奇怪念頭。不知道希臘神話特洛伊戰爭中威猛的阿基里斯會不會其實和鮑勃一樣是個生化人，無意之間成了歷史的一部分。還有聖經中的大力士參孫、匈奴王阿提拉、斯巴達王列奧尼達？他很好奇，會不會歷史上不可思議的英雄其實都出自這種時空任務……因為還有其他團隊也在進行時空矯正，總是會留下一些痕跡才對。

在時間留下痕跡。

「你必須重新設定任務目標。」

在時間留下痕跡。

「噢，天吶！」他低語：「痕跡……」

鮑勃沒講話。

「痕跡……」他又說了一次：「鮑勃？」

「待機中。」

「我想我知道怎樣和基地聯絡了。」

「否定。迅子傳遞技術僅限於——」

「噓！」廉姆打斷：「先聽我說。從這裡到紐約要多久？」

# 72

## 二〇〇一年，紐約

麥蒂回神才發覺自己打了瞌睡。聽著後面發電機單調的咚咚聲，她很容易覺得累。睡著時做了夢。

夢中她回到客機、即將墜落，睜開眼卻來到基地，廉姆坐在對面小床上歪著嘴傻笑。麥蒂這才意識到自己很想念廉姆、甚至鮑勃。雖說將不斷重複的星期一、星期二全部加起來，直到遇上這波意外之前幾個人在一起也不過就幾星期時間，但她卻覺得自己好像與大家認識很久了。

所以，很想他們。

半夢半醒間還有另一個片段進入腦海，是佛斯特帶她們去參觀自然歷史博物館。即便以前校外教學就去過，但感受差別很大，不再是無聊的學生呆望玻璃櫃裡面的展覽品，而是真切體會到寶物如何在歷史留下痕跡，往後要肩負保護它們的重責大任，不能讓人隨意篡改……

後來……

麥蒂猛然驚醒。

「我的天！」她低呼。

發電機依舊咚隆咚隆運轉。少女爬下床東張西望，莎莎坐在長桌前瞪著關掉的螢幕。

「佛斯特人呢？」

莎莎指著通往後面房間的浪板滑門：「好像在後頭研究發電機。」

麥蒂趕緊過去拉開門跨入瀰漫臭味的黑暗：「佛斯特！」

手電筒光束甩了過來。咚隆聲裡有腳步聲靠近：「怎麼了？」

「佛斯特，我剛才……想到廉姆可以聯絡我們的方法了。」

「等等，妳說什麼？」老人圈著自己耳朵。「這邊太吵，」他叫道：「出去說吧。」

兩人出來，老人將門關好，發電機聲響又成了揮之不去的背景噪音。

「妳剛才說？」

「廉姆……我覺得廉姆有辦法和我們聯絡。」

佛斯特搖搖頭：「妳也知道鮑勃並沒有回傳粒子束的機能——」

「對，我知道。」她不耐煩打斷：「聽我說……在博物館，自然歷史博物館……」

「那兒怎樣？」

「你帶我們過去的時候，廉姆和我正好一起看了訪客簿，站在那邊聊了起來。」

佛斯特聳肩：「所以？」

「長話短說就是……博物館從成立以來，門口就一直會有訪客簿，而且全部收藏在地下室。印象中從一八不知道多少年就開始了。」

佛斯特忽然瞪大眼睛：「對！」

「去那邊的話——？」

老人點頭：「訪客簿大概還在！」心裡有了希望，他面容一瞬間年輕許多，然而幾秒以後那光彩旋即黯淡。

「可是廉姆並不知道。」

麥蒂笑道：「他知道！因為是門口警衛和我說的，廉姆那時候就站在我旁邊啊！是對著我們兩個人講，既然我記得……？」

佛斯特滿佈皺紋的臉嘴一斜笑了起來：「那他應該也記得。」

「我是這麼認為。」

老人點頭：「對……對，他會記得。他非常聰明。」

「所以，」少女繼續：「他有可能會跑到一九五七年的博物館留言給我們。」

佛斯特點頭：「如此一來就能有回程傳送門所需的精確時間地點。」

「離基地近一點？或許就在紐約這兒？那我們電力會不會就夠用？」

佛斯特瞥向那排LED燈，又一個由紅轉綠。「聽發電機聲音恐怕沒辦法撐多久，油槽快空了。粗估起來，至少也要有十個綠燈。」

「如果有十個燈？」

佛斯特咬著唇沉思片刻：「距離基地比較近的話……也只有幾秒。而且要有精確時間……必須非常非常精確。」兩人目光交會，「但……有可能，至少夠廉姆回來，說不定鮑勃也有機會。」

「那——」她緊張地咬著指甲：「我們是不是得去看看？進博物館試試？」

佛斯特深呼吸：「現在也沒有其他選擇。」

麥蒂覺得手腳顫抖。噢，天吶，我怎麼會有這種提議？她現在才想起外頭世界多麼可怕，不過被困在這個時空直到死去更不舒坦。

佛斯特轉頭對莎莎說：「妳留下來可能好些。麥德琳和我也不會離開太久，只要——」

女孩搖頭：「不……我一起去。」她起身，也深深吸一口氣穩定情緒。「我們是團隊啊？三個人……都是時空行者。」

佛斯特那笑容很有感染力——兩個女孩也莫名地跟著笑了。「我們是最好的團隊，莎莎，」老人說：「是最厲害的。」

莎莎推開椅子、拉上外套拉鏈：「那我們還摸什麼？」

麥蒂點頭：「好樣的。」

「說得好，還摸什麼呢，」佛斯特嘆道：「我這就去拿槍。」

# 73

## 一九五七年，紐約

廉姆隔著車窗望向紐約街頭，褐色與灰色的石造建築物高聳入雲，他得在座位上伏低才能看見頂端。

其中一些他還有印象，是與佛斯特出門逛曼哈頓時就見過的：例如帝國大廈——佛斯特說有一部叫做《金剛》的電影借用這個場景，讓八十呎高的大猩猩爬在上面搖晃。廉姆一直懷疑佛斯特只是逗他的，電影真的出現這種畫面感覺好蠢。

他注意到奎瑪的影響力已經在街道上隨處可見。許多看板上有元首微笑俯瞰眾人的畫像，下面多半附帶文字：「我們前來以和平團結世界」、「團結就是進步」、「我承諾世人一千年沒有戰爭」。

路上還是有軍人駐紮，交通要衝設置檢查哨，士兵攔下行人要求出示證明文件。左右高樓上空有懸浮噴射機巡邏，哈德遜河上動也不動的灰色碟形物體是另一艘巨型指揮飛艇——時時刻刻提醒百姓戰爭已經結束，奎瑪勝出，持續反抗……也是枉然。

廉姆穿著軍服並不自在——衣領太硬，一直覺得脖子發癢。鮑勃的打扮也一樣，是警衛旗隊的黑色制服，鈕釦與肩章則是銀色，左胸口袋繡了隻老鷹，左臂套著有銜尾蛇圖案的紅色臂章。

今天清晨鮑勃設法攔截一輛行經皇后區郊外僻靜道路的德軍福斯水缸車[16]，以手刀俐落處理了上頭的兩名軍官。行動是鮑勃的建議，他說雖有風險但經過計算，當時有平民在場目睹一切，可是紛紛走避不願牽扯其中；運氣不好也許會有人通報，屍體被發現也只是時間早晚問題。

廉姆伸長脖子注視梅塞施密特公司製造的懸浮噴射機，暗忖不知道德軍會不會已經得到消息，正在搜索遭劫的車輛。

無論如何目前很順利，靠著軍服偽裝只有在一個哨點被攔下盤查，靠著鮑勃流利的德語也就過關了。年輕士兵看見兩人衣領上的骷髏頭圖案以後乖乖揮手放行。

已經能看見博物館壯觀的正面就在前方，與上次似乎沒有不同，唯一差別就是正門左右兩根旗杆懸掛鮮紅色旗幟飛舞。那兒很熱鬧，工人搬著箱子進進出出。

「你覺得他們在幹嘛？」

鮑勃瞥了一眼：「不知道。」

水缸車繼續往前，穿過幾個紅綠燈，廉姆也探身瞇眼想看個仔細。「感覺上是要清空。」與路上聽到的消息吻合。

昨天晚上兩人停下來用餐，廉姆點了一盤玉米與培根、鮑勃面無表情吞了不知道什麼煮成的粥和炒蛋。他們一邊吃一邊聽餐館常客小心地低聲對話，看起來是群返家途中的卡車司機或當地勞工，內容提到華盛頓那邊有反抗軍領袖「讓那些納粹敗類逮不著」。

有個坐在板凳上面、戴著舊洋基棒球帽、穿著脫線工作服的人扯開嗓門：「聽說領導那群人的就是喬治·華盛頓的幽靈啊！所以德國佬怎麼打都打不傷他……人家是幽靈嘛，子彈直接穿過去了。」

「才不是什麼幽靈啦，杰布你閉嘴，哪來這麼白癡的故事。」另一人開口：「我聽說那頭子的外號是什麼驚奇隊長之類，好像算是……打過仗的大英雄吧。或許手上有什麼老百姓不知道的祕密兵器也不一定。」

「反正啊，」第三個人加入：「德國佬也緊張了不是嗎？」

一群人竊竊私語附和。

話題轉移到奎瑪近期宣佈要將人類歷史歸零，強迫大家放下種種仇恨、宗教紛爭、宗族歧見……一切都會被清除。相比之下這件事情更引發圍在櫃檯這群人的憤怒。

「他們做夢！」有人叫道：「我們可是和英國開打才有了自己的國家，之後還內戰呢！這些歷史怎麼可能說拿走就拿走，還……一把火就燒光光嗎！」

「我已經偷偷將書藏起來，裡面有給小孩買的百科全書。都放在閣樓，免得遇上德國佬闖進來搜。反正才不會照他們說的全部銷毀。」

「沒道理，」櫃檯後面女侍也說話：「太沒道理了。」

所以博物館大概也依照奎瑪的指示辦理。鮑勃將車駛過十字路口，右轉以後停靠在博物館前方人行道旁，廉姆可以觀察得更清楚。

「噢，糟了，」他低聲說。

⑯ Kübelwagen，因座位設計而得名。

通往大門的階梯前面堆滿了各式各樣文物，包括各種木雕、書本、文件、框畫、家具，還有大大小小的動物肢體標本。看見六名工人從博物館裡抬出一具埃及石棺時廉姆傻眼，藍色、金色的塗料與上古時代的木頭碎塊從寶物下方灑落，在階梯上留下一條髒污。

就在幾名士兵監視下，工人隨手將石棺一放，結果當場裂開，露出裡面皺縮脆弱的法老王木乃伊，硬生生斷成好幾截摔進其他文物中。

十幾碼外擺好幾桶油，士兵已經就定位，聽到命令就灑下去點火。

「天吶……他們真的要全部燒掉。」廉姆低聲驚呼。

「符合邏輯，」鮑勃回答：「奎瑪不希望被未來的時空局探員鎖定。沒有歷史，就沒有參照點。」

「得祈禱他們還沒有對地下室裡的東西出手，」廉姆瞟向鮑勃：「你腦袋還有多久會爆炸？」

鮑勃瞇起冷淡的眼睛：「兩小時五十三分鐘。已經沒有多餘時間。」

廉姆察覺自己從頭到腳顫抖，心裡咒罵自己模樣看起來太像小孩了，希望警衛旗隊的制服氣勢有強大到可以讓工人與士兵都不敢細看、也不敢過問怎麼會有這樣一個小孩能當上高階軍官。

「必須開始行動。」鮑勃沉聲道。

「說得對，」少年緊張地呼了口氣：「鮑勃，你去跟士兵說，我們接到奎瑪直接下令，來這裡監督工作進度。」

「是。」

「還有我們待會兒要檢查地下室。」

「是。」

鮑勃下了車，廉姆跟在後面。

唉……希望行得通。

# 74

## 二〇〇一年，紐約

他們差點沒能找到博物館，因為同樣只是廢墟中的一個空殼。牆壁凹凹凸凸破損嚴重，大理石地板也裂得亂七八糟。

「這兒？你確定？」

佛斯特點點頭：「根據我的判斷……這裡就是以前的博物館。」他抬頭望向無力黯淡的太陽躲在浮雲後，此刻日正當中。「走吧，我們只有半天的陽光。」

三人踏過鋪滿礫石的階梯從大門進去，莎莎發現對街生鏽的車殼後面有張蒼白面孔正在偷窺。

「看！」她低呼：「它們在跟蹤！」

「這可想而知。」佛斯特回答。

「不過它們膽子越來越大，」麥蒂補充：「開槍嚇嚇它們好了。」

佛斯特拿槍對準天空，但轉念又停下來。

「還是算了，子彈留著以備不時之需。」

兩個女孩很不自在，面面相覷。

「好了，我們動作要快。」他說完就領頭踩過凌亂地面進入昏黑空曠的博物館內部。

麥蒂和佛斯特打開各自的手電筒，兩道光束照亮黑暗中各種形狀。鋼筋扭曲、被灰塵覆蓋，正面的木頭大樓梯有很多焦痕。

「本來不是有個很大的恐龍骨頭嗎？」莎莎問。

「博物館大概在核戰之前被清空了。」

「也對。」麥蒂雖然壓低嗓子，但聲音還是在入口大廳迴盪：「假如五七年那時候大家就預期會有核戰，將寶物運送到針對核戰設計的倉庫很合理吧？不知道會不會全部都被搬走，訪客簿還在不在？」

「只能進去看看。門房有沒有說到底收在哪兒？」

「只記得是博物館地下室，好像有檔案庫。」

佛斯特照了照四周，有幾扇門連通博物館其他棟建築。他知道要怎麼走到地下室，這幾年不出任務的時候常常過來拜訪。

「跟我來，前面右手邊的對開門可以下去地下室。」

老人腳步放輕穿過蒙塵的大理石走廊，麥蒂跟在後面。莎莎還在回頭張望自前門射進的光，擔心會有佝僂形影跟著鑽進來。

一回頭，麥蒂和佛斯特居然已經走了十多碼遠。「喂，等等我呀。」她低呼。

佛斯特照亮對開門上褪色的牌子：**地下倉庫限員工進出**。開門的時候門板被瓦礫、垃圾擋住，移動有些吃力。

他頭伸進去，拿著手電筒探查，確定是樓梯以後就用力開了條足夠鑽過去的縫。裡頭的混凝土壁面很光滑。

「來吧。」他說。

麥蒂握著莎莎的手，察覺小女孩發抖近乎無法控制。「嘿，沒事的，莎莎，下去一下子找到東西就上來。」她低聲安撫。

「我……我不要再到地下了……不行。」莎莎說話有氣無力。

不難理解——被圍困、無路可退的感覺真的很糟糕，尤其經歷過地下鐵那次事件。麥蒂自己也不想。

「總不能留妳一個人在上面。走吧，莎莎，我們動作快點就是了。」

莎莎咬牙。

「嗯……好。」

她們慢慢下樓，走到底和佛斯特會合，老人拿著手電筒觀察出了樓梯間以外的地形。地下室很大，而且不像樓上四處是瓦礫石塊，反而鋪滿如同地毯的一層塵埃。對面靠牆有許多架子，但架上除了幾十年的灰塵以外什麼也沒有。

佛斯特轉頭對女孩們說：「什麼也沒有，全部都被搬走了。」

# 75

## 一九五七年，紐約

博物館工人領著鮑勃與廉姆下樓。

「都放在這裡，」他慢條斯理解釋：「其他即將銷毀的文物也一樣。」這人幾乎掩不住語氣中對兩人的怨恨。

下了最後幾級就進入地下室。許多箱子分門別類整齊擺放，數量難以估計，全部靜靜等待被抬出去付之一炬的時刻。

廉姆端詳工人一陣子，忽然覺得很眼熟。他對記憶別人長相頗有一套。

但我怎麼會認識他呢？

「那，」工人表情清楚說著如果能一刀捅死兩人還能脫身他馬上下手：「還有別的事嗎？」

鮑勃繼續演戲，他裝作聽不懂英語，由廉姆出面故意用蹩腳英語溝通。「Ja（德語，同Yes），喔們想看看……房客簿。」

工人眉毛一揚：「你們要看訪客簿？」

「Ja！每錯。」

對方聳聳肩，只覺得奇怪，但仍招手示意兩人跟隨。

穿過高及天花板的層架，沿著走道前進二十碼，工人停下腳步，從角落拉出矮梯跨上去。

「都放在這裡。」他拍了拍紙箱。

「很豪。」廉姆盡量模仿德語那種冷冽口音。

「要我拿下去嗎？」工人又問。

「Ja。哪下來。」

工人將紙箱拖出來的時候灰塵如雨灑落。「全收在這裡頭，從一八六九年就開始。不過……」他語帶輕蔑：「反正等會兒還不是也要燒掉。」

廉姆仰起頭。這工人連聲音也有點耳熟。

很肯定不知道在哪兒見過這人。

年輕工人將紙箱放在地上，取出最上面一本。訪客簿是厚卡紙以皮革裝訂，每一頁都留著參觀民眾的潦草筆跡。最近一天……是八個月前，也就是美國東岸遭到攻擊的時候。

「訪客簿——」他遞給廉姆：「所有人都可以過來簽名、留言。」

少年這下子可想起來在哪兒見過他了。

當時的保全？

他再次打量工人的年輕臉龐，這回仔細看清楚——眉毛底下有一顆心形痣，年紀才二十五、六左右。與自己和麥蒂說話的人已經六十好幾，難道……有血緣關係嗎？

不是血緣啊，傻子。

這種相似度不會看走眼。

根本是同一個人。

廉姆有股衝動想要擁抱對方。這人象徵時空的連結，彼端是他與鮑勃急欲回去的家，簡直能聞到那股熟悉氣味……原本的二〇〇一年紐約在腦海閃過，有種幸福的感覺。

「啊，隨便啦！」廉姆突然脫口而出：「我根本不是什麼納粹鬼子！」

鮑勃好奇地望著他，工人當然也一樣。

「我們兩個都不是。我是愛爾蘭人啦，他……」廉姆指著鮑勃：「反正他也不是德國人。」

工人目瞪口呆，說不定以為遇上什麼奇怪的忠誠度測驗。

「其實我們是從未來來的，要矯正歷史。對吧，鮑勃？」

鮑勃聳肩後說：「正確。」

廉姆咧嘴笑道：「其實我在二〇〇一年見過你。而且啊，你那時候還是在這邊工作，是門口的保全人員，就守著訪客簿。好巧。」

工人瞇起眼睛：「我……我不懂你在說什麼。」

「沒關係你不必懂，你只需要知道──」廉姆抓著他手臂：「我們是來改變現狀的，等處理完了以後就好像德國侵略根本沒有發生過一樣。」

年輕工人聽了表情一變：「等等，你們難不成是反抗軍嗎？」

反抗軍？好主意，比起時空旅行容易解釋得多，對方也樂於接受。廉姆點點頭：「嗯……是啊，被你拆穿了。」

「哎呀你們怎麼不早說呢！我叫山姆．潘尼！」

少年與他握手：「我叫廉姆。」

「呃……那……剛剛你怎麼說什麼我們見過？」

「抱歉，別介意……認錯人了。總之，你能幫忙嗎？」

「當然！當然……能幫的我一定會盡力——」

「先幫我看著樓梯口？有人下來說一聲？」

「好。」

「我們要在這兒待一會兒喔，山姆．潘尼。之後就走了，你能保密吧？別說出去？」

「當然。」工人看看廉姆又看看鮑勃：「不過你們來這兒做什麼？」他表情一變，「是不是要在這兒安裝炸彈什麼的？」

「不，沒那回事。這裡的寶物不會受損，別擔心。我跟你保證。」

「喔……那就好。但是到底——？」

「山姆，這部分我不能說，總之……就是反抗計劃的一部分，這樣可以嗎？請你相信我。」

山姆．潘尼稍微想了想就點頭：「也罷，就這樣。」

「那幫我們把風好嗎？需要一點時間。」

「沒問題。」

廉姆看著他回去樓梯間，然後低頭望向手裡的訪客簿。他轉身問鮑勃：「該寫什麼上去？」

「需要提供準確的地理位置。我會提供誤差一碼內的坐標。此外需要時間標記：年、月、日、時、分。」

「好，但還有一個問題……我們如何確保他們在四十年以後還會找到這本書？這邊的東西好像馬上就要被燒掉了。」

鮑勃眼神空洞：「無法提供建議。」

# 76

## 二〇〇一年，紐約

「什麼都不剩。」麥蒂輕聲說著，手電筒四處照。她聲音越來越無力、越來越氣餒：「我還以為……有一丁點可能——」

「這邊很多架子，」佛斯特說：「應該分頭確認。」

「都空了啊，佛斯特！你不也看到了嗎？如果訪客簿和其他文書類的東西一起收藏在這裡，那也全部都在很久以前就被搬空了。搞不好是倖存者拿去生火呢，又或者是外頭那些鬼東西幹的好事。」

佛斯特板著臉張望：「廉姆很聰明，應該能想到辦法將訪客簿藏在什麼安全地點。」

「哦？但藏在哪裡呢？我們要怎麼找出來？」

「暗號，」莎莎低語。

兩人轉頭看著還站在樓梯口下的女孩。「暗號。」她又說了一遍。

「妳找到暗號了？」

「沒有，還沒真的看見，但那是廉姆會做的事情。假如他真的來過，就會設法留下記號給我們。」女孩臉上漾著希望：「不是嗎？」

佛斯特點頭：「說得沒錯，有些記號就算過了很長時間也不會消失，甚至可以永遠存在。」他走回樓梯口照亮四周，「如果要留記號我個人會挑這附近。來吧，大家一起找。」

兩人依他吩咐開始調查，光束掃過空心磚牆看看混凝土或者角落的管線有沒有被刻上什麼，又或者底下那道雙開門上頭有沒有異樣。她們要找到可以經歷四十八年時間還不會徹底磨滅的訊息。

「拜託，廉姆……」佛斯特喃喃道：「要是你來過，就讓我們看見。」

三人無語找了好幾分鐘，光束在幾面牆壁上來來回回，然後是扶手、門口旁邊的空調管線、接線盒……最後連還安裝在支架上的滅火器也看了，但……什麼都找不到。

麥蒂嘆息：「會不會他有留下記號但是被擦掉了，還是後來重新上過漆，也有可能因為磨損而消失。畢竟過了這麼久，」她無奈搖頭，「說不定他根本就沒有到這兒來，和鮑勃一直留在華盛頓那邊。或者……」接下來的話哽在三個人的沉默之間不必說出。

*或者他們早就死了。*

莎莎頭一垂，髮絲落在雙眼上。「這樣下去是浪費時間，」她咕噥：「永遠也找不到。」

「或許莎莎說得對，」佛斯特點頭：「該考慮趁著外頭還亮先回去。」

女孩盯著自己雙腳，眉頭緊蹙。

「可以明天早上天亮再過來看看，」佛斯特說：「那樣陽光有個八到九小時，比較能在下面慢慢找。更何況，也不知道廉姆會不會將暗號留在樓上大廳。明天時間比較多。」

麥蒂伸手拍拍莎莎肩膀。「嘿，莎莎，佛斯特說得沒錯，我們就明天再來試試看吧。別哭嘛，只不過——」

「我不是在哭。」小女孩輕輕甩開她的手，忽然蹲了下去，攤開手掌按著地板上的塵埃，摸索混凝土地板上的淺痕。

「莎莎？」

「手電筒給我。」她對麥蒂說。

「怎麼了？」

「先給我再說！」女孩叫道。

麥蒂將東西遞過去，好奇地看著小女孩趴在地上將灰泥碎屑吹乾淨，然後將光束打上去以後出現了個小小的凹陷。

「怎麼了？」

「我覺得這是字母……地板上刻了字。」莎莎仔細研究以後將光束斜向打在凹痕上，可以看得更清楚。

佛斯特過去跪在她旁邊：「所以寫了什麼呢，莎莎？」

「看起來像I，還有H……是個箭頭嗎？」

麥蒂也跟著蹲下查看，低呼了一聲：「那不是I，是L，你們仔細看，那一橫有點淺，但還在喔。你們應該看得到才對？」

「我的天，真的。」佛斯特回答。

莎莎手指瞄著另一個字母。「那這個H，」她說：「難道……？」

麥蒂咧嘴一笑：「對，其實是B……沒錯，是B！L和B，就是廉姆和鮑勃啊。」

「太好了！」佛斯特起身顯得疲憊吃力，但臉上掛著小學生一樣的笑容：「他來過！所以——」

「他一定有留言給我們。噢，天吶廉姆！」麥蒂開心大叫：「真是天才！」

莎莎也跳起來，那張臉簡直像是萬聖節的南瓜燈籠。「他們可以回家了！」女孩樂得幾乎尖叫。

佛斯特點頭。「OK，那麼，」他揮揮手要大家先安靜下來：「既然有箭頭……就是要我們進去左轉的意思。」

三人再度踏進地下室，左轉以後看到前面牆壁釘著金屬架子或靠著空櫃。

「都沒東西啊。」麥蒂說。

「可能有別的訊息，」佛斯特說：「繼續檢查地板。」

兩個女孩跪在地上從樓梯口開始地毯式搜索，利用手電筒和指尖想找到下一個凹痕。佛斯特則照亮對開門左邊那堵空心磚牆，以前上了不討喜的薄荷綠油漆，現在樓上漏水於是潮濕剝落。光束照出很多刮痕與凹洞，是幾十年下來不夠小心的搬運工人抬著笨重展品進出時的碰撞。

快啊，廉姆。和我們說說話。

油漆蓋掉一些以前的擦撞痕跡卻又在後來受了損傷，重點是在佛斯特看來大半並非這幾十年內留下的，至少不是這條歷史線上世界滅亡的時期。

他伸手拂過一條彎彎曲曲的弧線凹槽，痕跡不大清楚、不很完整，猜想會不會原本是個字母或數字。抹掉一些細粉以後，痕跡變得更明顯。

他再朝著牆壁吹氣，塵埃捲起一團輕煙，底下那串凹痕是……數字。

是個C。

女孩立刻爬起來走到他身旁，一起盯著混凝土壁面上那模糊的字跡。

「我好像找到了！」

「看起來……是密碼。」

「C……S……P……直線，」莎莎試著判讀：「五、三、七，又一條直線……九、八、一、〇……直線，再來是五、七、九。這是什麼意思？」

佛斯特搖搖頭：「我也不懂。」

「得設法解開暗號，」麥蒂語氣堅定。她退開之後拿著手電筒到處照：「假如這也是廉姆留下的訊息，就一定有什麼意義，而且應該是我們站在這兒就能理解的才對吧？」

「這樣推測很合理。」佛斯特回答。

少女沿著牆壁走了幾碼，燈光照著那些空架子。「可是這邊就是空的啊，」她自言自語很挫折：「什麼也沒有。」

「等一下——」

光線在生鏽的鐵桿上下游移，最後停在一個小小的方形標籤。

她過去拿起來研究，發現是個小金屬框以螺絲固定在鐵桿上。螺絲當然都鏽得快化成灰了。

但是在框裡有一張泛黃、發霉的卡片，上面印了數字，只是模糊得有點難看清。

麥蒂照亮旁邊架子沒找到東西，但再隔壁一架也有同樣的標籤。她急忙跑過去，果然是同樣淺黃色卡片和褪色的數字排列。

「是這裡的歸檔系統！」她大叫：「三個字母，然後是三個、四個、三個的數字串。」

「看來沒錯了。」佛斯特再照亮牆壁。

老人露出微笑。廉姆是告訴我們要找哪個架子。

# 77

## 二〇〇一年，紐約

三人花了將近一小時才找到，因為很多標籤上面數字難以辨識，還有一些卡片不知道多久以前就遺失。

不過就在距離樓梯口兩百碼外對面牆壁底下，麥蒂特地爬上架子，然後找到了對應的標籤。問題是，沒有別的東西。

她拍掉灰塵、也抹去額頭汗珠，身子倚著金屬架。架子輕輕搖晃、吱吱嘎嘎叫著，鐵鏽與塵埃散落。

「空的，」她朝底下對兩人說：「什麼也沒有。」

「一定有什麼。」莎莎語氣不像肯定反倒是哀求。

「但就是空的，很久以前所有東西都清出去了。」

她們氣餒挫折坐了一會兒，喘息聲飄蕩在空曠的地下室裡，不知哪個角落傳出水珠的滴答聲。

「外頭快要天黑了，」佛斯特說：「我們已經盡力了。」

「我不想晚上出去。」莎莎低聲道。

「那我們還是快點走吧。」

麥蒂點點頭：「好吧。」

她蹲下來，一條腿放到架子木板外面，伸手拿起手電筒往旁邊掃過去，光柱裡面許多細微顆粒舞動著朝牆壁飛去，就在那輪光圈內有一塊混凝土磚似乎特別突出。

不。不會吧。

「等一下。」她立刻將腿抽回去，小心翼翼爬過木板，體重盡量放在底下有鐵桿支撐的位置，最後滿懷期望伸手推了那磚頭一下。磚塊發出刺耳刮擦聲，因為回音的關係聽起來就像有人開啟一口石棺。

「妳在上頭找到什麼？」佛斯特應該也聽見了。

「你們一定不信吧？這邊有塊磚頭是鬆開的……我現在要……把它拉開——」

麥蒂緩緩拖出磚塊。因為頗重所以直接滑落在架子上，接著聽到木板承受不住裂開、整個金屬層架嘎嘎作響。

「小心啊，麥蒂！」莎莎叫道。

「我沒事。」

我的天，一定就在這裡。

她壓低身子，手電筒朝牆上一呎寬的洞口照進去，裡面也是塵埃瀰漫。空間不大，兩道牆中間有乾硬的老鼠屎和蜘蛛網。但中間那物體毫無疑問是皮革裝訂的大書本。

噢，天吶。

麥蒂眉鼻一擠，伸手輕輕掐住它，從小洞內拉出來，然後先抹掉眼鏡上的灰塵再用手電筒照亮封面查看。

她咧嘴一笑：「在這裡！我找到了！」

底下莎莎與佛斯特興奮歡呼。

翻開封面和裡面厚重的書頁，「你們覺得廉姆和鮑勃有可能來到這裡的最後日期是？」她問。

「任務開始後六個月鮑勃的電腦就會自動銷毀——距離我們嘗試在華盛頓開傳送門也剩下沒幾天。所以應該是……」

「一九五七年三月五日。」莎莎說。

麥蒂繼續翻頁，不忘留意訪客寫的日期。很多都是前一年，到了一九五六的夏季忽然就中斷。

說不定博物館關閉了。

她找到有文字的最後一頁，簽名的人是潔西卡．赫芬博格。「博物館今天就要關門，敵軍即將佔領這城市。我好想哭。」

頁面上其他地方也是類似的感傷、悲苦、頹喪……他們灰心喪志但已經接受現實，所以最後一次拜訪心愛的博物館。

不過就在那些留言中間的空白處，有人以墨水顏色較淡的另一支筆寫了東西，字跡凌亂，看得出在趕時間……

我和鮑勃很想回家，拜託盡量幫忙。

緯度：40° 42'42.28"N

經度：73° 57'59.75"W

時間：18.00, 05-03-1957

她捧著訪客簿爬過木板，低頭時看到佛斯特和莎莎從下面走道抬起頭滿臉期盼盯著自己。

「找到什麼啦？」佛斯特問。

她撕下那頁，抓著手電筒將雙腿往架子外面放以後跳下去，揚起另一團灰塵。

「他來過！」麥蒂拿起卡紙在面前揮來揮去，說到一半聲音哽咽、渾身顫抖，因為腎上腺素湧起，忍不住大笑起來，笑聲驅散了地下室的寂靜。

「他真的留言啦！」

# 78

## 一九五七年，紐約

鮑勃與廉姆回到樓梯那裡，看到工人山姆很盡責，完全按照自己吩咐守在上面那一層。

「下面處理好了，」廉姆悄悄說：「謝謝你幫忙。」

「那個——」對方望著他們倆：「你們剛才說是要改變現狀，好像一切根本沒有發生過？」

雖然廉姆覺得對方幫了忙，應該要知道全部內情，但現下真的沒時間解釋。

「時間能夠自我矯正，」廉姆笑道：「一切都會回歸該有的狀態，我向你保證。」他伸手拍拍山姆臂膀，「還有啊……」

「怎麼？」

「未來的某一天，我們還會見面。真的。」

山姆．潘尼望著兩人離去背影，搔搔腦袋一頭霧水，無法理解小夥子適才那番話究竟什麼意思，最後懷疑廉姆是不是腦筋不大正常，隨即被別的士兵吼了一聲，要他去幫別人搬走穿堂的大展示櫃準備燒掉。

廉姆與鮑勃穿過博物館正面對開門出去。外頭還是一堆工人在板著面孔的士兵監視下繼續勞動。德軍看見他們兩個就行禮，鮑勃也動作俐落地回應，口裡不忘說上一句「*Heil Kramer*」（奎瑪萬歲）。

前面廣場已經生了大篝火，火舌捲起片片灰燼滿佈天空。走下階梯、穿過廣場朝著街道前進，途中廉姆感受得到熱氣往臉頰撲來，而且在燃燒的古董堆中又看見那口埃及石棺一角突出，底下乾燥的木材與漆料全部烤黑，四千年的歷史在烏煙中剎落消逝。

圍在旁邊的工人看著展品化為烏有神情都很哀傷。廣場前面馬路上也聚集一群平民，大家為古董、珍寶哀悼，感慨國家傳承付之一炬。

抬起頭，廉姆看到不止一條黑煙衝向天際，猜想別處也是同樣狀況，書籍、寶貴畫作、史料、札記等等被人從圖書館、藝廊搬出來以後全燒個精光。而且接下來幾天美國全境各大都市都是同樣光景，再過幾週連小鄉村都無法逃過一劫。歷史遭到徹底清除，從地表消失。

令他有種生理上的嘔吐感。

回到馬路上穿過人群。老百姓看到兩人身上的黑制服都難掩嫌惡。

還好水缸車停在原地，附近也沒有士兵走動要找出劫車歹徒。

鮑勃迅速上車、發動引擎。

「你覺得他們能不能找到暗號？」廉姆上了副駕駛座就問，鮑勃倒車從人群中間穿過，「我們藏得很好，但……會不會藏得太好？」

「約七十九分鐘之後可以得到答案。」

兩人沿著中央公園西面往南，路上很平靜，左右兩側一邊是進入冬天以後凋零的樹木與乾黃的草地、另一邊則是連綿不絕的辦公大樓、路口與紅綠燈。外頭開始下雨了，夾雜著油膩的水滴打在擋風玻璃上，本就無精打采的行人被淋得一身濕。

抛下這個飽受摧殘失去生氣的世界，廉姆並不覺得可惜。準備回家了……希望回得去。

他好奇一九五七年紐約的基地長什麼模樣、是誰在裡頭，或者說有沒有人在裡頭。但更重要的是——不知道兩個女孩和佛斯特現在狀況如何。

# 79

## 二〇〇一年，紐約

三人快步跑下前門階梯時佛斯特就注意到了。不是十幾二十個躲在建築物內的陰暗角落窺伺……而是上百或更多。

鮮肉……消息在它們族群內傳開了。

「噢，天吶！」莎莎驚呼：「太多了吧！」

麥蒂牽著她作勢保護：「佛斯特，快開槍。」

他搖頭：「我不覺得現在靠聲音還能嚇唬它們。」

「但說不定還有很多不知道那把槍能打死它們。」

「唔，它們應該很清楚……否則不會到現在還沒出手。」

出了博物館往南沿著中央公園西側這條路上有太多變種人……簡直成了沒有聲音的遊行。左邊是以前的公園，現在只有荒地上零星幾截燒焦的樹幹和一些早已乾枯的灌木。佛斯特猜想對地獄惡魔來說城市公園的景色應該就是這模樣吧。

好處是場地開闊，變種人沒辦法躲躲藏藏想著偷襲，所以比起繞進堆滿生鏽車輛的小路要來得好一些。

「我們直接穿過公園，」他開口：「對面就是哈德遜河。」之後沿著河堤找到橋，河岸大道也比較空曠，到達威廉斯堡大橋之前只需要注意右手邊，不必擔心被夾攻。

「走吧。」佛斯特帶她們下了樓梯、穿過廣場和扭曲斷裂的欄杆，路口被廢車生鏽的鐵殼佔滿。

傍晚陽光從灰濛濛雲層間落下。他們穿過如同化石的裝飾籬笆到了中央公園內。

「它們跟過來了。」莎莎聲音顫抖。

佛斯特稍稍轉頭，看見變種人是一大群聚集起來才靠近。上百個怪物走在外頭馬路，然後翻過欄杆或鑽過籬笆尾隨。

「嗯，是跟著，但目前還保持距離。」

話雖如此佛斯特也察覺雙方距離逐漸縮短。膽子大一些的變種人和夥伴們拉開幾十碼距離，他懷疑這些就是頭目、或者說酋長，為了鞏固地位所以態度積極。

兩個女孩忍不住加快腳步，兩條腿漫無章法幾乎要慢跑起來，踢起很多泥巴和灰塵。佛斯特守在她們背後。

兩邊距離更近了，變種人群從佝僂碎步變成佝僂疾走，帶頭幾個更是來到僅只三、四十呎內。佛斯特回頭一看，最接近的似乎是男性，比較高、瘦得可怕，頭皮上有幾撮不連續的白毛，屍白色身軀掛著幾條破布。已經聽得見那個變種人的喘息，喉嚨還發出尖銳的抽噎，它很努力試著逼近，但也理所當然地畏懼佛斯特手中黑色金屬物體。或許腦袋忘記了語言，卻遺傳了對這形象的記憶。

槍。

它知道槍管噴出的東西能一瞬間奪走生命。

片刻彷彿延續至永恆——雙方保持隊形不停前進。女孩們帶頭穿越死氣沉沉的公園，佛斯特守在後面幾碼處，但他呼吸越來越沉重，相對而言那些怪物卻追得毫不費力——它們謹慎而緩慢地縮短距離。

「看，可以出去了！」麥蒂大叫。

鴨子池乾涸以後只剩下混凝土地板，鏽蝕的A字形金屬架原本應該是鞦韆。前面有一排焦黑的樹幹與金屬欄杆，過去就是第五大道，沿著公園東側往南北延伸。

五十碼外就有出口，不必停下來翻越欄杆。穿過第五大道，順著東七十二街的廢墟走五、六個路口就到河岸。

*可是它們也最有可能在這裡展開襲擊。*踏過瓦礫碎石、穿過廢氣車輛，變種人終於開始靠近。佛斯特判斷這時候應該再次示範手上霰彈槍有多大威力，於是回頭瞄準最靠近的怪物開火。可憐的變種人發出銳利慘叫以後向後飛出倒地，地上血泊慢慢暈開，它骨頭似的雙腿在半空胡亂揮動。後面跟著的怪物們馬上轉身逃離灰燼覆蓋的公園，像是兔子被農場主人的槍聲嚇跑。

「提醒它們別小看我而已。」

麥蒂點頭。「很好……」但她望向霰彈槍：「剩下十一發？」

佛斯特重新裝填：「嗯。十一發。」

三人趕快沿東七十二街行進，十分鐘以後就到了寬敞的羅斯福雙線道。這條路往南，與哈德遜河平行。

前方是皇后區大橋遺址，橋中央斷掉了。不過順著河水不到四分之三英里外就看得到威廉斯堡大橋的金屬橋柱，對岸有低矮磚造廠房、一根根煙囪與碼頭起重機。

三人找到一張木凳稍事休息，瞭望底下渾濁泥水的同時好好喘口氣。

「過橋……就到家了，」佛斯特呼吸急促。

「你還好嗎？」麥蒂問。

「沒事……有點喘，待會兒就好。」

坐著的時候他們望向走過的路，目前看來那些怪物沒有追來。

「女孩們準備好了嗎？」

她們點頭。

佛斯特領著她們再踏上回程的路。左手邊是大河，右手邊是四線寬、空曠的道路，這種地形令三人安心一些。

又過了十分鐘，他們從一條狹窄磚梯登上威廉斯堡大橋的人行道。病懨懨的夕陽低垂於天幕，即將沉入地平線上支離破碎的建築物輪廓後，水面上一道道深紫色影子射向對面河畔的房舍。

「快到家了，」莎莎低呼：「應該安全了。」她朝麥蒂咧嘴一笑。

橋側步道寬度正好足夠三人並肩疾行，很高的鐵絲網隔開車道，破爛的柏油路面上塞滿古老、生鏽的汽車殘骸。一陣風嗚嗚颳過碎裂的擋風玻璃與座椅，幾十年前瞬間而莫名死去的駕駛們骨骸尚存。大橋就像是個人和車的巨型墳場，空氣中隱隱約約傳來痛苦淒厲的低語。

佛斯特精神專注地前進。再三四分鐘就能過橋，下了階梯轉彎繞進後巷就到了。

出發前他確認過發電機還在運轉。假如出門這段期間燃料尚未用罄、馬達也沒有卡住，推測回去以後就可以立刻啟動時光機。

廉姆在留言內提供了精確的時間，電腦也能透過坐標找到地理位置。如果小夥子考慮周詳，應該挑選了有把握能趕到的開門點才對。

儘管三人很疲累、喘個不停，腳步卻越來越快，想趕快回到對岸那片荒蕪髒亂的廢土。幾分鐘，只要幾分鐘就能安全，而且能夠迎接廉姆與鮑勃——鮑勃那身肌肉無論遇上什麼怪物都能保護大家——所以他們急著趕回去。

要下階梯了，佛斯特暗忖噩夢終於結束。

結果就聽見慘叫。

猛然轉身看見一隻奶白色手臂鑽過鐵絲網的大洞扣住莎莎。

「噢，糟糕！」麥蒂尖叫：「她被抓住了！」

# 80

## 二〇〇一年，紐約

莎莎手腳不停甩動掙扎。「噢，天吶，救——救命！救我！」

佛斯特拿起霰彈槍瞄準，但意識到這個情況下開槍無法不連帶傷及莎莎。麥蒂衝過去又打又踢，想要撥開抓住莎莎的那群變種人。隔著鐵絲網格，佛斯特注意到有六個怪物爭先恐後想要爭奪莎莎。它們站在一輛卡車車頭的頂端，至於鐵網的大洞看來是剛開的，說不定就這半小時內的事情。

是陷阱。

於是他也明白恐怕有另一群變種人早就跑到前面，怪物已經知道三人躲藏何處，也算準了這條橋的人行道是必經之地，所以才會找到這個可以下手的地方開洞……並且埋伏。

又有其他變種人爬上卡車、跳到車頭，握拳擊打鐵絲網啪啪作響，在洞的另一邊張大嘴巴咆哮。

莎莎連腿也被抬起來，整個人就要被拖到洞的另一邊。「救——救命啊！」

麥蒂努力想要掰開扣著莎莎腳踝、兩腿和腰部的那些手指，可是變種人隨即也朝她伸手，粗暴地扯頭髮、拔眼鏡，顯然是想將她也給拖過去。

莎莎一下子就到了車道那邊，只能拚命抓著鐵絲網大洞銳利邊緣不願鬆手。變種人的爪子拍了上去，不顧女孩哭喊想要擰開她的小手。

佛斯特瞄準那群怪物，現在就不必太顧忌會誤傷莎莎，因為鐵絲網格會緩衝大半殺傷力，穿過去的彈丸則會落在群集的怪物身上。

所以他開槍了。

一個變種人從車頂摔落，其他幾個被彈丸打中也發出慘叫，但它們竟然堅持著繼續將莎莎的手指一根一根扒起來，麥蒂氣急敗壞的扭打、叫囂一點用處也沒有。

女孩的手指終於全部鬆開。

佛斯特與女孩目光交會停留了一剎那。那雙眼睛瞪得又圓又大，充滿驚恐不解，口中衝出的那句「不——」刺耳得如同蒸汽火車頭。

變種人合力扛起她好像戰利品。他們迅速跳下卡車擋風玻璃、引擎蓋，落地以後飛竄離去。

麥蒂回頭望向佛斯特，面色蒼白、震驚，一下子還無法相信。

「佛斯特？」她擠出微弱聲音。

「我們——我們得——」

「佛斯特……」少女又開口，但不知道該怎麼接下去。

「麥德琳，來不及了。救不回來的。」老人回答時也努力鎮定情緒，不願思考女孩會有什麼恐怖遭遇。

「得……得趕快追啊。」麥蒂一邊喘息一邊想要鑽到鐵絲網對面。

佛斯特衝上去抓住她手腕：「不行，麥蒂！不能追！」

少女甩開老人手掌。「難道要見死不救嗎！」她尖叫同時兩行淚水滾落髒污臉頰。

佛斯特並非不想跟著衝過去、一路追到底，即使救不了莎莎他也寧願讓那孩子死得快速俐落、少些苦痛。

但現在追上去愚蠢至極。

他終於看清楚了。那些變種人守候多時，早已準備好在這橋上偷襲。對方知道他們快要到家就會失去戒心，也有足夠智能設下這樣一個局。最糟糕的是變種人早就已經鎖定了三人藏匿地點。

「麥德琳！」他朝扭動掙扎的少女大吼：「它們設計好的！這是陷阱啊！」

麥蒂繼續扭打，遠方又傳來莎莎微弱、淒慘的呼救。

她渾身顫抖、忍不住啜泣，肩膀抽搐著說：「莎莎，我來了……我回去救妳！」

佛斯特用力拉住她：「麥蒂，我們必須趕緊回去……兩個人是救不了她的。」

「不能丟下她不管啊！」

老人扣著少女下顎，逼她看著自己眼睛。

「清醒一點！」他罵道：「要是連我們兩個也被捉走……全部都完了！妳懂嗎？世界上所有人……都沒救了！」

# 81

## 一九五七年，紐約

鮑勃將水缸車停到後巷內。廉姆從擋風玻璃望出去，前面就是威廉斯堡大橋底下的磚頭拱道。

「到家了。」廉姆說。

「不正確，」鮑勃回答：「地點相同但時間不同。」

廉姆聳肩。如果到外頭路肩坐著，凝望熟悉的磚牆，他覺得就和到家沒兩樣吧。不過本來的浪板鐵門換成兩片大木門，上頭用油漆畫了洗衣店招牌。木門旁邊有條管線一直朝著涼爽晚風噴出氣體。

鮑勃確認內建時鐘之後說：「距離指定開門時間還有十七分鐘。」

廉姆探頭望向天空，曼哈頓上空還有很多懸浮噴射機兩兩一組巡邏，不知道是否開始搜尋他們行蹤。

「說得對，不能浪費時間。」

他推開車門爬下去，拉好黑色軍服軍帽、盡量壓低帽簷遮住自己太過稚嫩的臉孔。

鮑勃跟過去，兩人踏上人行道。一個垃圾桶翻倒，地上很髒亂。

廉姆敲了木門。焦躁地等待一分鐘以後再敲第二次。半晌後左邊那片門的小窗滑開，一個面色紅潤、穿著白圍裙的東方男性望出來。

「嗯？」他一開始態度還有些不悅，但隨即注意到外頭二人的黑衣與骷髏印記。

廉姆清清喉嚨。「立刻開門讓我們進去。」他裝出上對下的口吻。

「啊？……呃，怎麼回事？」

「我們合理懷疑一名罪犯藏匿在此。」

男人眼睛瞪大：「這裡怎麼會有壞人！」

「立刻讓我們進去，否則就將你們全部逮捕。」

對方眼睛居然還能張更大：「好、好，等一下。」

小窗關上，幾秒鐘以後聽到拉門閂的聲音，接著木門就開了。亞洲男人招手請他們入內。

「你們請進……自己看看吧，這邊哪兒來的什麼罪犯啊。」

廉姆和鮑勃一跨進去馬上有股濕熱空氣迎面而來，拱道頂端掛著幾顆不太亮的燈泡。「你們瞧……哪兒有壞蛋！」亞洲男人語氣漸漸不耐煩。

廉姆東張西望，裡頭昏暗，十幾個男女站在幾個冒著蒸汽的水缸邊拿長柄勺攪動、或者以肥皂刷洗衣物。拱廊懸著許多曬衣繩，上面搭著各種衣服和寢具。

「只是洗衣店，給客人弄乾淨而已！」男人解釋。

「叫你的員工立刻出去。」廉姆吩咐。

華裔男子眼睛微閉：「為什麼要我們出去？」

唔。他還真的沒想到對方會反問，猶豫稍微過頭了沒擠出答案。

結果華裔男子就瞇著眼睛一臉懷疑：「你這年紀也太小了……怎麼可能真的是混帳德軍，只不過偷了制服就想來搶劫吧！」

廉姆目瞪口呆。「呃——」他只能發出這聲音。

對方狠狠一瞪：「想耍我是吧。給我滾出去！」

鮑勃上前替廉姆解圍，毫不遲疑拔槍瞄準男人額頭。

「不是耍你。」

華裔男子臉上的懷疑立刻消失，又瞪大眼睛、恐懼地盯著槍管。

「叫所有人立刻離開這棟建築物，否則就從你開始處理！」鮑勃聲音如雷。

老闆緊張地吞了口口水以後多看槍管一眼，隨即回頭操著粵語大叫。隔著懸掛半空的層層布料，廉姆還是看得到裡頭工人的表情，他們發覺老闆被人拿槍指著都嚇壞了，肥皂和勺子一丟低頭鑽過繩子就朝外頭衝出去。

洗衣店的人都跑了，連木門也關上。拱道內熟悉的昏暗中只剩下廉姆和鮑勃。

生化人又確認了時間：「距離指定開門時間還有七分鐘二十九秒。」

「那距離你腦袋爆炸的時間呢？」

他眼瞼抖了抖：「六十四分鐘三秒。」

廉姆推開濕床單以後找到一張板凳坐上去。「所以要是這次還失敗，你和我只剩下不到一小時時間相處了？」

「正確。」

「要道別的話時間應該算是夠。」

鮑勃好奇抬頭：「你會難過？」

「難過？因為你變成植物人嗎？廢話當然啊！我說你……花了這麼久時間總算言行舉止比較不傻了，跟普通人越來越像，現在炸掉不是很浪費嗎？」少年嘆口氣搖搖頭：「等等，我到底在說什麼呀？其實人類才是真正的笨蛋吧。」

鮑勃聳肩，他不是很明白廉姆到底在咕噥什麼。

廉姆看了笑出聲。*人類才有的動作。*

「剩下六分鐘。」

# 82

## 二〇〇一年，紐約

兩人回到拱道時發電機還發著巨響繼續運轉。佛斯特拍拍圓筒震動而溫熱的頂端稍微安心一些，本來擔憂進門就安安靜靜沒聲音了，這種機器有柴油的時候馬達可能卡住，沒有油的時候就更別提了。

他從後頭回到前面確認時光機充電程度，看起來差不多了，只剩下兩個LED還是紅色，估計起來大約二十分鐘以後有足夠能量可以嘗試開啟傳送門。

啟動電腦、經過開機程序以後執行地理定位軟體，依據泛黃卡紙上褪色墨水字跡輸入坐標。佛斯特低聲禱告，希望廉姆沒有寫錯數字。

螢幕上，系統在地圖鎖定出位置。

「喔……乖孩子！」雖然後門開著、發電機很吵，但他忍不住叫得更大聲：「真是個聰明的孩子！」

麥蒂癱在餐桌旁邊扶手椅上。她抬起頭，語氣疲憊、沮喪，整個人像洩了氣：「什麼……你說什麼，佛斯特？」

「就在這裡！」佛斯特叫道：「他們在這裡！就在拱道裡面！這個坐標……他們也將能量需

求壓到最低了。傳送門就開在這兒，能用最少的電力帶他們兩個一起回來！」

她擠出苦笑。

老人起身過去坐在麥蒂隔壁，順手將後面房門也關上，稍微隔絕了發電機的噪音。聽起來油槽快空了，成為背景的嗡嗡聲。

他垮坐在另一張扶手椅上：「快結束了，麥德琳。」

「對莎莎來說，已經結束了。」

「未必。」

少女望向他：「什麼意思？」

他疲憊地搓搓自己的臉：「時間旅行有很多模糊地帶……沒有辦法精準預測。要是廉姆和鮑勃第二次傳送以後能修正歷史，那有可能……我只是說可能，隨著時空重新排列、變動之後，所有人事物回歸正軌，莎莎也一樣會回到我們身邊。」

麥蒂挺起身子：「你覺得有機會？」

「就……有這個可能性。」

她抓住老人的手。「莎莎太可憐了……」淚珠滾落髒污兩頰，「我不敢想像她會……會──」

「那就別想了。假如她能回來……**假如**……她回來以後，所有的事情也就像是……沒有發生過一樣。莎莎不會記得這幾天的任何一丁點經過，她──」

「佛斯特──」

他說到一半停下來。麥蒂仰著頭、瞇眼睛似乎正在警戒：「你聽見了嗎？」

「什麼？」

「我好像聽到……」

他也聽見了——外頭巷子裡有動靜，瓦礫被踢過覆蓋灰燼的卵石地，不知什麼東西輕輕地刮擦浪板鐵門，甚至敲了敲。

兩人目光交會，知道這代表什麼。

「被發現了是嗎？」麥蒂壓低聲音。

「應該吧。」

從輕敲變成惱火的拍打，嚇得麥蒂縮在椅子上抽噎。

「它們遲早會想出辦法進來。」佛斯特提醒。

「不能現在就開傳送門嗎？」

老人也焦躁地望向機器上那排LED燈號，十一個綠燈……就差最後一個。

「還不行……操之過急會壞了這唯一的一次機會。」

摳抓。他聽見摳抓的摩擦聲。

麥蒂屏住呼吸，那聲音本來細微，但越來越明顯、越來越密集。「它們想幹嘛？」

「不知道。」

其實他知道。

*變種人敲打牆壁想找到結構脆弱的地方。說不定已經摸到鬆動的磚塊，想要將周圍縫隙的灰泥挖掉。*

他又望向LED燈號，盼望最後一個趕快變色。

但是兩個人都聽見了，有塊磚頭摔落地面。「喔，天吶，不！」麥蒂低吼：「他們要拆牆進來！」

佛斯特取了桌子上的霰彈槍，麥蒂也拿起手電筒照牆壁想看清楚變種人在做什麼。她急促的喘息聲在這片恐怖死寂中特別刺耳。

「我……我不要像莎莎那樣被捉走……」

「別擔心。」老人拿著自己的手電筒往牆壁底部確認情況：「我不會讓它們再得逞。我保證。」

光束照亮地板上已經堆積出的一小團灰色粉末。

「在那邊！」

麥蒂也朝那兒照，光線從地上的粉末往上移動，看見了一條髮絲般的裂痕透進外頭明亮，然後一個磚塊輕輕搖晃，更多灰泥碎了以後散落在裡頭。

「啊，天吶……你有沒有看到？」

「看到了。」佛斯特回答之後起身走向那堵牆，槍口瞄準鬆脫的磚塊。又動了，朝內突出、砰一聲砸落。隔著洞口可以看到一隻死魚般的眼睛……於是他開槍。

外頭傳來尖銳哀嚎，接著怒吼此起彼落，然而摳抓聲卻更加激烈，從四面八方傳來。

「天吶，佛斯特！到處都是，它們——」

後面房間傳出聲響，什麼重物落在地板。

「糟糕！」佛斯特失聲叫道：「它們進來了！」老人連忙衝過去，拉上滑門門閂。

「什麼？」

「前面這些只是幌子，它們真正的目標是後面那堵牆。」他與麥蒂對視：「已經在後面了！」

滑門遭到撞擊，金屬浪板並不厚因此立刻變形，固定在舊磚牆的鉸鏈晃動了，磚塊落下鏽紅色的碎屑。

麥蒂尖叫。

又一次重擊、又一個凸起。

「這門挺不了多久。」佛斯特叫道。

「噢，天吶，不行！佛斯特，我不想就這麼死掉！」

他回頭看著LED，詛咒最後一個紅色指示燈。

快點變色！

「如果……如果我們現在開門呢？佛斯特？可以嗎？」

看著浪板滑門出現第三個凸起，磚粉已經灑在自己頭上肩上，隔著門板佛斯特能聽見變種人的吼叫……獵物就在眼前，它們迫不及待。

「佛斯特？快點！快開啟傳送門！」

「好吧……也該差不多了，應該可以吧。」

他將霰彈槍遞給麥蒂，兩人交換位置，讓她也能用體重先壓住門。

「盡量撐住。要是被突破了，還有九發子彈。妳懂吧？」

麥蒂點頭：「懂……七發打它們……還有——」

「嗯。」他苦笑：「兩發留給我們自己。」

怪物再次衝撞滑門，上面的鉸鏈斷裂，砂礫、灰塵灑向麥蒂。

佛斯特在少女手掌緊緊掐了一下以後飛奔到電腦前面，迅速打開時光機的坐標界面，以鍵盤輸入數字。

另一波衝撞，這回中間的鉸鏈從牆壁彈開，砂礫如雨落下。

「佛斯特，快點！**快點！**」

他檢查一遍自己輸入的數字，與廉姆潦草的筆跡做比對。

要是弄錯就完蛋了。

佛斯特按下確認鍵。

# 83

## 一九五七年，紐約

廉姆撥弄硬挺的軍服衣領，覺得被橡樹葉、骷髏頭的刺繡刮得很癢，最後索性解開第一顆鈕釦。

「還要多久？」

鮑勃站在屋內中間，周圍都是掛著亞麻布床單的曬衣繩。他眼睛快速眨動。

「傳送門預定時間已接近，確實剩餘時間為五十七秒鐘。」

廉姆緊張、期待地肚子痛了起來。不到一分鐘就會揭曉了，麥蒂到底記不記得博物館有訪客簿這件事呢？而這個答案決定了廉姆是不是會一輩子被困在這時空裡。

「看見什麼了嗎？」

「否定。尚未出現密度封包探測訊號。」

另一個需要擔心的問題是倘若傳送門真的沒有出現，那麼過不了太久鮑勃就要自毀，而廉姆之後只有自己。他不確定能夠獨立生存下去，什麼時候可能就被穿黑衣服的軍人帶走，再次丟進囚營內。更糟糕的情況是遭到一隊士兵直接處決，因為他偷車、偷制服還殺過德軍。

「十秒。」鮑勃說。

拜託，麥蒂……拜託妳一定要記得訪客簿這件事。

少年起身鑽過曬衣繩走到拱道中間與鮑勃站在一起。

「來了，鮑勃……食指中指交叉吧[17]。」

「為什麼？」

「代表好運啊。」

「為什麼？」

「就……呃……唉，算啦。」

「剩下六秒……五……四……」

廉姆咬緊不停顫抖的牙齒，兩手食指中指牢牢勾好希望多點兒運氣，結果指節都要腫起來了。「拜託……拜託啊，」他喃喃自語。

「三……二……」

來了。

「一……」

什麼也沒發生。

廉姆東張西望，拉開那些床單，擔心是不是被遮住了沒看見。「門呢？」

鮑勃望著他：「傳送門沒有出現。」

---

⑰ 原文 cross your fingers，為代表十字架的驅魔或祈福手勢。

「真的嗎？你確定？」

「傳送門在周圍開啟時我會偵測到迅子。」

因為太緊張了，廉姆發抖這麼久，全身力氣一下子像是浴缸放水般全流了出去，膝蓋支持不住了，趕緊拉了木凳倚上去。

沒希望了。

他抬頭望向生化人。鮑勃動也不動，一張平靜無波的臉也正看著自己。

「距離你銷毀還有多久？」

鮑勃眉毛挑了一下，廉姆覺得自己彷彿看見一絲惆悵……是嗎？「任務計時還剩下五十六分鐘。」

殘餘五十六分鐘的生命。廉姆想像一個人能在五十六分鐘內做些什麼。真的不多，可能喝杯茶、吃點心，又或者好好洗個澡、刮鬍子。

「好遺憾，鮑勃。」他小聲地說：「我覺得還滿喜歡你的。」

鮑勃嚴肅的面孔好像稍微溫和了一些。廉姆很肯定在那身肌肉底下、思維的某個角落，生化人還是存在超越二元邏輯運算的心理能力。

「我……」他低沉的聲音搜尋著不習慣使用的詞彙：「我也覺得遺憾……廉姆．歐康納。」

「我們搭檔還不錯，對不對？」

鮑勃試著擠出莎莎教過的笑臉。這回成功了，不過還是很滑稽。

「是，我們搭——」鮑勃句子說到一半停下來，視線穿過廉姆，然後快速眨眼。又接收到訊號了？

「資訊更新：周圍出現迅子訊號。」鮑勃突然開口。

「是聯絡訊息？」

「否定。」

「重力探測？」

「否定。」

廉姆跳起來鑽過曬衣繩下面：「是傳送門嗎？」

鮑勃轉身抓住曬衣繩用力扯斷，洗好的衣服、床單飄落地面。然後廉姆也看見了——拱道中間景象微微扭曲，一團微光浮動如同水池。球體比起自甘迺迪遇刺那天的回程傳送門要小了許多，卻又比先前在華盛頓失敗的那次大一些。這次小心一點的話至少進得去。

「為什麼這麼小一個？」

「電力依舊不足，或者機器尚未充電完成。」

廉姆還是很興奮地想要進去。

「注意：必須全身進入球體內，未進入球體的身體部分在傳送過程中將被留下。」

少年趕緊壓低身子讓整個人被光暈包覆，但光球實在有些低矮。等他塞進去了，鮑勃跟過去，一樣伏低身子，並以粗壯手臂摟住廉姆，避免他不慎滑出。

「不要亂動。」鮑勃提醒。

一轉眼又彷彿腳下地面被抽離，兩個人墜進虛空。

## 二〇〇一年，紐約

腳踏上又冷又硬的混凝土，觸感很熟悉，地面沾了油污。首先注意到的是拱道裡面好暗，再來是麥蒂口裡大聲咆哮，卻隨即被幾碼外霰彈槍發射的震耳聲響蓋過去。

廉姆抬頭看見麥蒂蹲在地上，手裡霰彈槍冒著煙，一個乍看像是骨頭人的東西像個娃娃被轟到牆壁上。但還有好多，是一群穿著破爛衣服的骷髏，從拱道後側房間湧出。它們伸出爪子般的手想要抓住少女。房間另一邊，佛斯特從電腦前面起身想要過去幫忙。

鮑勃反應快得多，瞬間站起來如獵鷹衝到麥蒂身旁，壯碩肌肉朝著逼近的怪物猛烈攻擊，打斷它們的骨骼與肌肉。

生化人扣住一個怪物的腦袋手腕驟然扭轉，怪物旋即像布娃娃軟在地上。

霰彈槍再次響起，又一個骷髏人大字形彈向牆壁。

廉姆驚覺自己沒幫上忙，也想起身上有把手槍，趕緊從腰間摸了出來，盡力握穩之後朝著手電筒光束照耀出的扭纏肢體瞄準敵人。

他朝那團亂開了一槍，結果卻是鮑勃左肩爆出一陣鮮紅。生化人回頭瞪著他低吼。

「喔，Jayzus！對不起！」

鮑勃回頭繼續戰鬥，拆了一個怪物的手臂拿來當作棒子揮打。變種人慘叫的音調很尖銳，聽起來會以為是驚慌失措的小孩。它們匆匆撤退到門後，從進來的洞口逃出去。

生化人追進去，然後是一連串衝撞、沉重塑膠玻璃管在地上滾動，以及更多的哀嚎聲從裡頭傳來。廉姆過去與麥蒂、佛斯特會合。

「怎麼回事呀？」

佛斯特看著他：「很糟糕，廉姆。狀況非常糟。」

少年朝著麥蒂伸手，她還坐在地上張大眼睛一臉驚惶。

「妳還好嗎，麥蒂？有沒有受傷？」

她視線在地上那些扭曲屍體停留一陣後回到廉姆臉上，可是卻眼神恍惚好像不認得他。

「是我啊！廉姆！」

少女瞇起眼睛，目光稍微亮了起來。認出那張面孔之後……她情緒逐漸穩定，嘴巴張開又合上、張開又合上。「喔，天吶，」最後麥蒂好不容易擠出聲音：「天吶……我還以為會……那些怪物……會——」

佛斯特輕輕摟著麥蒂。「噓……沒事了，他們回來了，兩個人都回來了。不要擔心。」

後面的扭打告一段落。鮑勃走出來，臉上沾滿暗紅色血滴，警衛旗隊制服好幾處裂開也濕了大半。

「資訊提示：基地安全已確保。」他煞有其事地說。

不過廉姆注意到少了個人。

「莎莎呢？」

# 84

## 一九五七年，華盛頓哥倫比亞特區上空指揮艇內

保羅・奎瑪一個人坐在實驗室。真的只剩下自己。

卡爾死了。其他人也死了。薩盧、史蒂芬、魯迪、迪特……

記憶中還有其他面孔，卻已經想不起名字。

我是最後一個。

視線從大腿移到雜亂的地板，許多粗厚纜線朝著原子彈外殼蜿蜒，纏繞著裡面的小鐵絲籠。

靠你了，小朋友。

奎瑪手上有個簡單開關，隨隨便便與精細的裝置連結：一條焊得不牢的紅色電線接在開關與湊合出來的瓦德斯坦轉移場生成籠之間。他的拇指輕輕擱在掣鈕頂端。

奎瑪覺得好累，累得不可思議。已經整整一星期沒有闔眼休息，從處決卡爾之後就沒睡過。假如有勇氣，現在就可以啟動裝置，剎那間就能與他們團聚。

卡爾的副官和好幾位侵略部隊高階將官後來一而再再而三陳情要求謁見。國政問題堆積如山、百廢待舉，還有大量文書需要他簽署。

但是此時此刻奎瑪什麼也無法面對。

也睡不著。一閉上眼睛他就會看見那些噩夢。來刺殺自己的人並不是什麼未來警察，而是地獄裡面晦暗不定形的存在體……那些妖魔渴求他的魂魄，準備將他拉進時空的裂縫中永恆囚禁，只因為凡人本就不該踏進那個次元，無論停留時間多麼短暫。

「永遠……烈火焚身……」他低聲告訴自己。

拇指在掣鈕上游移。

保羅，時間到了。

「你回來了，」他語氣平板。內心深處的聲音消失了好幾天，保羅以為自己遭到捨棄。

我從未離去。

「還以為得孤伶伶地死呢。」

不，你和我一起面對命運。

奎瑪的手輕輕在掣鈕上出力。

再用力一點就好，保羅……對那開關多施一盎司的力氣……這世界上所有生命就得到解放。

他淒然一笑，在這結局裡面感受到詩意——成就了新歷史、新世界，然後親手毀掉一切。就像小孩子堆了沙堡，卻又任性地踐踏搗毀。

這就對了。我們做到了很多，對吧？

掣鈕動了……世界陷入純粹的白。

# 85

## 二〇〇一年，紐約

兩人站在鐵捲門外後巷內望著化為廢墟的城市，佛斯特將基地這邊的近況告知廉姆。

「我的天，」少年低聲問：「你覺得這世界究竟怎麼了？」

「目前猜測是核子戰爭之類的事件，」佛斯特回答：「我本來以為你們會有比較多情報。」

「我也不知道。」廉姆說：「奎瑪的大軍已經征服美國，沒有聽說其他地方有戰爭。他是還有俄羅斯與中國要對付……但是我們回來之前都沒有開戰。」

佛斯特聳聳肩：「事情應該在你們離開之後不久就發生，也許是奎瑪自己挑起核子大戰，現在誰也沒法確定。」他露出鼓勵的笑容，「只要將源頭解決了，就算不知道這是怎麼回事也無所謂，畢竟……」

「畢竟後面的事情都不會發生。」廉姆接著說。

老人欣慰地拍拍他手臂：「小夥子你學得很快。」

他們回去裡面、放下鐵門，鮑勃忙著盡量將牆壁補好、清出變種人的遺體。

兩人去桌邊陪麥蒂。少女捧著一杯咖啡靜靜坐著，看得出驚恐尚未完全平復。

「佛斯特，你說有可能把莎莎救回來？只要讓時間自己修復？」

老人聳肩：「我必須說那只是一個可能性，廉姆。無數可能性中的一個。」

廉姆拿了馬克杯倒些溫咖啡喝：「現在她不知去向，但不能肯定已經死了？」

佛斯特嘆息：「只能這麼期望。無論她得經歷什麼……」老人疲憊搖頭，視線與麥蒂短暫接觸，「我希望一切就那麼結束了，她才不必持續受苦。」

「要是我們修正歷史，她也真的回來了……會記得嗎？」

佛斯特搖頭：「我不想讓你們期望過高。就算成功復原歷史，她也可能就這麼消失不見，沒有人能保證什麼。」

「她那時候……真的很害怕。」麥蒂低語：「我親眼看著她被抬走。我……我……我看著她眼睛，但是——」

「妳也無能為力。」佛斯特又嘆氣：「妳什麼辦法也沒有。要是我不拉住妳，妳衝過去只會落得和她同樣下場。」

「她還那麼小！」麥蒂怒吼：「還沒長大！我就說應該要去救她啊！」

「去救她只是多賠上我們兩條命。」老人柔聲回答：「麥德琳，我也很難過，真的。但，除了面對現實之外沒有別條路。」他轉頭看著廉姆，「現在重點只有一個、唯一的一個，那就是矯正時間線。真的是一切都取決在我們能不能成功了。」

廉姆與麥蒂靜靜思考一陣以後點頭。他們明白佛斯特說得沒錯。

「那麼，廉姆，你說已經鎖定了歷史變化的可能起點是嗎？」

「沒錯，寫在那個叫做希特勒的人的第二本書裡頭。」

「在正確的歷史上，阿道夫．希特勒寫了《我的奮鬥》，時間應該是……一九二五？然後一九四五年就飲彈自盡，根本沒有再寫書。」

「對。」廉姆回答：「可是我們回到的過去，希特勒後來還活著，所以出了第二本書。他很快就被人拉下臺，那個奎瑪變成新元首。」

「好。總之在第二本書裡……？」

「有一章他形容自己得到天啟，是天使降臨，而且這一章特別有名。希特勒沒有明確提及奎瑪這個名字，但大家都認為他所謂的『守護天使』、『上帝啟示』其實就是說奎瑪這個人。」

「還有呢？」

「我在俘虜營裡面聽說滿多關於奎瑪的事情。他非常神祕，從一片樹林裡頭忽然出現，沒有人知道他的身家背景和童年環境，完完全全就是一個謎。一九四一年阻止希特勒攻打俄羅斯就是他的功績，後來還發明了大半的現代兵器協助德國打勝仗，所以他們才能在幾個星期之內輕輕鬆鬆就攻下美國。

「子民崇拜他，將他當成天神。我覺得他自己也在鼓勵這種思想，塑造自己異於常人的形象。直到對美國開戰之前，他是那個時代最多人研究的對象，好幾百本書都以奎瑪為主題……大家都想知道他究竟是誰、從哪裡來的。」

「那你記不記得希特勒究竟何時、何地初次與奎瑪見面？」

「記得，」廉姆說：「一個叫做華萊士的人告訴我了，只要他沒記錯……但總而言之我能說出時間地點。」

佛斯特沉默思考片刻：「所以奎瑪就是我們的目標。目前可以假設他是未來的愚蠢技術人員，想出回到過去征服世界這種手段。總是會有人想要對歷史的關鍵時刻下手……來創造屬於自己的新世界。」

「應該是吧。」

「廉姆，你明白自己該怎麼做嗎？」

「找到他，然後……？」

「然後殺死他。處決他。不能讓他見到希特勒……不能給他任何一點點影響歷史的機會。」

「明白了。」

「好，那就給我詳細的時間地點吧。」

# 86

## 二〇〇一年，紐約

廉姆看著空的塑膠玻璃圓柱：「裡面沒有水了。」

「現在沒有供水，所以這次你不會濕。」

「嗯……那還要爬進大管子嗎？」

佛斯特搖頭：「我直接在地板上開啟傳送門，這代表混凝土地板多多少少會被吸進去一些……但在這節骨眼上不能計較。」

「你不是說過，絕對不能有東西一起回到過去？」

「沒錯，時間污染可能性越低越好。但，你自己看看，現在這情況我們還能怎麼辦呢？沒有自來水啊。而且……我很懷疑有沒有足夠電力能讓三十加侖的水跟著你們兩個一起傳送走。」

他轉頭看著儀表板：「時間設定在一九四一年四月十五日，地理坐標則是上薩爾茲堡道路旁邊的森林，希特勒一處行館就在附近。也只有那一條路可以進去。」

老人又望向廉姆和鮑勃：「對奎瑪來說也是唯一一條路。我目前猜測他可能以賓客身分到訪，或許設法拉攏了納粹的將軍或官員，並且說服希特勒接見。」

「但他會不會傳送到希特勒在的建築物裡面？直接面對面？」

佛斯特搖搖頭：「換作是我不會那麼做。遇上衛兵怎麼辦？一定就地擊斃。不大可能才對。」他搔搔一星期沒刮的灰白色鬍子，「比較保險的做法是從僻靜的地方出來，經由正式管道進去——我個人會這麼做——能用的籌碼很多，像是隱藏的財寶、關於敵軍的情報等等……只要能唬住納粹高層就行。」

他又看著儀表板：「你之前提到希特勒在書裡面說那個天啟降臨時刻是晚上九點半，所以我將時間坐標設定為八點半，提早了一個鐘頭。假設奎瑪安排與希特勒會晤，理所當然是準時露面，他們大概就是約定在九點半。然而奎瑪應當是提早抵達，才有時間通過那時代的安檢程序。」

「要是我們沒找到他？」

「沒能攔截奎瑪，」佛斯特嘆氣：「那就錯過機會。」

「怎麼辦？」

老人搖頭：「就無計可施了，歷史保持現在這個狀態，除非發生奇蹟。」

「我們會被困在一九四一年，是嗎？」

「是，廉姆。而我與麥蒂會被困在這裡。」

幾個人面面相覷。廉姆明白這意思是他們兩個下場遠比自己悲慘。「外頭那些怪物……？」

佛斯特揮揮手苦笑：「現在先別管它們了吧？」

麥蒂穿過地上那堆纜線走過來拉起廉姆手臂，她紅著眼眶說：「你就盡力逮到他，懂嗎？」

他點點頭。

麥蒂又抬頭看著支援生化人：「我已經將上薩爾茲堡及周邊地區的歷史資訊全部存進鮑勃的硬碟。」

鮑勃身子微震：「已確認。」

「假如……假如……廉姆你們行動成功，」佛斯特又說：「歷史經過校正之後，基地這裡應該能回復電力，當然也就能夠傳送回來了。回程傳送門設定在同樣地理坐標，時間是九點半，第一次備案是十點半、第二次是二十四小時後，懂嗎？」

「懂。」廉姆回答。

「要是真的失敗，」佛斯特朝他走近：「真的沒能得手，孩子你也別隨便賭命，知道嗎？」他搭著廉姆肩膀，「想辦法活下去。前六個月有鮑勃幫你，盡可能找出生存之道……好好度過餘生。」

「你們兩個呢？」

佛斯特掐掐麥蒂的手：「別擔心，廉姆。我們之前就做好安排了。」

麥蒂點頭，朝他淺淺一笑：「對。」

四人默默望著彼此好一陣，心裡理解了這次作戰意義有多深遠。只有這麼一次機會使世界回復原狀。

少女又抬頭看著鮑勃。生化人還穿著染血的警衛旗隊軍服並且立正站好。「啊，還真適合你，」她輕輕捶了鮑勃胸口一下：「大猩猩，照顧好廉姆哦。」

「已確認。」

她笑了笑，眼睛閃著淚光。

「廉姆你也是，要平安回來哦？」

他點頭：「計劃內。」

# 87

## 一九四一年，上薩爾茲堡郊區森林

再度墜落。穿越黑暗虛空。

廉姆才剛開始思考自己最後會不會習慣這種反胃感，馬上就整個人栽進高及腰部的積雪內。

「哼，好極了！」

他四下張望，周圍很多披著白雪的松木在皎潔月光下閃耀得像是螢光藍。冷杉樹枝被雪的重量壓得下垂。

身上只有薄薄一層制服，他開始顫抖。「Jayzus，也太太太——冷了。」廉姆一開口就冒出團團白煙：「還好這次不是只有濕內褲。但話說回來這樣子真的不會造成時間污染嗎？」

「目前污染還在可接受範圍。」鮑勃回答：「而且可以將衣服帶回去。」他行走到一半停下來，讀取硬碟內資料後說：「兩百碼外道路連接鷹巢。」

「嗯。」

「行動建議：嘗試獲取更好的武器，以及適當的服裝、偽裝。」

廉姆聽到服裝兩個字很用力點頭。

生化人帶頭推擠過森林裡的灌木叢，雪粉從低矮枝頭灑在兩人身上。他們靜靜在林子裡移動，直到廉姆終於看見一條窄路，有人定期鏟開積雪保持暢通。

鮑勃蹲下來觀察周圍情況，廉姆照著做。前面其實只是一條泥巴路，沿著山坡緩緩上升，五十碼外有間警衛小屋的泛光燈轉來轉去，前後堆了沙包以及伸縮柵欄封鎖出入。廉姆忍不住竊喜。

這些東西攔不住鮑勃。

「要是你把衛兵收拾掉，」廉姆說：「就可以在那裡等奎瑪上門。」

鮑勃點頭：「肯定。計劃完善。我——」

他忽然停下來。

「鮑勃？怎麼了？」

「偵測到周圍出現迅子波動。」生化人的灰色眼珠瞥向廉姆：「附近出現時空傳送門。」

「什麼？該不會我們過來的傳送門還沒全關上？」

「不是我們。」

廉姆掃視樹林：「你說在附近？」

「極為靠近，三百碼內。」

看來佛斯特猜錯了。叫做奎瑪的人並不是早就抵達一九四一、經過縝密安排才與希特勒見到面。他才剛到。

「偵測到大數量粒子衰竭。」

「意思是？」

「一個巨大傳送門，或許多小型傳送門。」

廉姆咬著唇幾秒想通了：「也就是說奎瑪不是一個人過來，對吧？」

緊接著就聽到樹林裡面的動靜：一開始很細微，只是雪被撥開、還有衣物和裝備的刮擦聲，後來有幾句耳語。重點是，聲音朝著兩人靠近。

「行動建議：先藏匿蹤跡。」

廉姆看了看昏暗的四周，但月光明亮，只要沒被白雪覆蓋就會顯得突兀。若不能迅速將自己埋進積雪內，很快就會被對方發現。他抬起頭觀察身旁這棵大樹。

「上去吧，」他指著：「躲到樹上。」

鮑勃點頭，毫不遲疑揪著廉姆放到最低的樹枝，接著自己以媲美體操選手的雙槓動作攀上去，不過樹枝被他的體重壓得嘎嘎叫，令人有些擔心。

聲音越來越接近、越來越明顯，於是廉姆看得見人影了，他們腳步顯露疲態，從樹木後頭緩緩現身，踩在雪地反光上面的動作十分小心。最後——非常不可思議地——對方竟然就停在兩人藏身的樹下。

他們蹲著觀察外頭那條路，和鮑勃方才的行動一模一樣。過了不久能聽見細微說話聲。

「就是這兒了，卡爾。就在這裡，希特勒的冬季隱居地！」這個嗓音廉姆隱隱約約覺得熟悉，仔細一想原來腔調語氣和囚營內沒完沒了的廣播相同。

奎瑪？

另一個聲音：「*Der Kehlsteinhaus*——鷹巢。不過看起來守備不算很嚴密。」這人講話節奏俐落，而且帶有別國口音。

兩人聲音壓低，廉姆豎起耳朵想聽清楚，不過奎瑪忽然又提高音量：「再上去一些，大概幾百碼距離，還有旗隊營房，裡面有四五百人。旗隊成員都願意為領袖犧牲生命，所以你們動作必須非常迅速。開了第一槍以後就會觸發警報，整個軍營都會動起來。」

音量又變小，另一人含糊地答應。

廉姆回頭看著鮑勃，生化人平衡感完美，像貓頭鷹歇息在樹梢監視一群鼠輩，隨時能俯衝獵殺。

「全員注意，準備作戰，進入夜視模式。」另一人發著氣聲下令，廉姆注意到底下所有人一個一個臉上開始閃爍怪異綠光，仔細看了之後發現是護目鏡造成。

「奎瑪博士？」士兵裡頭冒出悄悄話。

果然是奎瑪！廉姆心頭一震。

「魯迪，有事嗎？」

「我們今天晚上真的可以見到阿道夫．希特勒本人？」腔調非常重。

「是呀，魯迪，會見到的。大家聽好——」奎瑪稍稍放大音量要每個人都聽見：「我們即將攜手改寫歷史。」

鮑勃輕觸廉姆手臂。距離太近了交談會被發現，所以他只好以手勢溝通，這動作的意思不可能誤會……

我準備好了。

廉姆焦慮之中吞下口水，又恐懼得想要嘔吐，但他咬牙點頭。

動手。

# 88

## 一九四一年，上薩爾茲堡郊區森林

鮑勃無聲無息飛降在底下那群人頭頂。廉姆聽見他魁梧身軀造成的衝撞，還有絕對是骨頭折斷的喀擦聲。

一片混亂。

警戒和困惑的驚呼此起彼落。大男人們扭打的畫面被消音槍枝噴出的火光照亮，像是一格一格呈現的電影。鮑勃一手持著染紅的短刀劃過敵人胸膛、另一手硬生生再扭斷某人頸部。又是好幾次手槍槍口的閃光，還加上了消音步槍的悶響。短暫明亮中可以看見地上已經倒了四個人，鮮血在積雪上擴散。鮑勃以驚人速度再收拾掉一個，殘存的十幾人擺脫驚恐回身之後立刻舉槍圍攻。

*得幫忙他才成。*

廉姆抽出手槍瞄準昏暗中的人影輪廓——對方最靠近，而且看起來正要開槍。他扣下扳機，槍聲刺耳、震撼整片樹林，想必也會引起道路彼端那群警衛旗隊的注意。

下面那男人哀嚎以後抓著大腿跪下。

*天吶，我居然真的打中了！*

廉姆隨即意識到自己暴露行蹤，不能繼續躲在枝頭隔岸觀火。皺眉咬牙以後索性也跳進戰場，重重踏在一名死者身上，周圍傳來各種呼喊、十多人喘息，有人操著德語吼叫下令，也有腔調很重的英語和其他一兩種語言。

「那邊……快開槍！」

「打！快打！」

「舒瓦茲讓開！」

機槍發出一連串被消音器壓抑的噠噠噠，火光照亮樹林，廉姆看見鮑勃胸口中了五六槍，黑色制服迸裂、噴出黑紅色血液。

尚不足以制止他行動。生化人剎那間就到了操作機槍那人面前，刀子一閃斷了對方咽喉。另外一人朝鮑勃連射，他背後中彈，軍服碎片隨著血花在空中飛舞。

廉姆對準敵人趕緊開了幾槍，不過只打中雪地。

鮑勃撲了過去，刀刃一扭插進敵人身體。然而生化人的動作顯然慢下來了，儘管戰鬥力依舊遠勝常人，卻無法再像是猛獸一樣四處亂竄。現在的鮑勃如同遭到圍困、精疲力竭的巨獸，氣力逐漸流失，血肉之軀因為無數傷口再難支撐下去。

下一波槍聲乍聽之下好像拐杖敲打木圍籬。鮑勃被打得退了好幾步。

「Scheiße! Töten Sie ihn!」（該死！快殺掉他！）

又一輪射擊抑制鮑勃行動。

他跪下來搖晃一陣，最後面朝前倒在雪地上。

手電筒光束射向廉姆，他機靈地丟下手槍高舉雙手。「別開槍！拜——拜託！」

光線打上他的臉，廉姆什麼也看不見。「跪下！」

他只能兩腿一彎乖乖跪下去。

「你他媽的究竟是誰？」

「我……我叫做廉姆。」

「誰派你來的？」

時空局沒有正式名稱，至少佛斯特還沒有告訴他。「我……我是未來派來的特工。」

光束朝下離開他的臉。廉姆趁這機會觀察，知道只剩下四個人了。拿著手電筒的男子又開口。

「未來來的？也太快了吧？」奎瑪開口，語氣苦澀，那股憤恨情緒想必來自於自己改變歷史的計劃竟然才出發幾分鐘內就遭到攔截。

廉姆很清楚自己或許只剩下幾分鐘……甚至幾秒鐘性命。

「怎麼可能呢，瓦德斯坦留下來的是唯一一臺時光機，」奎瑪氣沖沖道。

得引誘他繼續說話，廉姆。和他聊下去。

「不，奎瑪，你錯了。我工作的那邊也有時光機，而我們要保護歷史。」

奎瑪朝他跨出一步。「為什麼？」他惱怒搖頭：「為什麼呢？我們來自一個……瀕臨死亡的世界啊。污染和人口過剩即將扼殺這顆星球，資源所剩無幾，人類以外的物種大半都滅絕了。」

他蹲在廉姆面前，「這樣子的未來怎麼還會有人想要保護？」

廉姆抬起頭望向奎瑪，從那沉痛神情發現這男人可能真的不是因為貪婪、因為渴求權力才想改變歷史，他的初衷良善。「為什麼要保護那種未來？」奎瑪又問了一遍。

「我……我看見你創造的未來了。」廉姆回答：「親眼看見的。那……那裡只有灰燼和……廢墟。」

奎瑪瞇起眼睛：「你說什麼？」

「你最後做了一件可怕的事情，結果毀掉這世界……什麼也不剩。你說的未來或許很糟糕，但你創造的未來卻更悲慘。」

旁邊三人之一走到奎瑪身旁。「我們回來是要建立更好的世界，」他語氣堅定：「並不是要毀掉它。」

口音很重，是叫做卡爾的那個人。

廉姆搖頭：「問題就在於……不知道為什麼，你們最後卻毀滅了世界。在某個環節出了錯，那個錯誤導致……」

佛斯特說什麼來著？

「……導致……核子戰爭。所以什麼也不剩。」廉姆視線在他們四人臉上來回：「上帝保佑，我看見人類變成什麼德行了。可怕的吃人怪物……他們靠自相殘殺、拿彼此當食物活下去。」

卡爾瞪大眼睛，有一瞬間陷入迷惘失落。

「要是真的有地獄，那就是了……而且是我親眼所見。」廉姆說：「正因為你們的行動，才造就了那種後果。」

「保羅？」卡爾轉頭：「保羅？有這種可能嗎？」

奎瑪搖頭，視線掃過廉姆臉龐，想看穿他心思。

但是遠方傳來警笛聲。廉姆的手槍沒有消音，一定會驚動希特勒的警衛旗隊，他們會全軍出動搜索這片樹林。

「你說你是親眼看見？」奎瑪問。

廉姆點頭：「我寧可死在這裡……也不要回到那種世界。」

說話時散出的白霧在兩人間飄散，在手電筒光束下彷彿無法捉摸的縷縷幽魂。

「保羅，」卡爾說：「他一定是騙你的。」

奎瑪臉上五味雜陳、充滿矛盾情緒。遠方除了警笛之外還多了獵犬吠叫，人聲也逐步逼近。

最後奎瑪搖搖頭，那神情、那惆悵目光都透露出混沌內心已經做出決定。

但廉姆無從得知。

一串消音後的槍擊劃破周圍寧靜。奎瑪身上極地迷彩服爆出血花，他應聲倒地。

卡爾與存活兩人一轉身立刻對鮑勃開火。生化人大字形躺在地上，左手搶了敵人的機槍。三人的子彈大半沒命中，打在地面揚起漫天雪。可是鮑勃每一槍都如外科手術精準，於是又多了三具屍體。

「鮑勃！」廉姆喘著氣手腳並用爬過雪地，地面被血漆成如夜一樣的黑紅。

「鮑勃……我還以為你死了。」

但近距離一看，生化人確實在胸口與腹部都有太多傷口，不可能活多久。

「資訊……」他嘴角噴出一團血。

「噓……別說話了，鮑勃。」廉姆低聲哄著，將生化人的頭抱在大腿。經過六個月，鮑勃粗硬的頭髮已經長得可以塞進拳頭。頭部也有傷口，摸起來濕濕滑滑。

他灰色眼睛不停眨動，似乎在整理硬碟內容——重組與壓縮。

「鮑勃？」

生化人眼神清醒、注視廉姆。「優先項目：摧毀武器……摧毀先進武器科技。」

「嗯……嗯，我知道。」

「收集武器……以手榴彈銷毀。」他說完指著旁邊地上一個裝備包：「裡面有手榴彈，一個……就可以引爆全部。」

廉姆點頭，發現自己臉頰都是淚水。居然為了一臺壞掉的機器哭得唏哩嘩啦。

「鮑勃……我——」

「安靜聽我說！」

外面越來越吵，數十人喊叫、放獵犬出來搜捕，一段距離外看得到燈光晃動。山丘上希特勒行宮那邊泛光燈打亮夜空。

一下子整片丘陵活了起來。

「優先事項二：廉姆．歐康納，你必須離開，不能被敵人俘擄。躲藏，等待回程傳送門或備用傳送門。立刻離開。」

「那先用力，我扶你起來！總不能放著你——」

「否定。必須啟動自我銷毀程序。」

「不，別那麼做，鮑勃！我叫你別那麼做！」

鮑勃噴出更多血。「優先事項三：支援單位不可落入——」

「住手！你瘋了嗎，一定有方法逃走的……你趕快起來就好啊，傻大個！」

「否定。你必須立刻離開。現在就離開。」

「鮑勃……你不能先閉嘴一下嗎？」

「離開！離開！」

「鮑勃！夠了……你沒必要銷毀啊！我來！讓我來！」

他東張西望以後找到需要的東西。

# 89

## 二〇〇一年，紐約

一片死寂……剩下失去生氣的風吹拂眼前的荒蕪。曾經叫做時代廣場的地方周圍林立生鏽殘破的金屬高塔，上頭掛著一塊塊碎裂的混凝土。

街燈上早已變色的招牌被吹得轉來轉去、嘎嘎作響，附近百葉窗也晃蕩不止、叮叮咚咚。病懨懨的黃色太陽鑽到因輻射變成褐色的雲朵後面，灑在塵土上的光芒慘白無力。傾頹焦黑的建築物內有一雙雙饑渴的乳白色眼珠正在尋找為數不多的食糧……無論老鼠還是狗都好——剩下的不多了。不然，只好吃同類。

這不是瀕死的世界，是已死的世界……端看這些骷髏一樣的倖存者何時才能意識到自己沒有必要再掙扎下去。

然而，起初非常微弱……風起了變化。

廣場對面百葉窗撞擊聲變得響亮，塵埃沿著地面捲起如同淺淺的雲層。一輛翻倒的嬰兒車輪子都生鏽了竟還被颳得緩緩轉動，啪噠啪噠、啪噠啪噠地叫著。

若不注意的話根本無法察覺——極淺的光暈覆蓋世界，像是大熱天柏油路或者篝火上面的空氣一樣扭搖。

微光閃爍、波動如漣漪散開……也帶來改變。

俯瞰時代廣場的高樓窗戶又有了完整玻璃，建築物一棟接著一棟復原。馬路變得清晰，上面有些影子一樣的形體移動……它們慢慢成形，從幽魂凝聚為實體。汽車、公車、電車……還有人。

天空從病態、中毒的褐黃色恢復到陰雨的星期二，濛濛細雨灑下，多了一絲鬱悶氣息。

一眨眼，每根燈柱上忽然都多出鮮紅色旗幟，旗面上是銜尾蛇的圖案。商店門口看板上那位偉大領袖承諾要團結整個世界。街道井然有序但似乎少了靈魂，行人衣著樸素也嚴肅，穿著灰黑色制服與高筒靴的軍人四處巡邏，市民們順從地各自前去工作。

至少不再是個死去的世界。

但，又一陣風吹過。

旗子飄揚，那模樣就好像期待著什麼。

整個世界再度浸沐於微光中。

也再度改變。時空波動穿越了年月，歷史事件重新開展，命運選擇不同路線，從無數可能性之中回歸正軌。

天空從灰濛轉而晴朗。雨停了。

旗幟彷彿未曾存在過。看板也跟著消失。

最後在現世勾勒的一筆將熱鬧嘈雜帶回時代廣場，大家身上五顏六色、行色匆匆，許多人橫衝直撞或者拿出手機安排一天行程，在有限的人行道空間推擠著搶購貝果與星巴克咖啡當早餐。

海報上浮現綠色妖怪叫做史瑞克。

一個遊民推著載滿紙箱、蓋了帆布的推車走到長凳坐下來欣賞繁華世界。

爽朗晴空，今年這季節溫暖得怪異……背景依稀傳來飛機靠近的引擎聲。

# 90

## 二〇〇一年，紐約

麥蒂躺在自己床上，室內漆黑無光，但聽得見佛斯特沉重呼吸聲自對面傳來，氣喘吁吁，似乎身體有恙。

天花板某個角落滲水滴落，除此之外拱道裡面沒別的聲音了。發電機沒油之後停下來，她早就不知道過了多久時間。

幾小時……十幾小時？還是更久呢？

沒有電力、沒有照明，最後一根蠟燭方才也燒盡了，當時她和佛斯特在餐桌那邊討論萬一廉姆和鮑勃真的失敗怎麼辦。事實上，選擇不多，應該說算來算去根本只剩下一個。

只是時間問題……要拖到何時才用掉霰彈槍內最後兩發彈藥。

那就是兩人承認一切無可挽回的時刻。

麥蒂沒有傻到將所有期望賭在這次行動。本不該存在的自傳加上模糊的轉述與記憶，真的能夠指引廉姆和鮑勃導正歷史的謬誤？她很難相信。

美好結局感覺像是很爛的電視影集或空有特效沒有劇本的商業片，好人總是在千鈞一髮之際得手，觀眾也早就知道事情會如此發展。打從一開場就知道。

她將臉埋進枕頭，因此並沒有第一時間發覺天花板上燈泡悄悄亮起了。半夢半醒，最後聽見機器重啟時空泡泡因為發出嗡嗡聲，麥蒂驚醒過來猛然轉頭。

又過了幾秒鐘她才真的認知到電力回復。冷調光線照亮拱道內部。

真的？還是我在做夢？

她趕快坐起來，結果輕輕擦撞到上面那張床墊，不過卻因此笑出來。

不是做夢。

「佛斯特！」

她過去搖搖老人肩膀：「佛斯特！」

老人不平緩的呼吸哽了一口之後似乎很不舒服地醒來，睜開憔悴疲勞的眼睛：「怎……怎麼了嗎，麥德琳？」

她指著頭頂上小鐵籠內的燈泡，此刻非常明亮。「佛斯特，我想他們成功了。」

幾分鐘之後兩人站在髒亂後街品味熟悉的世界。九月晴朗的一天，威廉斯堡大橋上車水馬龍，喇叭聲和遠處警笛聲都很響亮。

躁動，以及活力。

「沒看過這麼美的風景。」麥蒂無法克制地哭了。

「我也一樣。」佛斯特回答。

她伸手摟著老人低垂的肩，在那張乾皺如羊皮紙的臉上輕輕一吻。

「我們做到了。」她低聲說。

佛斯特笑道：「所以也該帶他們回家了才對？」

拱道的電燈閃爍一陣，電力暫時集中在時光機上，隨著運轉聲音愈發激烈轉移場出現在中間。麥蒂看著同樣地點出現微光球體，與廉姆他們回去一九四一時位置完全重疊。

傳送門中間模糊、晃動的影像彷彿是經過擾動的水面倒影——另一頭有許多樹木，地上堆滿雪。一個黑影鑽進這泓水，毫無疑問是個人。有人過來了。

幾秒鐘以後……廉姆一個人踏進基地。

「廉姆！」麥蒂開心地尖叫，但立刻察覺少年手掌、手臂上濕濕滑滑都是血，還有衣服、脖子、蒼白臉頰上也沾著乾硬的血塊。

「噢，天吶……怎麼回事？廉姆你還好嗎？」

他轉身望著麥蒂，嘴巴張開卻沒說出話。

佛斯特上前：「廉姆……孩子，你沒事吧？」

少年望向老人，皺著眉頭試圖鎮定，拚命眨眼來適應拱道內的強光。最後他點點頭，打開手掌，亮出一個金屬物體，大小與手機相仿，同樣包覆著血塊。

「我……還是……」他深呼吸之後改口：「總之……鮑勃在這兒。」

佛斯特伸手輕輕接過。「做得很好，廉姆，」他柔聲安撫，明白這孩子大概經歷了什麼殘酷的光景：「這不簡單。先坐下休息吧。」老人領著少年到桌椅那邊。

「我們……成功了吧？」廉姆問。

麥蒂的回答是笑著緊緊擁抱他。

「嗯，廉姆，」佛斯特說：「你做到了。」

# 91

## 二〇〇一年，紐約

廉姆詳述了回到過去的經歷，幾小時以後在小床上昏睡，鼾聲感覺比起之前發電機還要響亮。

佛斯特在電腦桌那邊清理鮑勃神經網絡處理器上的腦組織和血液，然後連接系統開始將硬碟資料全部下載出來。

「裡面包括鮑勃的人工智慧。」他朝螢幕上進度緩慢的讀取條撇了撇頭。

「容量好大。」麥蒂說。

「畢竟他離開將近半年，這段期間眼睛耳朵所見所聞全部都記錄下來。」

「那鮑勃自己呢？人工智慧會不會受到影響？」

佛斯特聳肩：「我不是電腦方面的專家，說不上來實際運作的機制，不過知道人工智慧程式碼會與電腦系統整合。」他輕敲鍵盤，「你們還是可以與他溝通對話。」

「嗯，學了六個月……我想人工智慧應該聰明多了，剛從試管出來的時候有點傻。」

佛斯特咯咯笑：「呵，一定的。」

她望向老人：「可是要怎麼再培育一個支援生化人呢？試管都被砸掉了，裡面的東西也流光——」

他舉起手：「這基地要回復正常功能還有得忙。」

「我來幫忙吧……你看起來很累了。」麥蒂的真心話是覺得他好像隨時會倒下斷氣。

「要準備新的胚胎和培養溶液，然後換一臺發電機，牆壁得整修，補給品也要再採買，」他說。

「換發電機嗎？這可要不少錢。」

「沒問題的，」佛斯特回答：「直接去店裡買就好。」

「我們有這預算？」

「需要多少都有，從帳戶領就是。」

「好極了。那我們有沒有簽帳卡之類？」

他轉身過來：「有很多細節得交代……趁著……」老人聲音忽然變小。

「趁著什麼？」

佛斯特表情有點為難：「趁著我還沒走。」

「走？走！你不能走！我們兩個根本什麼都不懂啊！天吶，我……我根本——」

「妳表現得很好。」佛斯特微笑：「你們都做得很好。我敢斷言其他基地受過訓練的團隊也不可能比你們更出色，畢竟你們挺過這次危機，遇上什麼麻煩幾乎都熬過去了，相信往後也一樣。」

「團隊？已經沒有團隊了，只剩下我和廉姆而已。」少女盯著面前的螢幕和讀取條，總算已經超過一半：「嗯，之後電腦會堅持要我們叫它鮑勃啦。」

就在這時候兩人聽見腳步聲。一轉頭，莎莎已經站在拱道中間，手上還有個購物袋。她訝異地注視混凝土地面上多出的淺淺坑洞。

「怎麼回事？為什麼忽然亂七八糟的？」她忍不住大搖其頭：「我才出去幾小時買牛奶和貝果回來當早餐，怎麼外頭牆壁就好像被電鑽鑽過一樣……然後裡面是有人拿保齡球砸地板嗎？」

「莎莎？……」麥蒂下顎合不起來：「莎莎！」

黑色眉毛狐疑揚起：「嗯？……是我啊，怎麼了嗎？」

「妳還活著！」麥蒂跳起來衝過去將一頭霧水的小女孩擁入懷中：「噢，天吶，妳真的還活著！還活著！」

女孩的臉靠在麥蒂肩上大惑不解，佛斯特全看在眼裡。

「呃……有人可以告訴我，我出去的這幾小時發生什麼事嗎？」

# 92

## 二〇〇一年，紐約

星期一

他們始終不肯說清楚發生什麼事，看得出來有些細節故意瞞著我，但拼湊起來大概知道是我出去買牛奶和貝果的時候正好碰上時間波動，整個世界都變了，所以廉姆和鮑勃急急忙忙回到過去要修正歷史。

廉姆說他和鮑勃卡在過去六個月！結果我卻什麼都不知道。時間旅行真的很矛盾很難理解。還聽他們說基地受到攻擊，可是沒有人解釋敵人是誰、是什麼。外頭牆壁上多出很多抓痕，好像被什麼硬物刷過。也許我們是被豪豬大軍襲擊了吧。

後面那房間裡很多東西都壞了，滿地都是玻璃，看上去應該有人進去打了一架。真討厭他們老因為我年紀最小、要「保護」我就什麼都不交代仔細。

鮑勃居然死了。看得出來廉姆很難過，一定很想念大個子。後來他每天都在電腦上打字對鮑勃講話，麥蒂要他別那麼沮喪——因為鮑勃並不是真的「死了」，只是暫時住在電腦裡面。她覺得不過變成是用MSN和朋友聊天。

但是我也挺想念大個子。

佛斯特說等到培養裝置重新打理好就可以再養出一個鮑勃。我不太確定該怎麼想，鮑勃二號嗎？不算是同一個鮑勃吧，還是真的一樣呢？既然是複製人，可能一模一樣吧。

麥蒂最近很忙。佛斯特說之後她就是隊長，正好趁這段休息準備的時間好好學。得先更換後面的培養試管，還需要複製人胚胎和他們泡澡的黏答答液體。他一直帶著麥蒂張羅，後來還裝了新的發電機，也重新儲備食物、飲水、柴油那些東西。

看起來之後幾天我們也有得忙呢。

說真的被蒙在鼓裡我很不高興。總覺得自己像是唯一一個新人，他們兩個都是老手。只不過三個人都不一樣了，感覺因為那段時間發生的事情變了很多。比方說廉姆好像長大了，身高應該多出一兩吋，比較壯也比較結實，沒那麼小孩、比較大人模樣。當然啦，他確實外出半年……問題是外觀變化卻有兩三年的程度。好奇怪。

麥蒂不像以前那麼愛開玩笑，似乎心裡很抑鬱……就像要參加大考卻完全沒有準備的感覺。

佛斯特也怪怪的。

我很擔心他，他怎麼變得那麼老，身子那麼虛弱呢。我只是出去買個東西回來，他看上去就多了一百歲似地。但是忽然說他變得好老，感覺有點沒禮貌，所以這幾天我都還不敢開口亂講話。應該是時間旅行的影響吧。

總而言之時間旅行就是很古怪。怎麼想也想不通。

莎莎寫完日記抬起頭，舀了一匙早餐米穀片起來吃。她寫字的時候穀片就在牛奶裡面泡得膨脹鬆軟。女孩漫不經心看了看前面那排電腦螢幕，從CNN轉到迪士尼頻道，現在播放《玩具總動員》第二集——巴斯光年和夥伴們假扮成三角錐要穿越很多車輛往來的公路。其實莎莎看過很多次了，因為是她爸爸最喜歡的卡通。

現在拱道很安靜。廉姆趴在床上認真讀一本關於二次世界大戰的歷史書。後來他很愛看書，還說不想又被困在自己一無所知的歷史裡。

麥蒂和佛斯特一早出門了。他說兩個人有些事情必須「私下討論」。我不太喜歡這種感覺，為什麼只告訴麥蒂卻不告訴我和廉姆，不太公平。都說是團隊了吧？

幾小時前她目送兩人開了鐵捲門走出去。佛斯特揮手道別，但莎莎注意到他看著拱道裡面所有人事物時臉上那抹笑意中的滄桑。

應該說老人家這幾天舉止一直很怪異。莎莎暗忖他是不是太累了，感覺佛斯特承擔過多、總是忙碌。等兩人回來，莎莎打算強迫佛斯特到餐桌邊的扶手椅上好好蹺腳休息，自己給他泡咖啡、烤麵包，一定伺候得妥妥當當。

他該過些好日子才對。

# 93

## 二〇〇一年，紐約

「那麼，」佛斯特最後說：「該瞭解的妳已經都瞭解了，麥德琳。全部。」

麥蒂望向坐在對面的老人。過了上班時間，沒有排隊外帶拿鐵和星冰樂的人潮，星巴克裡頭大半空著，所以十分安靜。

「而且妳也已經理解為什麼我壽命將盡，沒辦法繼續從事時間旅行工作，甚至不能繼續住在基地的時空泡泡裡面……」

「確定嗎？」少女問：「確定是這個科技造成的？」

「確定。」他回答：「損傷會緩緩累積，一開始不會明顯感覺到，後來就發展得很快。我不知道自己在泡泡外能活多久，但絕對比和你們住在裡面要多些時日。」

「留下來會怎麼樣？」

「和你們留在……裡面嗎？」他聳肩：「很難說。能多活幾天，最多到一兩週。」佛斯特嘆息，「沒辦法精準計算，何況我不是醫生。」

麥蒂咬著嘴唇：「抱歉。」

「別在意，」他擠出笑臉：「擔任時空局特工就是這樣。而且他們很早就告知我了，還是個年輕力壯小夥子的時候就已經知道這份工作會加速我死亡。」

「但你還是繼續做下去？」

「麥蒂妳想想，我親眼看到、摸到、聞到甚至嘗到多少不同時代，有那麼多精采的體驗，學到了多少東西？讓我重新選擇一次……我還是義無反顧，真的。」

「你當初的選擇也一樣嗎？如果不加入，就得回去面對自己的死期？」

「嗯。」他回答：「而且我到現在還是沒有半分後悔。」

「那，廉姆呢？」

佛斯特嘟著嘴思考一陣，最後很謹慎地點點頭：「嗯，我想在廉姆身上會發生同樣的事情。時間旅行會導致他的成長速度超過妳和莎莎，也一樣會縮短他的壽命……最後體內會有很多癌細胞。」

少女搖搖頭看著桌上的咖啡與馬芬蛋糕，一瞬間沒了食慾。

*廉姆好可憐。太可憐了。*

而且之後自己就是團隊領導人，也就是說必須由她找個好時機告知廉姆真相。每回他進出傳送門身體細胞都會快速劣化，超過臨界點就會互相攻擊、產生腫瘤，從內部侵蝕生命。

「那，」過了一會兒麥蒂才開得了口：「你會去哪兒？」

「還不知道。」他又聳肩：「我想可以好好曬曬太陽，吃幾根熱狗吧。」老人咧嘴一笑，「盡量把握剩下的時間。」

「會留在紐約？」

「大家說這是不夜城……以前有人提醒我，死了以後要睡多久就能睡多久，所以我想紐約是挺合適的。」

兩人都笑了，但氣氛卻是那樣哀傷淒涼。

佛斯特喝完了咖啡：「總之我會先在紐約四處逛逛看看，這計劃已經耽擱好久了。」

他伸手拿起腳邊的小旅行袋，裡面裝了私人用品與紀念物。

「等等，佛斯特，」麥蒂叫住：「我還是不太有把握，我們真的能自己處理問題嗎？」

「你們早就準備好了。我很肯定你們會是成功的團隊。」

「你怎麼肯定的？還有很多——」

「我就是知道。」他說完很緩慢、吃力起身，光這個動作就令他皺起整張臉。

「還有機會見到你嗎？」

「麥蒂，該學會的東西妳已經學完了，答案都在妳腦袋裡、在我說過的話裡，或者是妳學過體驗過的一切。要是還有什麼地方不確定……別忘了，電腦資料庫有大量紀錄，妳會有的疑問應該也都囊括在內。」

「你怎麼知道我想問什麼？」

他眨眨眼：「時間旅行啊，麥蒂。都是必然。」

她聽不懂玄之又玄的回應，歪著頭繼續問：「可是如果真的需要你幫忙……有沒有可能在什麼地方找到你？」

那隻孱弱蒼老、佈滿肝斑的手輕輕掐了她肩膀：「妳沒問題的，麥蒂。要有信心。」

佛斯特轉身搖搖晃晃朝著咖啡店門口走去，旅行包拎起來甩到肩膀上，背影像是這世界最年邁的旅行者，推開門跨上了曼哈頓喧鬧的街頭。麥蒂忍著大叫和追上去的衝動，但是心裡好希望老人能多陪他們一陣子。

後來他消失在茫茫人海中，麥蒂凝望路上的熙來攘往，回想佛斯特說過的一切，默默思考其中有多少應該告訴兩名隊員，又有多少應該保留在自己心底就好。沒想到這麼快就感受到身為隊長的責任，她覺得自己細瘦的肩膀好沉重。

「要續杯嗎？」

麥蒂一抬頭，星巴克女侍者提著冒出蒸汽的咖啡壺站在座位旁邊，看起來與自己是同樣年紀。她想像著對方晚上會因為什麼事情輾轉難眠……

……明天要不要和席娜、凱莎去溜冰？吉米在家裡開派對，丹尼邀了我，該去嗎？還是和史提夫約會好？明天加班還是星期三？……

「要續杯嗎？」

麥蒂心不在焉點點頭：「嗯……好，謝謝，幫我續杯。」

女侍給她斟滿之後到下一個包廂詢問別的客人。

麥蒂偷偷看著她，有些嫉妒對方能夠繼續平靜的生活、煩惱瑣碎的小事。如果有根魔杖只要揮一揮就能和女侍調換身分，她去端咖啡、對方來擔心歷史會不會扭曲——麥蒂知道自己會毫不猶豫動手。

她揉揉疲累雙眼，暗忖該去換副眼鏡，同時轉念心想：問題就在於總得有個人來幹這苦差事，不是嗎？總得有人負責監控時間的運行。